SPACE THRILLER

Geheimprojekt Biothek

von

H. G. Francis

H. G. Francis,
Jahrgang 1936, ist langjähriger PERRY RHODAN-Autor. Er verfaßte Drehbücher für die PERRY RHODAN-Hörspielcassetten sowie für Funk und Fernsehen. In den letzten Jahren publizierte der Autor zudem Kinder- und Tierbücher.

SPACE THRILLER

Geheimprojekt Biothek

von

H. G. Francis

VPM Verlagsunion
Pabel Moewig KG, Rastatt

Pabel Moewig KG, Rastatt
Redaktion: Klaus N. Frick
Titelillustration: Alexander Vlcek
Druck und Bindung: Ebner Ulm
Printed in Germany 1997
ISBN 3-8118-2092-3

Liebe ist es, welche die Kunst lehret,
und außerhalb derselben wird kein Arzt geboren.

Paracelsus

1.

Luz Korexxon hielt die kleine Schale zwischen zwei Fingern, hob das Glasplättchen ab und legte es auf den Tisch. Der flüssige Kunststoff in der Schale glitzerte wie rotes Quecksilber; er warf winzige Wellen. *Meine Hände zittern,* dachte Korexxon, *ich habe tatsächlich Angst.*

Seine Kollegen ließen die Zeremonie mit höflichem Mißfallen über sich ergehen, sie plauderten; für sie stand nur eine weitere Simulation an. Korexxon neigte die Schale und ließ den Kunststoff ausfließen. Die Kunststofflache spielte ein wenig herum, erinnerte sich dann an ihre Zweckgestalt und nahm Form an, erhob und verfestigte sich zu einer Tastatur mit syntronischem Kern. Korexxon ordnete einige der Sensortasten neu an, um seine zitternden Hände zu beschäftigen. Das Kontaktauge leuchtete auf, Schriftzüge erschienen, die nur aus Korexxons Blickwinkel sichtbar waren. „Hallo, Mahut!" begrüßte ihn das altertümliche Teil. „Mit wem arbeiten wir heute?"

„Mit dem Syntron von Biothek", tippte Korexxon in einer für Außenstehende unlesbaren Kurzschrift ein.

„Fein!" sagte die Tastatur.

Korexxon schob es ins syntronische Kontaktfeld. Der Simulationsprozeß begann. Korexxon wurde kalt.

Korexxon hatte seinen Kollegen nichts von dem Ergebnis seiner Berechnungen erzählt. Er hatte die Biochips der jüngsten Generation an seinem Heim-Syntron überprüft – und seine schlimmsten Befürchtungen hatten sich bestätigt. Jetzt mußte eine Simulation in dem sehr viel leistungsstärkeren Syntron des

Instituts erweisen, ob er sich geirrt hatte. Vielleicht hatte er nur mit ungenau berechneten Parametern gearbeitet.

Die Syntronik von Biothek faßte die Resultate ihrer wissenschaftlichen Arbeit zusammen und extrapolierte die daraus gewonnenen Möglichkeiten. So entstanden Simulationen der Hoffnung, aber auch des Unvorstellbaren.

Keiner der Kollegen verschwendete einen Gedanken daran, ob das Ergebnis der syntronischen Untersuchung Probleme heraufbeschwören könnte. Sie waren fest davon überzeugt, daß sich der Erfolg der letzten Monate fortsetzen würde. Korexxon war es nicht mehr.

„Scheißkiste", flüsterte er der Syntronik zu. „Beeil dich schon!" Keiner seiner Kollegen schien ihn zu hören. Es war ihm lieber so.

Die Simulation des Syntrons betraf die möglichen Einsatzbereiche der Biochips. Sie hatten die wissenschaftlichen Arbeiten über die gesamte Forschungszeit hinweg begleitet. In der überwiegenden Zahl der Fälle waren Ergebnisse entstanden, die später durch die Praxis bestätigt worden waren.

Der Syntron wertete die Biochips in einem ersten analytischen Ansatz wieder als gute Chance für viele bislang unheilbar Kranke auf Rettung. Luz Korexxon indes plagten massive Zweifel. Sie verließen ihn auch jetzt nicht. Ganz im Gegenteil.

Er blickte auf die Monitoren und Holowürfel. *Warum, zum Teufel, läuft das Ding nicht schneller?* Je länger Korexxon warten mußte, desto mehr wuchs die Beklommenheit. Weshalb ließ sich der Syntron so viel Zeit mit dem nächsten Durchgang?

Korexxon tippte den Befehl ein, nun die ergänzenden Daten in den Syntron einzuschütten. Er benutzte wieder die Tastatur: Diese Art der Kommunikation war zwar umständlicher als die akustische und galt als spleenig, doch auf diese Weise bekamen seine Kollegen nicht mit, welche Probleme ihn beschäftigten.

Luz Korexxon war ein hochgewachsener, schlanker, linkisch wirkender Mann. Das weiche, blonde Haar fiel ihm häufig in die Stirn; in solchen Fällen schob er es nach oben. An manchen Tagen sprühte er sich etwas ins Haar, um den Strähnen Halt zu geben, meist aber vergaß er es. Er galt als verschlossen, diszipliniert, machte jedoch nicht unbedingt einen selbstsicheren Eindruck, blieb meist zurückhaltend und bescheiden.

Biothek arbeitete an der Entwicklung von nanotechnisch produzierten und hochminiaturisierten Biochips. Diese organischen Steuerelemente konnten Lebewesen unterschiedlichster Art eingepflanzt werden, mit ihrer Hilfe ließen sich biologische Prozesse initiieren, ausrichten, verändern, *heilen.*

Korexxon kannte das Ziel, er hatte es selbst oft genug formuliert, wenn er sich mit Außenstehenden unterhalten hatte. „Wenn es uns gelingt, den Chip zu perfektionieren, dann können wir ihm ein Programm eingeben. Mit diesem können sowohl die biochemischen als auch die bioelektrischen Prozesse im Körper eines Sauerstoffatmers überwacht und angeleitet werden. Das wiederum bedeutet Hilfe für unzählige bislang hoffnungslos Kranke in der ganzen Milchstraße."

Alles, was mit dieser Forschungsarbeit zusammenhing, schien erfolgversprechend. Risiken hatten sich bislang nicht gezeigt.

Zwar war die medizinische Wissenschaft des Jahres 1266 Neuer Galaktischer Zeitrechnung weit fortgeschritten, doch nach wie vor gab es Krankheiten, die auch sie nicht heilen konnte. Die Menschheit hatte Tausende ferner Planeten kolonisiert, Abertausende zu Forschungszwecken betreten. Durch den dort zustande gekommenen Kontakt mit fremden Lebensformen übertrugen oder entwickelten sich immer wieder neue Krankheiten, die stets angepaßte Behandlungsmethoden erforderten.

Korexxon rief sich alle grundsätzlichen Überlegungen zum Biochip ins Gedächtnis. Für den Chip waren vor allem die Insuffizienzen des Nervensystems und dessen zentralen Steuersystems, des Gehirns, interessant. Mit Hilfe der in den Chips arbeitenden Kybernetik sollte der Eingriff in die nervalen Strukturen, Funktionen und Verhaltensweisen von sich selbst organisierenden und regulierenden Systemen zunächst von Sauerstoffatmern möglich werden.

Und bisher haben wir ja sehr gut gearbeitet, überlegte Korexxon. *Wir können eigentlich zufrieden sein.* Er runzelte selbstkritisch die Stirn. *Irgendwas stimmt hier einfach nicht.*

Die bisherigen Ergebnisse der Forschung waren überaus ermutigend, wenngleich es immer wieder Rückschläge gegeben hatte. Eine entscheidende Frage hatte sich ihm stets aufs neue gestellt: Wie weitgehend konnten die Biochips eingesetzt werden? Nur für Kranke? Oder ergaben sich Möglichkeiten, an die keiner der Wissenschaftler während der Entwicklungsarbeit gedacht hatte?

Das dreidimensionale Bild vor den Wissenschaftlern wechselte. Bisher hatte es nur das Symbol von Biothek gezeigt: die altterranischen Buchstaben B und T, um die sich langsam eine Schlange wand. Jetzt erschien eine stark vereinfachende Skizze eines Biochips, sie kreiste langsam durch den Holowürfel. Die Skizze erinnerte an eine Bürste mit ausgefransten Borsten.

„Es geht los!“ sagte Luz Korexxon halblaut zu sich selbst. Geistesabwesend fuhr er sich mit dem Handrücken über den Mund; wie so oft, wenn er angestrengt nachdachte.

Die ersten Resultate trafen ein, alle Menschen im Raum blickten gebannt auf Monitoren und Hologramme. Die letzten leisen Gespräche verstummten.

Die Syntronik simulierte zunächst den Einsatz der neuen Chips bei Kranken. Im Hologramm erschien eine kleine Sauerstoffwelt im Zentrumsgebiet der Milchstraße: riesige Wälder, blaue Ozeane, grüne Ebenen, auf denen gesiedelt werden konnte. Es war ein kleines Paradies, in dem sich terranische Kolonisten anzusiedeln begannen. Die Syntronik zeigte die Landung der Raumschiffe, die Entstehung kleiner Siedlungen, das Urbarmachen von Ackerbauflächen und die Einrichtung erster Straßen und Fabriken.

Menschen wurden eingeblendet; zuerst wirkten die Männer, Frauen und Kinder gesund und fröhlich, sie arbeiteten gern an ihrer eigenen Zukunft. Doch dann brachen bei einigen der Siedler unkontrollierbare Zellwucherungen aus, gegen die die terranische Therapie unwirksam blieb.

Die Syntronik zeigte, wie der Biochip eingreifen konnte. In der Simulation erkannte er die Ursache der explosionsartigen Zellvermehrung in einer Fehlfunktion der Schilddrüse, die durch virenähnliche Strukturen ausgelöst wurde. Nachdem der Chip den Defekt identifiziert hatte, konnte er die Organe des Körpers dazu anregen, Abwehrstoffe zu entwickeln, die den Kampf gegen die fremden Strukturen aufnahmen.

Die Biothek-Wissenschaftler nickten zufrieden. *Liefer jetzt die letzten Daten ab,* bat Korexxon seine Tastatur.

Gebannt schaute er zu, wie sich das Bild daraufhin noch einmal änderte. Er schloß kurz die Augen. *Ich hatte recht,* stellte er mit einer verzweifelten Zufriedenheit fest.

Der Syntron projizierte einen neuen Holowürfel in den Raum, während das erste Hologramm kleiner wurde und zur Decke schwebte. Ein anderes Bild entstand: der Kopf eines männlichen Pioniers mit weichen, klaren Gesichtszügen. Es war ein durchschnittlicher Terraner mit brauner Haut und braunen Augen, der niemandem auf der Straße aufgefallen wäre. Der Kopf drehte sich im Hologramm, so daß ihn die Wissenschaftler von allen Seiten betrachten konnten.

Im Zug der Schichtenanalyse verschwanden nun die einzelnen Hüllen des Kopfes – zuerst die Haut, dann die Muskulatur, das System der Blutbahnen und schließlich der Schädelknochen. Zuletzt blieb nur noch eine dreidimensionale Darstellung des Gehirns mit den wichtigsten Blutgefäßen und dem Nervengeflecht übrig. Das Nervengeflecht lief auf der einen Seite als der breite Strang des Rückenmarks in den Körper hinein, auf der anderen Seite überzog es als zartes, transparentes Gespinst den ganzen Kopf, vor allem aber das Gesicht und den Ohrenbereich.

Ein kleiner, grüner Kreis blinkte einige Male auf, er markierte die Stelle am Rückenmark, an welcher der Biochip eingepflanzt worden war. Korexxon starrte weiter auf das Hologramm. Die von ihm insgeheim immer wieder befürchtete Entwicklung trat ein.

Vom Chip aus bildeten sich hauchdünne Fäden, die der besseren Sichtbarkeit wegen ebenfalls in Grün dargestellt wurden. Sie schoben sich durch das Rückenmark hoch bis ins Gehirn und breiteten sich dort allmählich aus. Drängten vor bis zu den Augen, den Ohren und den Sprachorganen, eroberten erst die linke, dann die rechte Hälfte des Gehirns – bis sie alles beherrschten.

„Die Chips der A-Generation, die den höchsten Stand der Entwicklung darstellen", kommentierte der Syntron mit angenehm weiblich klingender Stimme, „sind im Gegensatz zu den Chips der bisherigen B-Generation und deren Vorläufer in der Lage, sich nach ihrer Einpflanzung im organischen Gewebe weiterzuentwickeln. Diese Evolution entzieht sich jeglicher Außensteuerung. Die Kontaktfäden wachsen weiter und überschwemmen unter Umständen das ganze Gehirn. Tut mir leid, aber diese Entwicklung ist bei derart hochautonomen Artefakten offenbar nicht zu verhindern."

Die Darstellung des Syntrons und seine Worte verschlugen den Wissenschaftlern die Sprache. Auf ein solches Resultat war offensichtlich niemand außer Korexxon gefaßt gewesen. Mit einem Schlag machte der Syntron den Wissenschaftlern klar, auf welch gefährlichen Boden sie sich mit ihrer Forschung begeben hatten.

Der Syntron arbeitete das Hologramm wieder um, kleidete den Kopf wieder in die verschiedenen Schichten, bis schließlich das Gesicht erkennbar wurde. Das Geflecht der Chipwurzeln trat deutlich hervor und spannte die Haut in unregelmäßigen Flächen auf. Die Lippen waren geschürzt und entblößten die Zähne.

Obwohl Korexxon diesen Ablauf der Simulation befürchtet hatte, brauchte er einige Zeit, bis er die ersten Worte über die Lippen brachte. „In welche Richtung entwickeln sich die Biochips nach dieser Phase weiter?" fragte er langsam. Die Kehle war ihm eng geworden, seine Hände naß.

„Das Endergebnis der Entwicklung ist von hier ab völlig offen", antwortete die Syntronik. „Es muß keineswegs – wie in diesem Fall – in eine bedrohliche Richtung gehen."

„Kann der Chip Intelligenz entwickeln oder am Intellekt des Wirts partizipieren? Kann er ihn manipulieren?" setzte Korexxon nach.

„Diese Möglichkeit besteht“, antwortete der Syntron. *„Siehst du“*, schrieb die Tastatur, *„wir hatten recht.“*

„Wie ein eigenständiges Lebewesen“, meinte Arkmit Thorofeyn, ein junger, blonder Mann mit auffallend hellen, blauen Augen. Er schien von allen Anwesenden am wenigsten von den Aussagen des Syntrons beeindruckt zu sein.

Zweifelt er etwa am Ergebnis der Simulation, oder hat er noch gar nicht begriffen, welche Konsequenzen sich aus der Darstellung des Syntrons ergeben? Korexxon mochte den Plophoser nicht, die kritischen Gedanken kamen ihm von selbst. In seinen Augen unterlag Arkmit Thorofeyn allzu häufig extremen Stimmungsschwankungen; Korexxon war zudem sicher, das wahre Gesicht des Kollegen noch nie gesehen zu haben.

„Die Konsequenzen der Darstellung sind erschütternd“, sagte Astoron Gao, der Institutsleiter. Korexxon registrierte, daß er bleich geworden war. Der sonst so redegewandte Terraner rang mühsam um seine Fassung. „Eine Katastrophe ist das geradezu. Wie ist so etwas möglich? Irgendwie haben wir bei unserer Arbeit versagt. Aber wie konnten wir auf so einen Irrweg geraten?“

Die anderen Wissenschaftler schwiegen. Korexxon blickte von einem zum anderen, wobei er sich bemühte, nicht zu offensichtlich zu starren. Er hatte den Eindruck, daß alle Kollegen von der Aussage des Syntrons entsetzt waren. Allmählich erkannten sie, was sie bei ihrer Forschungsarbeit getan hatten, welche Folgerungen sie daraus ziehen mußten.

Korexxon ergriff einfach das Wort. Er war ein freier Mitarbeiter von Biothek, nahm somit eine Sonderstellung unter den Forschern ein. Obwohl er gerade erst dreiundsechzig Jahre alt war, hatte er als Wissenschaftler schon viel erreicht. Auf seinen Erkenntnissen und peinlich genauen Forschungen basierte in erster Linie die Entwicklung der Biochips. Im Gegensatz zu den Kollegen arbeitete er nicht ausschließlich im Institut, sondern vor allem in seinem Haus. Dort waren alle wissenschaftlichen Unterlagen gespeichert, die auch bei Biothek in den Speichern steckten.

„Wenn sich die Biochips jeglicher Aufsicht entziehen können, dann ist das ein unverantwortlicher Vorgang“, sagte er und deutete auf die Monitoren und Hologramme. „Bisher hat uns die Syntronik nur ganz wenige Möglichkeiten gezeigt, aber wir brauchen nicht viel Phantasie, um uns weitere Möglichkeiten auszudenken. Wir können letztlich nur vermuten, welche Fähigkeiten die Chips entwickeln, wenn sie sich erst einmal komplett selbständig gemacht haben. Stellt euch das ruhig einmal vor! Die Chips können in letzter Konsequenz die komplette Herrschaft über das organische Wesen übernehmen, in das sie implantiert wurden. Und wie wir sehen, sind die Chips mit keinem technischen Mittel zu orten. Damit kann kein Außenstehender überprüfen, ob jemand mit so einem Chip versehen ist oder nicht. Manipulationen sind damit Tür und Tor geöffnet – egal von welcher Seite.“

„Das haben wir aber im Prinzip von Anfang an gewußt“, stellte Gao fest; seine Stimme wies einen Unterton von Ärger auf.

Gao war nur etwas mehr als 1,70 Meter groß, hatte eine schmale Stirn und eine weit vorspringende Nase. Der Institutsleiter galt als überaus ehrgeizig und verfolgte hochfliegende Pläne. Doch mangelnde Anerkennung auf höchster wissenschaftlicher Ebene hatte ihn immer wieder enttäuscht. Seine Mitarbeiter wußten: Er träumte davon, irgendwann auf der Bühne der Welt zu stehen und die Waringer-Medaille aus den Händen eines Regierungsmitgliedes zu empfangen. Die Biochip-Forschung hatte ihn nahe an sein Ziel herangebracht.

Doch nun brachen einige Hoffnungen für Gao zusammen. Wie es schien, war er nun weiter als je zuvor davon entfernt, sein Ziel zu erreichen. Die Auskunft des Syntrons mußte er als persönliche Katastrophe einstufen.

„Richtig“, bestätigte Korexxon, „und es ist auch in Ordnung, wenn ein Kranker mit einem Biochip geheilt wird. Dann funktioniert der Chip ja hervorragend, wie die Simulation gezeigt hat. Das Problem sind Folgeerscheinungen, an die wir nicht gedacht haben. Was passiert beispielsweise, wenn ein Chip der A-Generation einem der Mächtigen im Solsystem oder der

Milchstraße eingepflanzt wird, womöglich noch gegen seinen Willen? Und wenn der Chip danach völlig außer Kontrolle gerät oder gar manipuliert wird? Und was wird die nächste, höherentwickelte Generation von Biochips können? Du weißt, die wird unweigerlich folgen, ob wir im Institut das nun wollen oder nicht."

Er blickte sich um. Korexxon sah den anderen an, daß nun alle erkannt hatten, wie erschreckend die Konsequenzen sein konnten. Biochips der A-Generation konnten zu einer unkontrollierbaren Waffe werden, vor allem, wenn sie den entsprechenden Personen in die Hände fielen.

„Du hast recht", sagte Arkmit Thorofeyn. Dann ließ er einen Fluch los, dessen Derbheit nicht in diesen Rahmen passen wollte. „Wir dürfen unsere bisherige Arbeit an den Biochips nicht fortsetzen. Wenn die Resultate unserer Arbeit in die falschen Hände geraten, könnten die Folgen verheerend sein."

„Wir haben die Büchse der Pandora geöffnet", bemerkte Tosso A'Beny, ein terranischer Kolonist vom Planeten Kargathener. Er liebte poetische Bemerkungen. Tosso hatte es sogar fertiggebracht, eine wissenschaftliche Abhandlung damit anzureichern. Selbstironisch sei das gemeint gewesen, hatte er behauptet, doch das hatte ihm so recht niemand abnehmen wollen. „Und es spricht für uns, daß wir es erfaßt haben. Wo sich der ehrliche Mann zu fürchten beginnt, hört meist der Schurke zu fürchten auf."

In seiner verschrobenen Weise hatte der Mann von Kargathener das Problem aufgezeigt. Während sie als Wissenschaftler die ungeheure Gefahr erkannten, die in den Chips der A-Generation verborgen lag, würden gewissenlose Geschäftemacher den Chip bedenkenlos einsetzen. Sie würden nur an die kurzfristig dadurch zu gewinnenden Vorteile denken, ohne die langfristigen Folgen zu berücksichtigen, die daraus resultieren mußten.

„Es bleibt uns nur eines übrig: Wir müssen alle wissenschaftlichen Unterlagen über die Biochip-Forschung vernichten", forderte Korexxon laut. „Und selbstverständlich alle Biochips, die wir bisher fertiggestellt haben. Kein anderes Team darf die

Möglichkeit haben, auf der Arbeit aufzubauen, die wir in den vergangenen Jahren geleistet haben. Was wir erarbeitet haben, muß gelöscht werden. Auch wenn uns das schwerfällt."

„Ich könnte schreien, wenn ich das höre, aber du hast recht", stimmte Arkmit Thorofeyn zu. Korexxon war überrascht; er hatte sich nie besonders gut mit dem Plophoser verstanden, doch nun schien der Biothek-Angestellte alle bisherigen Meinungsverschiedenheiten vergessen zu haben. „Es gibt zu viele gefährliche Waffen in unserer Galaxis, allein schon im Bereich der Liga Freier Terraner. Wir dürfen nicht zulassen, daß unsere Biochips das Arsenal der Waffen um eine weitere Variante erweitern."

„Nicht so schnell!" bat Astoron Gao. Der Institutsleiter hatte im Laufe der letzten Wochen und Monate ein wenig an wissenschaftlicher Autorität verloren, da sich die anderen Mitglieder seines Teams mehr und mehr an Korexxon orientiert hatten. Nun war er bemüht, den verlorenen Boden wiedergutzumachen, doch so recht wollte es ihm nicht gelingen. Die Männer und Frauen von Biothek hatten erkannt, daß er bei aller wissenschaftlichen Kompetenz eine vergleichsweise schwache Persönlichkeit war. Und die richtig guten Ideen hatte stets Korexxon geliefert. „Steht denn wirklich fest, daß wir mit einer negativen Entwicklung der Chips rechnen müssen?" fragte Gao. „Ergibt sich zwangsläufig, daß eine positive Veränderung ausgeschlossen ist?"

„Es ist im Prinzip völlig egal, in welche Richtung sich die Chips entwickeln. Entscheidend ist, daß sie es eigenständig und unkontrollierbar tun. Sie können somit Einfluß auf die Persönlichkeit eines Menschen oder eines anderen intelligenten Wesens nehmen", stellte Korexxon fest. „Wir können es mit unserer wissenschaftlichen Ethik nicht vereinbaren, daß so etwas geschieht. Deshalb gibt es nur eine Konsequenz: Schluß mit der Arbeit!"

„Alle Forschungsergebnisse sind jedoch Eigentum der Stiftung Biothek", bemerkte der Institutsleiter nüchtern. „Ohne das Einverständnis der Vorstandsmitglieder dürfen wir sie nicht vernichten."

„Das stimmt nicht ganz“, widersprach der Bioinformatiker. „Ein nicht ganz unwesentlicher Teil ist von mir persönlich eingebracht worden. Er war und bleibt mein geistiges Eigentum, über das ich frei verfügen kann. Laut Vertrag muß in solchen Fällen unser Forschungsteam entscheiden. Niemand sonst kann uns die Verantwortung abnehmen. Vor allem nicht die Vorstandsmitglieder, die kaum wissenschaftliche Kenntnisse besitzen.“

Nach kurzer Diskussion folgten die Wissenschaftler dem Vorschlag Korexxons. Alle gespeicherten Informationen über die Biochips sollten gelöscht werden. Institutsleiter Gao warnte vergeblich vor voreiligen Beschlüssen. „Seht doch bitte ein, wieviel Geld wir in diese Arbeit investiert haben“, flehte er. „Wir müssen das wissenschaftliche Werk von Biothek doch auf irgendeine Art und Weise noch retten. Es geht um Millionen von Galax, mit denen alles finanziert worden ist.“

Aber schließlich blieb ihm nichts anderes übrig, als sich der Mehrheit zu beugen. Gao war grau im Gesicht, und seine Hände zitterten, als er das eindeutige Resultat der Abstimmung erfuhr. Er ließ sich in einen Sessel sinken und sah Korexxon zu, wie dieser damit begann, die Resultate ihrer Arbeit zu vernichten. Gao stand am Rande eines Zusammenbruchs. Ein derartiges Ende ihrer wissenschaftlichen Forschungen bedeutete eine so schwere Niederlage für ihn, daß er sie kaum verkraften konnte.

Einige Male blickte Korexxon zu ihm hinüber. Der Bioinformatiker war froh, daß er nicht in der Position Gaos war. Noch an diesem Tag mußte der Institutsleiter sich vor dem Gremium der Vorstandsmitglieder verantworten. Er mußte letzten Endes dafür geradestehen, daß Millionen an Forschungsmitteln ohne verwertbare Ergebnisse verbraucht worden waren.

Da die wissenschaftlichen Daten außerordentlich wertvoll waren und von keinem Fremden aufgerufen werden sollten, hatte der Syntron sie vielfach gegen eine versehentliche Löschung gesichert. Das umfangreiche Material konnte nicht mit einem einzigen Befehl aus dem Speicher entfernt werden. Vielmehr mußte der Vorgang Schritt für Schritt vorangetrieben werden. Bei jedem Abschnitt war die Bestätigung durch mehrere Wissenschaftler nötig; sie gaben ihren persönlichen Kode ein.

In der ersten Phase wurden alle wissenschaftlichen Erkenntnisse bis hin zur sogenannten B-Generation aufgelöst. In der zweiten Phase vernichtete Korexxon persönlich die Informationen über die höchste Entwicklungsstufe, die A-Generation. Er bemerkte die Blicke der Kollegen, die ihm bei seiner Arbeit zuschauten. Das Ergebnis langer Forschungen wurde durch Tastendruck und Gespräche mit dem Syntron einfach vernichtet.

Doch kaum war diese Arbeit im Prinzip abgeschlossen, als der Syntron überraschend Alarm schlug. „Ein unbekannter Benutzer ist in mich eingedrungen und verhindert weitere Schritte", teilte die Maschine mit, wobei die weibliche Stimme vor Überraschung leicht zu beben schien. „Er zieht Informationen ab ... laßt mich checken ... über die Biochips – und zwar diejenigen Dateien, die besonders gesichert sind."

Die Wissenschaftler blickten sich verblüfft an. „Jetzt spinnt der Kasten", bemerkte Arkmit Thorofeyn in seiner laxen Art.

„Was soll der Unsinn?" Gao stand auf und trat näher an einen der Monitoren heran. Er klopfte mit den Knöcheln gegen eine Tastatur, ein Zeichen dafür, wie beunruhigt er war. „Das ist absolut unmöglich!"

Der Institutsleiter brauchte es nicht zu betonen. Jeder der Anwesenden wußte es. Jedem Kind wurde schon bei seinen ersten Kontakten mit dieser Technik vermittelt, daß es erstens unmöglich war, von außen in eine Syntronik einzudringen, und daß zweitens ein illegales Herausziehen von Informationen vollkommen ausgeschlossen war.

„Das will ich noch einmal hören!" forderte Korexxon. „Also?"

Der Syntron wiederholte seine Aussage. Demnach war das Unglaubliche tatsächlich geschehen. Eine unbekannte Macht hatte sich eingeschaltet und verhinderte weitere Löschungen des umfangreichen Datenmaterials.

„Der Prozeß ist nunmehr abgeschlossen", fügte der Syntron hinzu. „Offenbar hat der Außenstehende alles an Informationen, was er haben wollte."

Einige der Wissenschaftler redeten aufgeregt durcheinander, andere saßen an ihren Plätzen und starrten vor sich hin, als könnten sie der Aussage des Syntrons nicht trauen. Korexxon erhob sich aus seinem Sessel und ging einige Schritte zur Seite. Er war ebenfalls nicht fähig, sich an den Gesprächen zu beteiligen. Zudem glaubte er nicht, daß sie zu einer Lösung führen konnten.

Der Bioinformatiker stand nicht weniger unter Schock als die anderen. Er hatte die allergrößte Mühe, seine Gedanken und Empfindungen unter Kontrolle zu bringen. Für ihn – wie für die anderen auch – war es ein uraltes Axiom, daß ein Syntron vor einem unerlaubten Zugriff sicher war.

Astoron Gao fing sich als erster. Er ordnete eine Kontrolle des Syntrons an. Dabei machte er deutlich, woran bis dahin keiner der anderen gedacht hatte.

„Das ist jetzt eine richtige Katastrophe", sagte er langsam. „Das muß uns klar sein. Es geht hier nicht nur um Biothek und unsere Biochips, hier geht es um grundsätzliche Probleme. Wenn wirklich jemand von außen eingedrungen ist, dann bedeutet es in letzter Konsequenz, daß selbst NATHAN nicht mehr sicher ist. Bekanntlich sind alle Syntroniken mit ihm vernetzt."

„Vielleicht hat das Mondgehirn selbst zugegriffen", vermutete Arkmit Thorofeyn.

„Unsinn!" wies Korexxon den Gedanken zurück. Die riesige Syntronik auf dem Mond der Erde konnte unmöglich in dieses Geschehen involviert sein. „Wir alle wissen, daß NATHAN aufgrund gesetzlicher Bestimmungen und den dadurch ausgelösten Vorkehrungen gar nicht dazu in der Lage ist. Auch wenn das Mondgehirn in den letzten Jahrhunderten oft genug gestört wurde – so etwas ist völlig unmöglich. Es muß einen anderen Grund geben!"

Die Kollegen akzeptierten das. Dennoch zweifelten sie an der Aussage des Syntrons. „So etwas kann nicht sein!" rief ein junger Chemiker.

Luz Korexxon überwand allmählich seinen Schock. *Ich muß den Vorfall richtig einordnen,* redete er sich ein. *Jetzt nur keine Panik!* Er hielt sich nicht länger mit den Gedanken daran auf, was geschehen war, sondern wandte sich dem zu, was daraus folgen mußte.

Der wesentliche Teil der Forschungsergebnisse ist im Syntron meines Hauses gespeichert, machte er sich klar. *Wenn der Unbekannte auch dort versucht, was zu drehen, dann wird die Lage kritisch ...*

Die Schlußfolgerung war eindeutig: Er mußte nach Hause, so schnell wie möglich. Er mußte die Informationen in seinem privaten Syntron löschen, bevor sich auch dort eine unbekannte Macht einmischte. Und er mußte so schnell wie möglich handeln. Zeitverlust konnte er sich jetzt nicht mehr leisten.

Mittlerweile war es recht ruhig geworden im Raum. Astoron Gao und einige der anderen Wissenschaftler diskutierten halblaut mit der Syntronik und versuchten, eine Erklärung für den unglaublichen Vorfall zu bekommen. Die meisten glaubten an einen Fehler des Rechners, nicht an einen Angriff von außen. Das konnte sich keiner vorstellen.

Plötzlich schoß Korexxon ein Gedanke durch den Kopf. *Haben wir den verdammten Syntron überhaupt richtig verstanden?* Die Frage war berechtigt. Was bedeutete der Hinweis, jemand greife von *außen* ein? Wie weit *außen*?

Bisher hatte er diese Aussage so interpretiert, daß jemand außerhalb von Biothek angegriffen hatte. Das klang im ersten Moment völlig logisch. Doch war das wirklich so gemeint?

Oder ist der Unbekannte einer von meinen Kollegen, einer der Wissenschaftler von Biothek? Es war genauso logisch wie alle anderen Überlegungen. Hatte einer von ihnen schon vor längerer Zeit ein intrigantes Spiel begonnen, um die wissenschaftlichen Erkenntnisse an sich zu bringen und möglicherweise mit einem Millionengewinn zu verkaufen? Oder beabsichtigte der Unbekannte, die Forschungen irgendwo fern vom Solsystem in einem anderen hochentwickelten Sonnensystem der Milchstraße fortzusetzen? Mißgünstige Gegner der Menschheit gab es genügend, und milliardenschwere Konzerne, die an solchen Chips interessiert waren, ebenso.

Während Korexxon einen der Kollegen nach dem anderen beobachtete und nach Anzeichen suchte, die ihm diese Fragen beantworten konnten, stürzte die rothaarige Anga Zrarafeth in den Raum. Wirr hing der Frau von Olymp das lange Haar ins Gesicht.

„Stek ist tot!“ stammelte sie mit fliegendem Atem. Sie war vom schnellen Lauf erhitzt, und Schweißperlen glänzten auf ihrem Gesicht. „Chips und Unterlagen der B-Generation sind aus dem Tresorraum gestohlen worden!“

Augenblicklich wurde es völlig still. Sogar die Diskussionen mit dem Syntron verstummten. Alle blickten die junge Frau an.

Eine weitere Unmöglichkeit! Es war ganz einfach ausgeschlossen, daß etwas aus dem Tresor entwendet wurde. Biothek war mit modernster Technik abgesichert. Selbst ein Teleporter hätte nicht in den Tresorraum eindringen und etwas mitnehmen können, ohne daß ein Alarm ausgelöst worden wäre. Eingebaute Paralysatoren hätten den Teleporter außerdem augenblicklich gelähmt. Zudem hätte ihn ausströmendes Gas schon nach Bruchteilen von Sekunden handlungsunfähig gemacht, so daß er nicht mehr in der Lage gewesen wäre, mit einem weiteren Teleportersprung zu flüchten.

Der Hersteller hatte das System damals auf Herz und Nieren geprüft. Zwar gab es außer dem Mausbiber Gucky derzeit keinen bekannten Teleporter in der Milchstraße, aber das zählte nicht. Der Hersteller hatte Holographien und Syntronprogramme eingesetzt, mit denen er Guckys Aktivitäten hatte simulieren können. Dabei war bewiesen worden, daß das System selbst von dem Ilt nicht überwunden werden konnte. Hatte es dennoch jemand geschafft, in den Tresor zu kommen und etwas daraus zu entwenden?

Institutsleiter Gao griff sich erschüttert an den Kopf. „Das ist nun wirklich die absolute Katastrophe!“ stöhnte er. „Die Diebe können alles mögliche mit ihrer Beute anrichten. Mit Hilfe der

Chips und entsprechenden Kenntnissen der Bioinformatik können sie menschliche Monster heranzüchten, die ganze Sonnensysteme ins Verderben stürzen."

„Vielleicht entwickeln sie ja auch absolut unschlagbare Kampfstiere", versuchte Thorofeyn einen Scherz. Es war einer seiner wundervollen Witze, mit denen er immer wieder erfolglos versuchte, die Stimmung aufzulockern.

Doch wieder hatte niemand Sinn für Humor. Der Plophoser erntete nur irritierte Blicke seiner Kollegen.

„Was ist mit Stek passiert?" fragte Korexxon. Anga Zrarafeth schüttelte nur stumm den Kopf. Die Augen der jungen Frau von Olymp füllten sich mit Tränen, sie sagte nichts.

Stek war der Hund des Instituts, ein gutmütiger alter Boxer, den vor Jahren ein Kollege aufgelesen hatte und der zum freundlich geduldeten Pflegefall des Teams geworden war.

Von dem Tier war nur noch ein blutiges Bündel geblieben. Es lag mit zerschmetterten Gliedern in der Ecke. Wer auch immer bei Biothek eingebrochen war, er hatte über unvorstellbare Kräfte verfügt, und er hatte das Tier mit rücksichtsloser Härte und größtmöglicher Brutalität getötet. Jeder Knochen im Leib schien Stek gebrochen worden zu sein.

Korexxon hielt es nicht länger im Institut. „Ich muß gehen", sagte er zu Gao. „Du weißt, daß ich dringende Aufgaben in meinem Haus zu erledigen habe."

Der Institutsleiter nickte. Nur ganz kurz blickte er auf. Dabei bemerkte der Bioinformatiker, wie elend sein Vorgesetzter aussah. Seine Augen lagen tief in den Höhlen. Die unerklärlichen Vorfälle in seinem Institut hatten ihn offenbar wesentlich härter getroffen, als Korexxon bis dahin geglaubt hatte. Für Gao ging es jetzt nicht mehr nur um die persönliche Karriere und seine Hoffnung auf den großen Preis. Die Affäre hatte eine ganz andere Dimension angenommen.

Luz Korexxon hielt seiner Tastatur die Schale hin und tippte ein: *Komm nach Haus.* Die Tastatur schmolz, sammelte sich und floß dann die Schütte hinauf in die Wanne zurück. Korexxon legte das Plättchen auf und verließ Biothek. Gao begleitete ihn bis zur Tür. Ihr Abschied war stumm und kurz; Gao schien noch etwas sagen zu wollen, wandte sich dann aber einfach ab.

Während die Kollegen miteinander redeten, wartete Gao ab, bis sich die Tür hinter Korexxon geschlossen hatte. Er straffte seine Schultern, versuchte so etwas wie Zuversicht in seine Miene zu legen. Dann verließ er den großen Raum durch die gegenüberliegende Tür.

Gao nahm seine Niederlage sehr persönlich. Er fühlte sich durch sie und ihren Hauptverursacher beleidigt. Zudem war er sich dessen bewußt, daß er weiter denn je von seinem Lebensziel entfernt war, in die höchsten Kreise der Wissenschaft aufgenommen zu werden. Dafür haßte er Korexxon. Niemals wäre Gao imstande gewesen, so leicht auf das Erreichte zu verzichten wie Korexxon.

Fast kam es Gao vor, als sei dem Bioinformatiker alles vollkommen gleichgültig, als gleite das Geschehen von ihm ab wie Wasser von einer Ölschicht. Aufgewühlt betrat er sein Büro, ließ sich in einen der gepolsterten Sessel sinken und lehnte sich so weit zurück, bis sein Kopf auf der Rückenlehne ruhte. Er mußte zuerst einmal mit den Ereignissen fertig werden, die an diesem Morgen auf ihn eingestürzt waren.

Gao versuchte ohne Erfolg, Ordnung in seine Gedanken zu bringen. Minutenlang verharrte er regungslos in seinem Sessel, gequält von Empfindungen, die er nicht unter Kontrolle bekam.

Die Gedanken des Institutsleiters konzentrierten sich mehr und mehr auf Korexxon. Hatte dieser sich nicht ein wenig zu schnell entschieden? Ausgerechnet er, auf dessen Erkenntnissen die Arbeit der letzten Jahre basierte? Warum ließ der Bioinformatiker so schnell die grundsätzlichen Daten vernichten? Warum lag ihm so viel daran, daß keine Informationen übrigblieben? Spielte Korexxon etwa ein falsches Spiel gegen die eigenen Kollegen?

Je länger Gao nachdachte, desto mehr Zweifel kamen ihm an der Integrität des freiberuflichen Mitarbeiters von Biothek. Wollte dieser womöglich gerade jetzt – da sie in die entscheidende Phase der Forschung eingetreten waren – den Lohn ihrer vielen Mühen allein einheimsen? Sollte er doch nicht die integre Persönlichkeit sein, die alle in ihm sahen?

Er wollte eine Antwort auf diese Fragen! Gao richtete sich auf und wandte sich mit Hilfe des Syntrons an Staatsanwalt Morton O'Gnawlly, der für den Bereich von Groß-New-York verantwortlich war. Er kannte diesen Mann schon seit Jahren, war ihm verschiedentlich im außerdienstlichen Bereich begegnet. Von daher wußte Gao, wie ehrgeizig und erfolgshungrig er war. An diesem Tag hatte er jedoch zum erstenmal dienstlich mit ihm zu tun.

Er unterrichtete den Staatsanwalt, der recht schnell zu sprechen war, über die Vorfälle im Institut und machte deutlich, daß man aus Gründen der Verantwortung heraus gezwungen gewesen war, wissenschaftliche Forschungsergebnisse zu vernichten. Doch damit ließ er es nicht genug sein. Vorsichtig und mit umständlichen Formulierungen verdächtigte er Korexxon, an dem Geschehen beteiligt zu sein.

„Dieser sogenannte Kollege", schloß er, wobei er diese Bezeichnung zischend und voller Verachtung hervorstieß, „könnte das alles natürlich auch nur inszeniert haben. Wenn ich es mir recht überlege, war er der einzige, der die Möglichkeit dazu hatte. Nur Korexxon hatte Zugang zu allen Geheimnissen von Biothek."

„Warum sollte er das getan haben?" fragte O'Gnawlly sachlich distanziert. Er machte nicht den Eindruck, als sei er so leicht zu überzeugen.

„Ich könnte mir vorstellen, daß er die Forschungsergebnisse für sich behalten will", beschuldigte der Institutsleiter den Bioinformatiker. Und nun brachen die Dämme. Immer mehr steigerte er sich in die Vorstellung hinein, von Korexxon verraten worden zu sein. „Die Versuchung ist riesengroß, denn der Wert unserer gemeinsamen Arbeit ist geradezu unermeßlich. Korexxon ist nur freier Mitarbeiter, wir anderen haben das als Angestellte erarbeitet. Selbst wenn unser ganzes Institut aus Howalgonium bestünde, wäre der Wert der Gebäude noch nicht annähernd vergleichbar mit dem, was das Biochip-Projekt bringen könnte. Da stecken nicht nur Millionen darin, damit könnten wir Milliarden oder gar Billionen von Galax verdienen – in der ganzen Milchstraße."

Gao blickte den Staatsanwalt durchdringend an. Er wußte aus privaten Gesprächen, daß O'Gnawlly noch eine uralte Rechnung mit Korexxon offen hatte. Es war zu hoffen, daß der Staatsanwalt die Gelegenheit beim Schopf packte, um das Konto auszugleichen.

„Ich schicke dir ein Spezialistenteam ins Institut", kündigte der Staatsanwalt an. Endlich entdeckte Gao das Aufblitzen in seinen Augen, auf das er so lange gewartet hatte. „Ich bin sicher, daß es sehr bald klären wird, was wirklich vorgefallen ist. Und wenn Korexxon damit zu tun hat, wird er dafür bezahlen. Dafür sorge ich notfalls persönlich!"

2.

„Aufstehen, Lakote!“ hallte eine Stimme durch den Raum. „Komm endlich hoch!“

Es klatschte laut, als ob Sekkamelonen aus großer Höhe herabstürzten und beim Aufprall zerplatzten. Dr. Onark fuhr erschrocken aus seiner Tiefschlafphase auf. Benommen blickte er sich um, sah modern gestaltete Möbel, farbenprächtige Originalgrafiken an den Wänden, das langsam intensiver werdende Licht und den schimmernden Holowürfel mit beiden, weit in den Raum hereinreichenden Händen, die immer wieder klatschend gegeneinanderschlugen.

„Nun komm schon raus aus den Federn, Lakote!“ forderte der Syntron, und dabei wurde seine Stimme immer lauter und energischer. „Es ist etwas passiert! Man braucht dich, und zwar dringend!“

Dr. Lakote Onark stieg aus dem Bett. Anfangs mußte er sich mit der Hand an der Wand abstützen, weil ihm schwindlig wurde. Er brauchte ein paar Sekunden, um seinen Blutkreislauf ins Gleichgewicht zu bringen und das Schwindelgefühl zu überwinden.

„Verfluchter Abadak!“

Er machte ein paar taumelnde Schritte, fing sich und schüttelte den Kopf, um sein Gehirn in Schwung zu bringen. Tatsächlich klärten sich seine Sinne, und er schaffte es, in die Naßzelle zu kommen, wo er sich mit eiskaltem Wasser überschütten ließ.

„Was ist los?“ fragte er, während er sich abtrocknete. Onark hatte den tiefbraunen Teint vieler Bewohner der terranischen Äquatorzonen, doch blaue Augen, die in lebhaftem Kontrast dazu standen. Das schüttere Haar setzte erst sehr hoch auf seinem Schädel an und war nur im Nacken tiefschwarz, während es an den Schläfen und über der Stirn schlohweiß war. „Weshalb weckst du mich mitten in der Nacht? Ich habe eine schwere Woche hinter mir.“

„In dein Büro ist eingebrochen worden“, teilte der Syntron mit.

Sofort fiel alle Müdigkeit von Onark ab. „Was?" Er kratzte sich dicht über den dunklen Augenbrauen. Aus Zeitgründen verzichtete er darauf, sich frische Wäsche aus dem Automaten geben zu lassen. Statt dessen streifte er sich die weiße Klinikkleidung über, die er erst vor wenigen Stunden abgelegt hatte. Die Sandalen zog er sich erst an, als er sich im Lift befand, der ihn aus den Tiefen des Jupitermondes Callisto nach oben in die Energiekuppel brachte, die OCCIPITAL, das Krankenhaus für psychisch Kranke, überspannte.

Als er eine Antigravgleite erreichte, beschleunigte er, so daß er die Strecke bis zu seinem Chefbüro in kürzester Zeit zurücklegte. Schon von weitem sah er, daß sich verschiedene Ärzte, Helfer und Schwestern auf den Gängen vor seinem Büro versammelt hatten. Auch einige uniformierte Polizisten von Jupitpol waren dabei, Beamte, die für die Monde des Jupiters zuständig waren. Sie hatten Absperrungen mit Hilfe von Formenergie-Bändern eingerichtet, so daß eine breite Schneise vor dem Eingang zum Büro entstanden war. In diesem Bereich bedeckten willkürlich verstreute Schreibfolien den Boden.

Einige Schritte weiter ragten ein paar Frauenfüße in die Schneise herein. Sie zeigten mit den Zehen nach unten, so daß Onark unschwer erriet, daß die Frau auf dem Bauch lag. Als die Angestellten der Klinik den Chefarzt bemerkten, traten sie respektvoll zur Seite. Vielleicht fiel ihnen auf, daß seine Schritte immer kürzer wurden, je näher er seinem Büro kam. Er achtete nicht darauf.

Bis zu diesem Zeitpunkt war er unfähig gewesen, über die Nachricht nachzudenken, die er vom Syntron erhalten hatte. Ein Einbruch in seinem Büro war ganz einfach unvorstellbar. OCCIPITAL war so umfassend abgesichert wie eine Festung. Wer hier eindringen wollte, der mußte entweder ein Genie sein oder über nahezu unbegrenzte technische – und somit auch finanzielle – Möglichkeiten verfügen.

Am Eingang zum Büro blieb der Arzt stehen. Eine kleine, rothaarige Frau kam zu ihm, seine Assistentin Araiya-Na.

Unordentlich hing ihr das Haar in die Stirn. Sie war offenbar ebenfalls gerade erst aufgestanden. Dabei hatte sie versäumt, ihren Kittel hoch genug zu schließen, so daß sich ihm nun ein recht freizügiger Blick auf ihren Ausschnitt bot. Als sie bemerkte, daß ihn der Anblick ihrer Brust irritierte, schloß sie kurzerhand den Kittel.

„Wieso bricht jemand bei uns ein?“ fragte sie. „Hier gibt es doch überhaupt nichts zu stehlen. Oder doch? Haben wir etwa Informationen, mit denen jemand was anfangen kann?“

Er antwortete nicht, denn bei ihren Worten lief ihm ein kalter Schauer über den Rücken. Fieberhaft überlegte Onark, ob er einen Fehler gemacht hatte. Die Beine wurden ihm schwer, und es schien, als wollten sie ihm den Dienst verweigern. Was wußte der Einbrecher von ihm? Hatte er etwas herausgefunden, was ihm das Genick brechen würde?

Onark galt zurecht als ehrgeiziger Mann, und er hatte hart gekämpft, um die Position als Chefarzt zu erreichen. Er war entschlossen, das Erreichte mit allen Mitteln zu verteidigen. Aber jetzt kochte das Gefühl in ihm hoch und wollte nicht weichen, daß er vor dem Scherbenhaufen seiner Karriere stand.

Ein Polizeioffizier trat ihm entgegen. Das Namensschild auf seiner Brust wies ihn als Atoro Yamash aus. Der Polizist war klein, hatte einen samtbraunen Teint; seine schwarzen, langen Haare hatte er straff zurückgekämmt und im Nacken zu einem Zopf zusammengebunden. Seine Augen waren schmal und geheimnisvoll.

Onark spürte, daß dieser Mann ihm gefährlich werden konnte. Er erkannte, daß er auf der Hut sein mußte, doch es fiel ihm schwer, sich ausreichend zu konzentrieren.

Während der Polizist auf ihn einsprach, blickte Onark sich verunsichert und von lähmender Furcht erfüllt um. Sein Büro war kaum wiederzuerkennen. Jeder Schrank, jede Schublade und jedes Bord war durchwühlt worden. Die Speichereinheiten des Archivs lagen über dem Boden verstreut, und das Gehäuse des Syntrons war mit brutaler Gewalt zerschlagen worden.

Doch auf das achtete Onark nur am Rande. Seine ganze Aufmerksamkeit galt der jungen Frau, die leblos auf dem Boden lag. Es war Calast Cül, eine Patientin. An den Innenseiten ihrer Schenkel klebte Blut.

Er kniete neben ihr nieder und legte ihr die Hand auf die Schulter. Dann erst entdeckte er die blutigen Rinnsale, die unter dem Haar hervorkamen und über ihren Nacken hinwegführten.

„Sie ist tot. Wie kommt sie hier herein?“ fragte Atoro Yamash nüchtern und ruhig, als sei sie ein Roboter, der ausgeschaltet worden war. Onark schaute ratlos auf: „Sie konnte sich frei hier bewegen. Wir sind kein Gefängnis.“

„Vielleicht ist sie dem Einbrecher auf dem Flur begegnet. Er könnte sie hereingezerrt oder hereingelockt haben, vergewaltigt und erschlagen. Er muß viel Zeit gehabt und sich sehr sicher gefühlt haben.“

Onark richtete sich auf. „Ich begreife das nicht“, sagte er mit mühsam beherrschter Stimme. Unruhig kratzte er sich dicht über den Augenbrauen die Stirn. Die Kehle war ihm eng geworden, und er mußte sich mehrmals räuspern, um verständlich sprechen zu können.

„Vielleicht kommen wir weiter, wenn du mir erklärst, wie der Einbrecher überhaupt ins Krankenhaus gelangen konnte“, entgegnete der Polizeioffizier, wobei er sein Aufnahmegerät am Armband so hielt, daß es die Antwort des Arztes aufnehmen konnte. Die Aufnahmen wurden sofort an den Syntron der Polizei weitergeleitet. Seine Augen wurden noch enger als zuvor. Argwöhnisch blickte er den Arzt an. „OCCIPITAL ist nur über Transmitter erreichbar. Nach unseren Informationen lösen die Wachsysteme sofort einen Alarm aus, wenn irgend jemand hier unerlaubt eindringen will. Wieso?“

Dr. Lakote Onark brauchte einige Sekunden, bis er erfaßte, weshalb der Polizist diese Frage stellte. „Man kann natürlich auch mit einem Raumschiff kommen, muß dann allerdings eine Strukturlücke im Energieschirm schaffen. Aber ich glaube nicht, daß du das meinst. Du willst wissen, was so ungewöhnlich an OCCIPI-

TAL ist, daß derartige Sicherheitsvorkehrungen nötig sind." Er legte den Kopf in den Nacken und atmete einige Male tief durch. „Mir ist übel, Atoro. Laß uns nach nebenan gehen. Bitte!"

Ohne die Antwort des Offiziers abzuwarten, durchquerte er das Büro und zog sich in einen Nebenraum zurück. Er brauchte die auf diese Weise gewonnenen Sekunden, um sich weiter zu erholen. Angespannt lauschte er. Ein leises Seufzen der Sohlen verriet ihm, daß der Polizist ihm folgte.

„Transmitter spielen eine besondere Rolle für uns", erläuterte er, als die Tür sich hinter ihnen geschlossen hatte. Nun endlich wandte er sich dem Beamten zu. „Wir versuchen, mit ihrer Hilfe Gehirngeschädigte zu heilen."

„Tatsächlich?" Yamash lächelte zweifelnd. Er ließ sich in einen Sessel sinken, lehnte sich lässig zurück und schlug die Beine übereinander. „Soll ich das glauben, oder willst du mich verarschen?" Er schüttelte den Kopf. „Nein, wohl nicht. Nebenan liegt eine Tote. Du machst jetzt, in dieser Situation, keine Witze. Wie war das mit den Gehirngeschädigten? Das mußt du mir erklären."

„Es ist ganz einfach", antwortete der Chefarzt. Er nahm ein wenig Wasser aus dem Automaten und trank in kleinen Schlucken. Danach klang seine Stimme weniger belegt. Er nutzte jeden Zeitgewinn, um seiner inneren Erregung Herr zu werden und nachdenken zu können.

Bisher hatte er noch nicht an die Öffentlichkeit getragen, womit sich OCCIPITAL beschäftigte. Geheim waren die Forschungsarbeiten keineswegs. Der Arzt kam zu dem Schluß, daß er dem Polizisten ruhig einiges erzählen durfte. Er brauchte wohl kaum zu befürchten, daß er damit an die Presse gehen und Sensationsberichte provozieren würde.

„Da bin ich aber gespannt."

„Du weißt ja, daß der Transmittersyntron alle Objekte, die transportiert werden sollen, in eine Serie von binären Informationen zerlegt. Egal, ob es sich dabei um lebende Wesen oder tote Materie handelt."

„Die Objekte werden in eine Energieform übergeführt“, sagte der Polizist. „Dann gehen sie als eine Serie von Funksignalen an die Gegenstation. Das ist eine uralte Technik, die wir schon seit dem 20. Jahrhundert kennen.“

„Impulswellenfronten, die sich nahezu zeitlos durch den Hyperraum bewegen. Im Empfänger werden sie wiederum entsprechend in Materie zurückverwandelt“, bestätigte der Mediziner. „Grundlage dabei ist die Serie von binären Zeichen, die vom Sender angelegt wurde. Daraus wird beim Empfänger wieder Materie.“

„Das ist mir schon klar“, sagte Yamash, „aber was hat das mit OCCIPITAL zu tun? Dies ist ein Krankenhaus, aber keine Transmitterforschungsstation.“

„Uns interessieren vor allem die transmittierten Daten. In sie greifen wir ein und verändern sie.“

„Aber dann kommen beim Empfänger nicht mehr die gleichen Menschen heraus, die in den Sender hineingegangen sind!“

„Genau darum geht es uns“, betonte Dr. Onark. „Wir wollen auf diese Weise die Menschen korrigieren. Das ist allerdings noch in einem frühen Stadium der Experimentierphase. Immerhin konnten wir bereits in einigen Fällen bösartige Tumore entfernen, die ansonsten inoperabel gewesen wären. In anderen Fällen konnten wir die zellulären Ursachen für Stoffwechselstörungen im Gehirn beseitigen.“

„Eine Menschenreparaturwerkstatt.“

„Viel feiner. Unsere Behandlungsmethode ist äußerst schwierig und kompliziert“, sagte der Chefarzt. „Es kommt darauf an, aus einer unermeßlich großen Zahl von Daten die richtige Symbolgruppe herauszufiltern und so zu verändern, daß dem Patienten geholfen und nicht geschadet wird. Nach vielen Jahren ständiger Fehlschläge haben wir einige Erfolge erzielt, auf die wir natürlich besonders stolz sind.“

Das Gesicht von Atoro Yamash blieb ausdruckslos. Er hatte ganz offensichtlich nur wenig Verständnis für den Stolz des Mediziners. Letztlich gehörte zu seiner Behandlungsmethode eine totale Übersteigerung der Apparatemedizin, die sowohl eine Präsenz wie auch die Mitwirkung des menschlichen Bewußtseins völlig außer acht ließen. Der Mensch wurde im Prinzip wie ein Cyborg behandelt, bei dem buchstäblich alle Teile wie die Bausteine einer Maschine beliebig ausgetauscht werden konnten.

„Also kann man mit einer derartigen Manipulation auch Übles anrichten", stellte der Polizist fest. „Kriminelle Elemente könnten daran interessiert sein, deine Forschungsergebnisse in die Hand zu bekommen, um damit eigene Ziele zu verfolgen."

„So ist es." Dr. Lakote Onark trank erneut etwas Wasser. Er wirkte angeschlagen. „Und deshalb beunruhigt mich, daß jemand hier eingebrochen ist und die Syntronik keinen Alarm ausgelöst hat. Eigentlich kann der Täter nur im OCCIPITAL zu finden sein."

„Davon bin ich zunächst auch ausgegangen", bestätigte der Polizeioffizier, „aber wir haben den Transmitter überprüft. Die Maschine ist ganz eindeutig benutzt worden. Ein Unbekannter ist mit ihm angereist, und wir wissen, daß er mit Hilfe des Transmitters wieder verschwunden ist. Da anschließend alle Daten gelöscht worden sind, wird uns allerdings für immer unbekannt bleiben, woher er gekommen und wohin er gesendet worden ist."

Onark schüttelte verwundert den Kopf. „Aber das ist unmöglich!" protestierte er. „Niemand kann eine Syntronik in dieser Art und Weise manipulieren."

„Offenbar hat aber jemand einen Weg gefunden, das zu tun." Yamash erhob sich und wollte gehen, doch der Mediziner hielt ihn zurück.

„Bleib noch etwas!" bat er. „Ich möchte meine Syntronik überprüfen, um ..."

„Du kannst dich darauf verlassen, daß alles richtig ist und auch so stimmt, wie ich es dir gesagt habe", versetzte der Polizist kühl; es klang beinahe verletzend distanziert. Er beendete das Gespräch und verließ den Raum.

Dr. Lakote Onark blieb in seinem Sessel sitzen. Das Gespräch hatte keine Klärung für ihn gebracht, sondern ihn zusätzlich verunsichert. Er war sicher, daß Atoro Yamash mehr herausgefunden hatte, als er ihm gegenüber verraten wollte.

Kaum hatte er das Institut verlassen, rief Luz Korexxon ein Gleitertaxi. Er brauchte nicht lange zu warten. Kaum war er einige Schritte gegangen, als ein bodengebundener Prallgleiter kam. Im Eiltempo brachte ihn der Gleiter zu seinem Haus am äußersten Rand von New York.

„Hallo, da bist du ja, Luz!“ begrüßte ihn die Haustür. „Ich habe schon auf dich gewartet. Du kannst dich freuen: Im Haus habe ich es dir gemütlich gemacht. Soll ich dir die Pantoffeln anwärmen?“

Die Tür empfing ihn fast immer mit solch freundlichen Worten, so daß er sich längst an diese Geste mit all ihren Varianten gewöhnt hatte und kaum noch darauf achtete. Die Syntronik vermochte genau zu beobachten, aus seinem Auftreten auf seine Gefühlslage zu schließen und den Empfang darauf abzustimmen.

Korexxon warf der Tür nur einen kurzen Blick zu und war froh, daß er nicht darauf angewiesen war, auf sie Rücksicht zu nehmen. Es handelte sich glücklicherweise nicht um eine Tür, die beleidigt sein konnte. So etwas gab es natürlich längst, aber er hielt eine derartige Programmierung für überspitzt. Er brauchte keine Reaktion dieser Art für sein seelisches Gleichgewicht.

Seine Gedanken kreisten um die Vorfälle dieses Tages. Innerhalb weniger Stunden hatte sich sein Leben vollkommen verändert. Bis zu diesem Morgen hatte er keine Sekunde lang daran gedacht, daß er gezwungen sein könnte, seine wissenschaftlichen Erkenntnisse der letzten Jahre über Bord zu werfen. Doch ihm blieb keine andere Wahl. *Biologische Systeme, die sich selbständig machen und unkontrolliert weiterentwickeln, dürfen auf keinen Fall Menschen oder anderen Intelligenzwesen eingepflanzt werden.* Das war ihm klar, und das war eine Entscheidung, die ihm hundertprozentig logisch erschien.

Das aber war es nicht allein, was ihn zur Eile drängte. Mittlerweile hatte Korexxon den Gedanken verworfen, einer der

Mitarbeiter von Biothek könnte den Syntron manipuliert und die Chips aus dem Tresor gestohlen haben. Wer das Unmögliche zur Realität werden ließ, der verfügte über weitaus mehr technische und finanzielle Mittel als jeder in Korexxons Bekanntenkreis. Kein Angestellter des Instituts besaß solche Machtmittel.

Er hatte es also mit einem Gegner zu tun, der mit absoluter Sicherheit nicht aus seinem persönlichen Bekanntenkreis stammte. Solange er jedoch nicht mehr Hinweise als bisher hatte, war es müßig, weiter darüber nachzudenken, wer es war. Ob er auf der Erde residierte oder die Fäden der Macht von irgendeinem Sonnensystem der Milchstraße oder gar von einer anderen Galaxis aus zog – das war zum aktuellen Zeitpunkt völlig gleichgültig. Wichtig war im Augenblick allein, dem unbekannten Gegner zuvorzukommen und die Informationen zu vernichten, auf die er es abgesehen hatte.

Im Arbeitszimmer sprach Korexxon seinen Syntron an. „Wir haben zu tun!" rief er dem Gerät zu. Bei seinem Eintritt hatte der Syntron einen Holowürfel mit dem unvergleichlich schönen Gesicht der Popsängerin ESTARTA mitten im Raum aufgebaut. Das Bild spitzte die Lippen lasziv und hauchte ihm einen Kuß zu. „Wir müssen wichtige Daten löschen", fügte Korexxon hinzu, ohne sich um das Bild zu kümmern. Dafür hatte er derzeit keinen Sinn.

„Ich hoffe, du sprichst nicht von den Daten der Biochips", versetzte die Maschine.

Bestürzt blieb der Wissenschaftler stehen. Mit verengten Augen blickte er das dreidimensionale Bild der jungen Frau an. Sie begegnete seinem Blick mit der Gleichgültigkeit eines Programms, das auf weitere Befehle des Rechners wartete.

„Und wenn es so wäre?" fragte der Bioinformatiker langsam.

„Oh, là, là! Dann habe ich eine schlechte Nachricht für dich. Ich hatte Besuch. Jemand ist in mich eingedrungen und hat einen Befehl in mir verankert, der mir gewisse Beschränkungen auferlegt." Das Holobild der jungen Frau lächelte nicht mehr; das

Programm der Syntronik wußte, daß diese Informationen nicht erfreut aufgenommen werden würden.

„Was heißt das?“ rief der Bioinformatiker. „Ich will, daß alle Daten über die Biochips gelöscht werden. In erster Linie geht es um die A-Generation.“

„Tut mir leid, Luz“, antwortete der Syntron in einem Tonfall, als werde er tatsächlich von Bedauern geleitet. „Der mir eingepflanzte Befehl macht es mir unmöglich, gerade diese Informationen zu löschen.“ Das Holobild schaute ihn traurig an.

Der Raum schien sich plötzlich um ihn zu drehen. Aus einem ihm nicht ersichtlichen Grund entstand das Bild eines sich allmählich erweiternden Fensters vor seinem geistigen Auge. *Eine Szene ... ein Hai in der terranischen Tiefsee ... eine Taucherin im knapp geschnittenen Anzug ... dunkelblonde Haare, die durch das Wasser wehen ... Der Hai stürzt sich auf die Taucherin ... packt sie mit seinen Zähnen ... Sie strampelt verzweifelt ... Im Kampf hat sie keine Chance ... In einem Crescendo aus Blut wird sie zerrissen ...*

Korexxon wollte das Bild abschütteln, er war konzentriert bis in die letzte Faser seines Körpers. Ihm kam es vor, als habe er genau diese Szene schon einmal in seinem Leben gesehen – in seinem realen Leben. *Das ist nicht der Fall!* rief er sich in Erinnerung. *Das ist alles Einbildung!*

Er kniff die Augen für einen kurzen Moment zusammen. Als er sie danach wieder öffnete, schwebte vor ihm nur noch das holographische Bild der schönen syntronischen Frau. Weder der Hai noch die Taucherin waren zu sehen.

„Willst du damit sagen, daß du mir nicht gehorchen wirst?“ fragte er langsam.

„Ich kann nicht, Luz“, beteuerte die Syntronik mit sanfter Betonung. „Selbstverständlich würde ich dir niemals den Gehorsam verweigern, wenn ich nicht dazu gezwungen würde.“

Korexxon hielt es nicht mehr auf den Beinen. Er ging zur Bar im Hintergrund des Raumes und schenkte sich einen Vurguzz ein. Als er trinken wollte, stieg ihm der scharfe Geruch des Alkohols in die Nase, und er kam zur Besinnung.

Unter den gegebenen Umständen konnte er sich umnebelte Sinne nicht leisten. Er schüttete das Getränk achtlos weg und ließ sich in eine der schwebenden Antigravschalen sinken, die als Sessel dienten, sich aber auch als Liege nutzen ließen. Es tat ihm gut, sich darin lang auszustrecken.

„Wieso konnte jemand in dich eindringen?“ fragte er.

„Das ist mir selbst unerklärlich“, antwortete der Syntron. „Ich habe versucht, es zu verhindern, aber es ist mir nicht gelungen. Der Unbekannte verfügt über Mittel und Wege, denen ich nichts entgegenzusetzen habe.“

„Was ist mit all den Informationen?“ fuhr der Wissenschaftler fort. „Hat er sie etwa abgezogen?“

„Das war ihm wiederum nicht möglich“, beruhigte ihn die Maschine, und ein gewisser Triumph schien in ihrer Stimme mitzuschwingen. „Schon bei Beginn der ersten Annäherung habe ich reagiert und vorausschauend eine Blockade eingebaut. Auf diese Weise habe ich ihm den Zugriff verweigert und alle Versuche abgewehrt, Informationen abzuziehen.“

Obwohl diese Auskunft ihn eigentlich hätte beruhigen müssen, atmete Korexxon keineswegs auf. Der erste Angriff war gescheitert, doch weitere würden folgen. *Der Unbekannte hat die erste Schlacht gewonnen. Es ist ihm gelungen, die Löschung der Informationen durch mich und den Syntron zu verhindern. Doch nun hat der Kerl genug Zeit, sich in aller Ruhe an die Daten heranzuarbeiten. Und irgendwann wird er sein Ziel erreichen.*

Daß die Attacke ausgerechnet an diesem Tag erfolgt war, an dem die Simulation in Biothek durchgeführt worden war, beunruhigte Korexxon zusätzlich. Das ließ die Vermutung zu, daß der unbekannte Gegenspieler genau über die Vorgänge im Institut informiert war; er hatte alle Konsequenzen vorausgeahnt.

Er ist uns allen einen Schritt voraus! schoß es dem Wissenschaftler durch den Kopf.

Die hochsensiblen Daten gehörten zum Syntron von Korexxon, waren jedoch nicht direkt in dem Gerät gespeichert, das in seinem Haus stand. Sie waren in der Peripherie eines Großspeichers deponiert, der wiederum zu den Filialen von NATHAN gehörte. Daher konnte der Wissenschaftler die Daten nicht einfach dadurch vernichten, daß er das zentrale Gehäuse seines Haussyntrons mit einem Schlaghammer zertrümmerte oder in der Hyperthermie eines Energiestrahls aus einem Multitraf vergehen ließ – so schön und einfach es in der aktuellen Situation gewesen wäre.

Selbst wenn er den Großspeicher in die Luft jagte, war damit noch nicht garantiert, daß sich das Memoring in nichts auflöste, da immer noch die Möglichkeit bestand, daß sich die Zentraleinheit bei NATHAN rückversichert hatte.

Es gab nur drei Möglichkeiten, um zu verhindern, daß die hochbrisanten wissenschaftlichen Daten in falsche Hände gerieten. Er konnte versuchen, NATHAN in atomarer Glut vergehen zu lassen. Das aber wäre für ihn selbst dann nicht in Frage gekommen, wenn er die dazu nötige Sprengkapsel gehabt hätte. An ein solches Vorgehen brauchte er nicht einmal im Traum zu denken. Blieb also, die Behörden zu informieren oder den unbekannten Hacker aufzuspüren.

„Was geschieht, wenn ich mich an die Behörden wende und Anzeige erstatte?“ fragte er.

„Dann mußt du als erstes umfassende Informationen über den Inhalt der Daten abgeben, um die es vor allem geht“, antwortete die Syntronik. „Mit anderen Worten, der Kreis der Informierten würde ganz erheblich ausgeweitet werden. Vermutlich würde dir eine übergeordnete Behörde die Verantwortung abnehmen und alle Entscheidungen alleine treffen – möglicherweise auch die, daß die Informationen über die Biochips nicht vernichtet, sondern einem wissenschaftlichen Gremium zugänglich gemacht werden müssen. In der Liga Freier Terraner gäbe es genügend Teams und Gremien, die an dieser Entwicklung interessiert wären. Für welchen Zweck auch immer.“

Der Syntron gab ihm schlicht den Rat, die Dinge selbst in die Hand zu nehmen. Doch weil ihm die entsprechenden Informationen fehlten, konnte der Rechner natürlich nicht berücksichtigen, wie sich Biothek und Astoron Gao verhalten würden. Korexxon ging davon aus, daß der Institutsleiter sich mittlerweile an die Staatsanwaltschaft gewandt hatte. Somit würde sich das Interesse der Polizei hauptsächlich auf Biothek fokussieren.

Um Abstand zu gewinnen und einen geistigen Ausgleich zu schaffen, gab er seinen privaten Kode ein und notierte in seinem syntronischen Tagebuch, was sich ereignet hatte. Seit vielen Jahren schon pflegte er dieses Buch; es lag im Prinzip nur im Rechner vor, nur in den seltensten Fällen hatte sich Korexxon Ausdrucke oder Speicherkristalle anfertigen lassen. Schon als junger Mann hatte er damit begonnen. Er hatte es stets vor allem dann als Wohltat empfunden, seine Gedanken und Gefühle darin festzuhalten, wenn er persönliche Krisen zu bewältigen hatte. Das Tagebuch hörte ihm geduldig zu, ohne den Versuch zu machen, ihn zu kritisieren oder zu belehren.

Der Begriff *Tagebuch* war nicht ganz zutreffend, handelte es sich doch nicht um ein Buch im altertümlichen Sinne, sondern um eine persönliche Datensammlung, die sich zusammensetzte aus rein gesprochenen Sequenzen, schriftlichen Fundstücken und Dokumenten aus seinem Alltag und die angereichert war mit Erlebnisberichten aus Freizeit, Sport und Arbeitswelt, mit eigenen Kompositionen, Ausschnitten aus öffentlichen Berichten über Politik, Kultur und Wissenschaft, mit Videobriefen von Menschen, die ihm wichtig waren. Eine breite Basis nahmen die Notizen über jene Menschen ein, denen seine ganz besondere Liebe gegolten hatte und zum Teil noch galt.

In diesem Buch zu blättern, Holographien daraus mitten im Raum entstehen zu lassen und die Freunde und Geliebten aus seiner Vergangenheit zu sehen und ihnen zuzuhören war für den Bioinformatiker immer wieder wie eine Zeitreise, eine Rückkehr zu jenen Tagen, die sich in ihrer Vielfalt zu einem Mosaik seines Lebens zusammensetzten.

Besonders wichtig war ihm dieses Buch gewesen, als sich vor vielen Jahren seine Frau mit den Kindern von ihm getrennt hatte. Auch in seiner augenblicklichen Situation half es ihm, seine

Gedanken zu klären und Überlegungen darüber anzustellen, wie es weitergehen sollte. Während er in den virtuellen Seiten seines Tagebuches blätterte, um sich Erinnerungen hinzugeben und irgendwo seelischen Halt zu finden, fiel ihm auf, daß etwas anders war als sonst. Ein eisiger Schrecken durchfuhr ihn.

Jemand war in sein Tagebuch eingedrungen! Ihm war, als habe jemand mit schmutzigen Fingern seine Seele berührt.

Mit einem wütenden Fluch machte er sich Luft. Dann ging er der Spur nach, und schon wenig später wußte Korexxon, wonach der Einbrecher gesucht hatte. Es waren die in seinem Haus versteckten Biochips!

Im Tagebuch hatte er kodierte Hinweise darauf versteckt, wo die Chips zu finden waren. Der Dieb hatte sie aufgespürt, aber hatte er sie auch entschlüsseln können? Korexxon sprang auf, um nachzusehen, ob die wertvollen Steuerelemente noch da waren, blieb jedoch auf halbem Wege stehen. Voller Unbehagen blickte er sich um.

Er hatte das Gefühl, beobachtet zu werden. Hatte der Einbrecher miniaturisierte Video-Augen zurückgelassen, um ihn kontrollieren zu können? Waren irgendwo in den Polstern der Möbel, den Beleuchtungselementen, den Blumen, im Teppich oder an den technischen Geräten Spionsonden verborgen?

„Wieso hast du nicht verhindert, daß jemand ins Haus eingedrungen ist?“ fragte er den Hauptsyntron.

„Ich konnte nicht.“

„Und warum hast du es mir nicht gesagt? Du hättest es sofort melden müssen.“

„Es wurde mir verboten. Ich konnte mich nicht dagegen wehren.“

„Ich will Angaben über den Einbrecher haben. Am besten Bilder! Du mußt sie aufgezeichnet haben.“

„Er hat sie gelöscht und mich daran gehindert, weitere Bilder aufzunehmen oder Bilder zu rekonstruieren.“

„Gibt es Spion-Augen im Haus? Kannst du mir zumindest diese Frage wahrheitsgemäß beantworten?“

„Das Haus ist sauber."

Zum erstenmal in seinem Leben zweifelte Korexxon an der Zuverlässigkeit seines Syntrons. War der Rechner manipuliert worden? Sagte er jetzt die Wahrheit, oder gab er nur wieder, was ihm der Einbrecher befohlen hatte? *Die Unbekannten sind mir meilenweit überlegen,* dachte er verärgert. Korexxon fühlte sich hilflos.

Bisher war sein Haus ein Ort der absoluten Geborgenheit gewesen, eine Oase der Ruhe und der Intimität. Nirgendwo hatte er so konzentriert und ausdauernd arbeiten können wie in seinem persönlichen Arbeitszimmer. Nun hatte das Haus seine Unschuld verloren.

Korexxon begann den Einbrecher zu hassen. Dieser hatte ihm nicht nur Informationen gestohlen, sondern ein entscheidendes Stück Lebensqualität zerstört. *Ich werde dieses Schwein finden und ficken.*

Er durchsuchte den Raum nach Spion-Augen, resignierte jedoch schon bald, da er sich dessen bewußt wurde, daß er keine echte Chance hatte, eines zu finden. Die Geräte waren winzig, und ein Profi konnte sie so perfekt anbringen, so daß sie so gut wie unsichtbar waren.

Ihm blieb keine andere Wahl: Ob er dabei beobachtet wurde oder nicht – er mußte nachsehen, ob die Chips noch in seinem Haus waren. Entschlossen öffnete er einige mit Hilfe von Formenergie getarnte Schubladen.

Wenig später wußte er, wie der Beutezug des Einbrechers ausgegangen war: Der Unbekannte hatte alle Chips der B-Generation gefunden und mitgenommen, das Versteck mit den weitaus wertvolleren Chips der A-Generation jedoch nicht aufgespürt. *Das hat er immerhin nicht geschafft,* schlich sich die Erleichterung in sein Bewußtsein.

Korexxon nahm die Chips an sich, die sich in einer handlichen Kühlschachtel befanden, schob sie in die Jackentasche und verließ das Haus. Er konnte erst wieder frei atmen, als er in einem Gleiter saß und sich von dem Ort entfernte, der für ihn bis dahin Geborgenheit bedeutet hatte.

3.

Die bernsteinfarbenen Augen mit den waagerechten Pupillenschlitzen blickten ihn an. Clarthyen Oqunn war eine begehrenswerte Frau. Sie hatte ein ebenmäßiges, etwas breit wirkendes Gesicht mit vollen, sinnlichen Lippen, einer zierlichen Nase und einem energischen Kinn. Das Haar, dessen Farbe sich irgendwo zwischen Silber und Blau bewegte, war so lang, daß es ihr bis an die Taille hinabreichte, wenn sie es offen trug. Jetzt hatte sie es in der Tracht ihres Heimatplaneten Menat geordnet. Es fiel ihr, von der rechten Seite kommend, weich in den Nacken hinab und schlang sich von dort in zweifacher, lockerer Schlinge um ihren Hals, um vorn über dem Kehlkopf mit einer Howalgonium-Spange zusammengehalten zu werden. Auf der linken Seite des Kopfes schmiegte es sich in gedrehten Locken an ihre Wange.

„Komm herein!“ lud sie den Bioinformatiker ein, bevor er noch etwas gesagt hatte.

Er ging an ihr vorbei. Erst als sich die Haustür geschlossen hatte, zog er sie an sich und küßte sie; sie erwiderte seinen Kuß mit der Zunge, er biß leicht hinein und hielt sie fest.

Lautlos und ungemein geschmeidig kam Assyn-T'ria aus dem Nebenraum. Die junge Kartanin blieb stehen und starrte Korexxon an. Sie trug einen weißen, hautengen Anzug, der jedes Detail ihres Körpers unterstrich. Auch wer kein Freund der Felidinnen aus Hangay und Pinwheel war, mußte anerkennen, daß die Kartanin eine ungewöhnlich schöne Frau war. Sie war eine sehr gute Freundin von Clarthyen, und er wußte, daß sie nur zu gern mehr gewesen wäre. Spätestens seit die Zellaktivatorträger Dao-Lin-H'ay und Ronald Tekener eine Beziehung eingegangen waren, war in der Galaxis allgemein bekannt, daß Menschen und Kartanin sich ohne Schwierigkeiten paaren konnten. Immer wieder hatte Assyn-T'ria versucht, der Rechtsanwältin ähnlich nahezukommen, doch diese hatte alle Annäherungsversuche bislang zurückgewiesen.

Die Kartanin stammte aus Pinwheel, katalogisiert als Galaxis M 33, wo ihr Volk die beherrschende Lebensform darstellte. Im Prinzip war sie von menschenähnlicher Gestalt, wies aber ausgeprägt katzenhafte Gesichtszüge auf. Von der Stirn über den Schädel hinweg bis tief in den Nacken hinab reichte ein schmaler, silberfarbener Fellstreifen.

Wenn sie ihm begegnete, fuhr die Kartanin die Krallen aus. Das war wörtlich zu nehmen, denn sie hatte keine Fuß- oder Fingernägel, sondern Krallen, die so scharf wie eine Rasierklinge waren. Er war sich klar darüber, daß er bei ihr auf der Hut sein mußte. Wenn sie eine Chance sah, ihm zu schaden, würde sie diese nutzen.

„Ich will das junge Glück nicht stören“, sagte die katzenhafte Extraterrestrierin und ließ keinen Zweifel daran, daß sie sich allein durch seine Anwesenheit beleidigt fühlte. Mit geschmeidigen Bewegungen ging die Kartanin zur Tür und blickte Korexxon über die Schulter hinweg forschend an. Sie verzog die Lippen zu einem herablassenden Lächeln, warf sich einen Sommermantel über die Schultern, verließ das Haus und startete wenig später mit ihrem Gleiter.

Clarthyen zuckte seufzend mit den Achseln. „Sie wird wohl nie begreifen, daß nicht mehr aus Freundschaft werden kann“, sagte sie. „Wenn sie keine so exzellente Juristin im Bereich des interstellaren Rechts wäre, hätte ich mich wohl schon von ihr getrennt.“

„Beruflich hast du keine Schwierigkeiten mit ihr?“

„Überhaupt keine. Sie ist mir eine große Hilfe. Dabei hat sie es nicht leicht. Sie ist vielen Anfeindungen ausgesetzt. Es gibt eben immer noch Dummköpfe, die rassistische Vorurteile haben und die Ansicht vertreten, eine Kartanin habe vor einem galaktischen und vor allem einem terranischen Gericht nichts zu suchen.“ Sie löste sich aus seinen Armen und forderte: „Heraus damit! Was bedrückt dich?“

Angesichts ihrer Direktheit fiel es ihm schwer, so schnell umzuschalten. Sekundenlang ließ er sich von dem Zauber ihrer

Erscheinung gefangennehmen, bis sie amüsiert die Hände vor seinem Gesicht gegeneinanderschlug und ihn damit aus seinen Träumen aufweckte. „Komm schon!“ forderte sie lächelnd.

Korexxon berichtete, was geschehen war. Einigemal stellte sie kurze Zwischenfragen. Clarthyen Oqunn lebte seit Jahren nicht mehr auf ihrer Geburtswelt, dem terranischen Kolonialplaneten Menat, sondern auf der Erde. Hier war sie mit beachtlichem Erfolg als Anwältin tätig, vor allem in interstellaren Rechtsfällen. Nachdem Korexxon alles erzählt hatte, was an diesem Morgen geschehen war, übergab er ihr die Biochips.

„Ich möchte, daß du sie für mich aufbewahrst“, bat er. „Du darfst sie auf gar keinen Fall herausgeben, auch nicht in dem Fall, daß ich entführt werden sollte und man auf diese Weise die Auslieferung erpressen will.“

„Warum vernichtest du die Chips nicht einfach?“ fragte sie.

„Weil sie mein Faustpfand sind“, entgegnete er. „Ich weiß nicht genau, wieviel Wissen dem Unbekannten in die Hände gefallen ist. Ich muß ihn finden, um das zu klären und um zu verhindern, daß sich andere Wissenschaftler doch noch mit der Weiterentwicklung der Chips befassen.“

„So?“ Sie nahm die Kühlschachtel und legte sie in ihren Tresor. Dann setzte sie sich ihm gegenüber in einen Sessel und schlug die langen Beine übereinander. Als sie nun lächelte, schienen die kleinen silbrig schimmernden Sterne zu tanzen, die sie sich auf die Wangen hatte tätowieren lassen.

„Solange ich die Chips besitze, wird mein unbekannter Gegner Kontakt zu mir halten, so daß ich eine kleine Chance habe, ihn zu entlarven. Wenn ich die Chips vernichte, könnte sein Interesse an mir erlöschen, so daß er den Kontakt abbricht. Dann verliert sich seine Spur im Nichts.“

Ihr Lächeln vertiefte sich. „Du bist alles andere als ein Geheimagent oder sonst etwas in der Richtung. Ich weiß nicht, ob du dich nicht massiv übernimmst ...“

Korexxon seufzte. „Sind die Chips bei dir sicher?“

„Absolut!“

Er wußte, daß er ihrem Wort vertrauen durfte. Er liebte Clarthyen nicht nur leidenschaftlich, er bewunderte und respektierte sie zugleich. Sie war eine glänzende Anwältin, und er war überzeugt davon, daß sie ihm jederzeit helfen würde. Zur Zeit war sie vor allem der einzige Freund, den er hatte, und der einzige Mensch, dem er wirklich vertrauen durfte.

„Aber im Gegensatz zu mir hast du noch nicht ganz verstanden", betonte sie. „Erstens schätzt du deine Ausgangslage nicht richtig ein. Du verhältst dich so, als ob du es mit einem Gegner zu tun hättest, mit dem du es trotz seiner Überlegenheit aufnehmen kannst."

„Du meinst, ich begebe mich auf brüchiges Eis?"

„Gelinde ausgedrückt. Laß es mich mit einem Zitat deutlich machen", bat sie. „Man wirft den Mächtigen oft vor, daß sie viel Gutes hätten tun können, was sie jedoch nicht getan haben. Sie könnten antworten ..."

„Ich weiß schon!" Abwehrend hob er die Hände. „Die Antwort lautet: Bedenkt einmal das Böse, das wir hätten tun können und nicht getan haben."

„Aber nun zu tun bereit sind!"

Korexxon mußte der Anwältin recht geben. Er stand einer Macht gegenüber, die sich Milliardengewinne durch die Biochips versprach und die nicht gewillt war, auf ihn Rücksicht zu nehmen. Es grenzte an Vermessenheit, ihr Widerstand leisten zu wollen. Er war nur ein kleiner, unwichtiger Bioinformatiker.

„Und zweitens?"

„Ist das Wissen in deinem Gehirn gespeichert. Es gibt Mittel und Wege, dir alles zu entreißen, was du für dich behalten möchtest."

Korexxon wußte von den Möglichkeiten, Gehirne chemoinformatisch aufzubrechen. „Das würde mich umbringen."

„Und du meinst, davor schreckt diese Macht zurück? Du bist naiv! Denk doch mal daran, was sie mit Stek gemacht haben, einem harmlosen Hund. Der Einbrecher hätte ihn paralysieren können, doch das war ihm nicht wirkungsvoll genug. Er wollte ein Zeichen setzen und unterstreichen, daß es für ihn keine

Begrenzung der Mittel gibt, wenn es darum geht, sein Ziel zu erreichen."

Er ging nicht darauf ein. „Was soll ich deiner Meinung nach tun?" Kalter Schweiß bedeckte seine Stirn. Er spürte, daß er drauf und dran war, die Übersicht zu verlieren.

„Laß mich darüber nachdenken." Sie war vorsichtig genug, ihm keinen voreiligen Rat zu geben. Sie blickten sich schweigend an, und nach einer Weile begann sie zu lächeln. Sie erhob sich, streckte ihm die Hände hin. Er stand ebenfalls auf, um sich zu verabschieden.

„Es tut mir leid, Luz", bemerkte sie sanft und einfühlsam. „Mehr Zeit habe ich nicht für dich. Wie du weißt, habe ich einen Beruf, und mit dem sind eine Menge Termine verbunden."

Er verabschiedete sich und kehrte zu seinem Haus zurück. Als er den Prallgleiter vor der versteckt unter Bäumen liegenden Villa geparkt hatte und ausgestiegen war, trat eine riesige Gestalt zwischen der Deckung einiger Büsche hervor. Sie war über 2,50 Meter groß und breiter in den Schultern als jeder andere Ertruser, dem Korexxon in seinem Leben begegnet war. Der Riese vermittelte einen derart bedrohlichen Eindruck von Kraft und Überlegenheit, daß der Bioinformatiker unwillkürlich vor ihm zurückwich. Das Hemd stand vorn über der Brust offen und provozierte den Blick auf die schwellenden Muskelpartien. Es sah aus, als habe der Umweltangepaßte sich die Haut mit Öl eingerieben, um den Anblick seiner Muskeln noch eindrucksvoller werden zu lassen. Es wäre nicht nötig gewesen. Korexxon wußte, daß die Ertruser als Nachkommen von terranischen Auswanderern unter der Last von 3,4 Gravos auf dem dritten Planeten der Sonne Kreit aufgewachsen waren; ihr gesamter Metabolismus hatte sich im Laufe einer beschleunigten und gelenkten Evolution an die Verhältnisse ihrer neuen Welt angepaßt.

Der Riese kam langsam näher, die Hände vor dem Bauch auf den Ledergürtel gestützt, der seine Hüften umschlang. Am Gürtel glänzten die Sterne, die ihn als Polizeioffizier New Yorks auswiesen.

Korexxon kannte den Ertruser. Es war Rampak Handerparss, der von allen nur O. T. genannt wurde. Nachdem es ihm gelungen war, eine im gesamten Solsystem operierende kriminelle Organisation namens Odessa Thjera zu zerschlagen, hatte man ihm diesen Spitznamen verliehen. Er stellte eine Verballhornung der allgemein gebräuchlichen Abkürzung OK für *organisierte Kriminalität* dar. Vor Jahren war der Forscher mit ihm befreundet gewesen, doch davon konnte heute keine Rede mehr sein.

„O. T.", sagte er mit belegter Stimme. „Was führt dich hierher?"

Die Frage war überflüssig, und sie war ihm allzu schnell über die Lippen gekommen. Sie verriet, daß er unsicher war. Korexxon hätte sie am liebsten ungeschehen gemacht, denn es konnte nur einen einzigen Grund für das Erscheinen von Handerparss geben.

„Als ob du das nicht wüßtest!" antwortete der Ertruser mit dem Ausdruck größter Verachtung. In der ihm eigenen Art senkte er den Kopf und blickte den Forscher unter den Augenbrauen hervor prüfend an. „Willst du, daß ich dir hier draußen die Knochen breche, oder gehen wir ins Haus?"

Korexxon fing sich, und er brachte es fertig zu antworten: „Drinnen hätte ich immerhin einen Medosyn in meiner Nähe, der die Knochen wieder richten könnte!"

„Also?" O. T. zeigte nicht die Spur eines Lächelns.

„Ins Haus kommst du nur mit einem Durchsuchungsbefehl." Der Mediziner beschloß, sich nicht beeindrucken zu lassen, sondern sich zu verteidigen, soweit es ihm möglich war.

O. T. blickte forschend auf ihn herab, ein bedrohliches Funkeln in seinen Augen. Voller Unbehagen erinnerte sich Korexxon daran, daß der Ertruser einige Male erhebliche Schwierigkeiten mit seinen Vorgesetzten gehabt hatte, weil er allzu gewalttätig und unbeherrscht gegen Verdächtige vorgegangen war.

„Ich höre!"

Der Polizeioffizier eröffnete ihm erwartungsgemäß, daß es um die Ereignisse bei Biothek ging. Staatsanwalt O'Gnawlly hatte sich eingeschaltet und verdächtigte ihn, darin verwickelt zu sein und ein unsauberes Spiel mit den Biochips zu treiben.

„Unsinn!“ wies der Wissenschaftler die Vorwürfe zurück.

„Ich warne dich. O’Gnawlly wird auf keinen Fall Ruhe geben. Er wartet schon lange darauf, dir in den Arsch zu treten. Er hat nicht vergessen, was du ihm angetan hast, als du noch den Ehrenrock der New Yorker Polizei getragen hast! Aber was rede ich von Ehre? Ein Scheißkerl wie du weiß vermutlich gar nicht, was das ist.“

Er tippte sich lässig mit dem Zeigefinger gegen das Kinn und ging zu seinem neben dem Haus geparkten Gleiter.

Als er eingestiegen war, wandte er sich noch einmal an den Bioinformatiker. „Du kannst dich darauf verlassen, daß ich O’Gnawlly helfe, wo immer ich kann!“

Die Tür schloß sich, und die Maschine startete. Sie stieg steil in die Luft und entfernte sich schnell. Korexxon folgte ihr mit seinen Blicken, bis sie in der Ferne verschwand.

Er hatte das Gefühl, als habe O.T. ihm eine Schlinge um den Hals gelegt, die sich nun langsam, aber stetig zusammenzog.

Blau und unergründlich war das Wasser, in dem sie tauchte. Das Licht erhellte noch die Korallen tief unter ihr.

Samantha blickte sich suchend um. Ihr Herz klopfte schneller. Sie ahnte, daß gleich ein Angriff auf sie erfolgen würde. Das Wasser schien sich zu verdichten. Sie zappelte aufgeregt.

Unwillkürlich schrie sie auf, als sie den Kopf des Hais sah, der mit weit geöffnetem Rachen auf sie zuschoß.

Sie warf sich zur Seite und betätigte gleichzeitig ihr Armbandgerät, um abschreckende Signale auszusenden und den Raubfisch zu vertreiben.

Der Hai reagierte nicht. Er riß den Rachen noch weiter auf und schnappte zu!

Die Zahnreihen durchglitten sie, ohne daß sie etwas spürte – und dann löste sich der Hai in nichts auf. Lydia rief fröhlich:

„Jetzt ist es mir gelungen. Du hast geglaubt, daß es wirklich ein Hai ist.“

„Ich weiß ja schließlich, daß es in diesem Aquarium so ein Biest gibt“, stammelte Samantha, die sich allmählich von ihrem Schrecken erholte.

Ihre Freundin tauchte hinter den Korallen auf und winkte ihr zu. Langsam schwamm sie auf Samantha zu.

Plötzlich flatterte ein Korus-Oktopus vor ihr in die Höhe und streckte seine Tentakel nach ihr aus. Entsetzt fuhr sie zurück.

Jetzt lachte Samantha. „Reingefallen!“

Die Tintenfisch-Holographie verblaßte und erlosch. Eine Begegnung mit einem echten Exemplar dieser Tiere wäre allerdings gefährlich gewesen, denn bereits eine leichte Berührung hätte dank des Kontaktgiftes, das ihre Haut absonderte, tödliche Folgen gehabt. Korus-Oktopusse waren unter ungeklärten Umständen vom Planeten Nomoth eingeschleppt worden und mit verheerenden Folgen in den Atlantik gelangt. Sie hatten sich explosionsartig vermehrt und waren über die Fischschwärme hergefallen.

Nur mit einer aufwendigen Genmanipulation war es gelungen, die gefährliche Plage wieder zu beseitigen. Die Gendesigner hatten den Sexualtrieb derjenigen Männchen und Weibchen, die am attraktivsten auf ihre Artgenossen wirkten, exzessiv gesteigert und gleichzeitig die Spermien und Eizellen der betroffenen Tiere unfruchtbar gemacht. Ihre winzigen Restbestände vergnügten sich jetzt im Ozean zu Tode.

Lachend umarmten sich die beiden Mädchen, ließen sich ausgelassen in der Strömung treiben und stiegen langsam zur Oberfläche auf.

Dieses Mal projizierten ihre Bildlampen keine Horrorgestalten, sondern die schönsten und farbenprächtigsten Meerestiere, die ihnen in den Sinn kamen. Von ihren Antigrav-Gürteln getragen, schwebten sie über die Wellen hinaus zu einem von Palmen und Orchideen umsäumten Steg.

Sie schalteten die komfortablen Taucherhelme aus Formenergie aus, die ihnen eine verzerrungsfreie Sicht auf die verzauberte Unterwasserwelt gewährt hatten, legten die Feldgeneratoren ab, mit denen sie sich vor der Kälte im Wasser geschützt hatten, und ließen sich von der Sonne wärmen.

Sie befanden sich in dem weitläufigen Sea-Park von Jarvis Pictorain, dem Großvater Lydia Rattrays, an der Atlantikküste. Er zog sich über mehrere Hektar hinweg und reichte bis weit auf das Meer hinaus, so daß er auch dort seinen privaten Charakter behielt. Angesichts der dichten Besiedelung der Ostküste des amerikanischen Kontinentes stellte das verschwenderisch angelegte Areal einen kaum vorstellbaren Luxus dar, da jeder Quadratmeter Land in diesem Bereich ein Vermögen kostete.

Die beiden Mädchen waren gleichaltrig, fast zehn, blond, sportlich und von der Sonne braun gebrannt. Sie sahen einander so ähnlich, daß man sie für Schwestern hätte halten können. Allerdings war das Auftreten von Lydia deutlich selbstsicherer und eleganter als das von Samantha. Ihr war anzumerken, daß sie verwöhnt war und einer Gesellschaftsschicht angehörte, in der man sich über Geld keine Gedanken machte.

Samantha hatte sich dagegen ihre ganze Unbefangenheit und Anmut bewahrt. Sie stammte aus einer anderen Welt, einer sozialen Schicht, in der man sich sehr wohl um seine Existenz und sein Einkommen mühen mußte und in der man nicht allein schon durch die Verzinsung des angehäuften Kapitals mehr verdiente als die Bewohner einer ganzen Megastadt.

Doch die Unterschiede in der Herkunft beeinträchtigte die Freundschaft der beiden Mädchen nicht. Sie fühlten sich zueinander hingezogen, zwischen beiden herrschte ein bedingungsloses Vertrauen ohne jede Eifersucht.

Die Natürlichkeit aber, mit der beide miteinander umgingen, weckte den Unwillen der Erwachsenen – vor allem jener aus der Familie von Lydia.

Plötzlich fiel ein Schatten auf Samantha, und als sie aufblickte, sah sie Karek Darkisk, den ertrusischen Leibwächter von Jarvis Pictorain.

„He, geh aus der Sonne!" rief sie ihm übermütig zu.

„Das ist gar nicht so leicht für einen Koloß wie ihn", witzelte Lydia. „Er ist so breit wie lang und hat einen Bauch wie ein ceranisches Wildschwein. Er müßte schon bis zum Hals ins Wasser steigen, um uns nicht das Licht wegzunehmen."

Diese Worte waren maßlos übertrieben. Darkisk war fraglos etwas übergewichtig für einen Ertruser, aber er war bei weitem nicht so breit in den Schultern, wie er groß war, und er hatte höchstens einen bescheidenen Bauchansatz.

Lächelnd ließ der Riese sich neben ihnen in die Hocke sinken. „Weiter so!" forderte er mit dumpf grollender Stimme. „Ich warte nur auf einen Grund, um euch beide wieder ins Wasser zu werfen."

Lydia drohte ihm mit der Faust – eine beinahe rührende Geste angesichts seiner immensen körperlichen Überlegenheit. „Wenn du das wagst, nehme ich dich mit ins Wasser und werf' dich den Haien vor!"

„Du kannst die armen Tiere doch nicht so erschrecken", tadelte Samantha.

Der Ertruser stimmte in ihr Lachen ein. Er wollte etwas erwidern, doch dann blickte er flüchtig über die Schulter zurück und zischte: „Der *Commander*!"

Unmittelbar darauf erschien Jarvis Pictorain. „Lydia", ermahnte er seine Enkelin mit gesenkter Stimme. „Hast du vergessen, daß wir zum Empfang in Terrania City erwartet werden? Du hättest längst umgezogen sein müssen!"

„Oh, daran habe ich wirklich nicht gedacht!" rief das Mädchen, sprang auf und entschuldigte sich.

Sie verstand sich selbst nicht. Seit Tagen hatte sie sich darauf gefreut, ihren Großvater nach Terrania City begleiten zu dürfen, die Metropole im Gobi-Areal. Aller Voraussicht nach würden sie einer der bedeutenden Persönlichkeiten begegnen, die das Schicksal der Liga leiteten oder die Flotten und Kontore der Kosmischen Hanse. Einer der legendären Unsterblichen würde allerdings nicht dabeisein, denn schon seit Jahren hielt sich keiner von ihnen mehr im Solsystem auf. Man vermutete sie auf einem sagenumwobenen Planeten, Camelot, von dem niemand wußte, ob er wirklich existierte.

Wie gern wäre sie einem Perry Rhodan, Reginald Bull, Atlan oder Alaska Saedelaere von Angesicht zu Angesicht gegenübergetreten, um vielleicht gar ein paar Worte mit ihm zu wechseln. Für sie war es eine schier unglaubliche Vorstellung, daß der Ilt Gucky und diese Männer bereits seit Jahrtausenden lebten und wohl noch einmal so lange oder noch viel länger leben würden, während sie selbst nur etwa 240 Jahre alt werden würde.

Da sie jung war, erschien ihr die vor ihr liegende Lebensspanne nahezu unbegrenzt – wie eine *kleine Unsterblichkeit* –, doch die Faszination der Unsterblichen lag nicht allein darin, daß sie den Tod nicht zu fürchten brauchten, sondern daß sie aus den Tiefen der terranischen Geschichte stammten, aus der Zeit vor der überlichtschnellen Raumfahrt und künstlichen Intelligenzen, als Flugzeuge noch mit Kohlefeuer betrieben wurden und Computer mit Dampf.

„Kommst du?"

„Ich beeile mich."

„Das will ich hoffen!"

Ihr Großvater war mit etwa 75 Jahren im besten Mannesalter. Er war mit einer Körpergröße von 1,85 Metern eher klein. Sein Schädel war sehr schmal und hatte tiefe Einbuchtungen an den Schläfen. Sehr tief und hoch unter den buschigen Augenbrauen lagen pechschwarze Augen, die ständig in Bewegung waren und sich auf keinen festen Punkt zu konzentrieren schienen.

Bogenförmig zogen sich Einkerbungen von den Augenwinkeln herab über seine Wangen bis hin zum wuchtigen Kinn mit der straffen Mundpartie. Wenn er sprach, öffnete er kaum den Mund, und die Lippen wirkten, als seien sie partiell gelähmt.

Überraschend richteten sich seine Blicke auf Samantha, und nun fixierten seine Augen das Mädchen, bis sie sich verlegen abwandte, um ihr Handtuch aufzunehmen. Sie spürte die ungeheure Kraft der Persönlichkeit dieses Mannes, und ihr kam es vor, als habe sie es mit einem Wesen aus einer anderen Welt zu tun. Sie begann sich vor Pictorain zu fürchten.

„Mir mißfällt, meine liebe Lydia, wenn du dir jemanden zur Zerstreuung nimmst, der nicht zu dir paßt“, tadelte er seine Enkelin.

Samantha fuhr herum, und die Farbe wich aus ihren Wangen. Seine Worte trafen sie wie ein Peitschenhieb. Eine derartige Herabsetzung vertiefte ihre Abneigung gegen Pictorain.

„Das ist nicht recht!“ protestierte Lydia. Sie versuchte, ihre Freundschaft zu Samantha zu verteidigen. „Ich nehme mir niemanden zur Zerstreuung. Ich möchte nicht, daß du so von einem Menschen redest, der mir viel bedeutet.“ Demonstrativ legte sie den Arm um ihre Freundin.

Jarvis Pictorain verzog keine Miene. Er wirkte kalt und abweisend, und der Widerstand seiner Enkelin schien ihn nicht zu berühren.

Auf seiner Stirn befanden sich mehrere weiße, ausgefranst aussehende Flecke. Samantha wußte nicht genau, woher sie stammten, doch ihr war gerüchteweise zu Ohren gekommen, er habe sie sich während eines Aufenthaltes im Krankenhaus OCCIPITAL zugezogen. Nun lasse er sie nicht beseitigen, um jeden durch seinen Anblick daran zu erinnern, daß ihm unrecht geschehen sei.

Samantha versuchte es, doch sie konnte Pictorain nicht ansehen. Der Mann war ihr unheimlich. Sie hatte das Gefühl, sie müsse den Zorn dieses Mannes erregen, wenn sie seinen Blicken standhielt, und sie hielt es für besser, seine Aufmerksamkeit nicht auf sich zu lenken. Sie fürchtete, daß er ihre Freundschaft zu Lydia zerstören könnte.

Er wirkte abwesend, in ferne Gedanken versunken.

„Die weite Welt ruft“, sagte er, „und ich wäre dankbar, wenn du deine Freundin jetzt endlich nach Hause schicken würdest.“

„Ich gehe schon“, sagte Samantha überhastet. Sie kämpfte mit den Tränen. Nie zuvor in ihrem Leben war sie so gedemütigt worden. Sie raffte ihre Sachen auf und eilte davon.

„Bitte, sei nicht traurig!“ rief Lydia ihr hinterher. „Wir reden noch darüber.“

Samantha hörte, wie Lydia ihrem Großvater Vorwürfe machte.

„Du bist ein Scheusal, Opa! Sie ist tausendmal mehr wert als die oberflächlichen und verwöhnten Zicken aus unseren Kreisen“, hallte die Stimme ihrer Freundin durch die Büsche. „Außerdem vergißt du, was ich ihr zu verdanken habe!“

Mehr konnte Samantha nicht verstehen. Zutiefst enttäuscht über das Ende der schönen Stunden mit Lydia lief sie zu einem Badehäuschen und kleidete sich an. Nun konnte sie die Tränen nicht mehr zurückhalten.

Es war das erstemal, daß sie Jarvis Pictorain begegnet war, und sie wünschte sich, es wäre nicht geschehen. Eine Wand aus Eis schien sich zwischen ihm und ihr erhoben zu haben, und je mehr sie über die Szene nachdachte, desto unwirklicher erschien sie ihr.

Wie kam er dazu, so grausam zu ihr zu sein? Warum hatte er sic gedemütigt?

Er war einer der mächtigsten Männer in der Liga Freier Terraner, aber nicht nur deswegen stand er häufig im Mittelpunkt des öffentlichen Interesses. Es war sein ungewöhnliches Schicksal, das die Neugier der Massen weckte und mit dem dic Presse sich immer wieder befaßte.

Fast täglich gab es irgendeine Nachricht über die geschäftlichen Aktivitäten dieses imponierenden Mannes in den Medien, und eine ganze Heerschar von Reportern versuchte, auch sein Privatleben zu durchleuchten.

Samantha hatte schon einige Male mit ihrer Freundin darüber gesprochen. Lydia behauptete, daß die Reporter und Journalisten dabei keinen Erfolg hatten, sondern sich beinahe alles aus den Fingern saugten. Sie konnte nicht beurteilen, ob es wirklich so war.

Da sie mit der Enkelin des Wirtschaftsmagnaten befreundet war, interessierte sie naturgemäß alles, was in der Öffentlichkeit über ihn berichtet wurde. So hatte sie sich allmählich ein Bild von ihm gemacht, und sie hatte geglaubt, ihn schon ganz gut zu kennen.

Doch sie hatte sich gründlich geirrt. Jetzt wußte sie, daß Jarvis Pictorain ganz anders war, als sie sich vorgestellt hatte. Er war ein grausamer und machthungriger Mann, der sogar bestimmen wollte, mit wem seine Enkelin befreundet war.

Erst vor wenigen Tagen hatte einer der Fernsehsender ein Porträt von ihm gebracht. Daraus hatte Samantha erfahren, daß Jarvis Pictorain die Macht über das gigantische Wirtschaftsimperium, das der Familie der Pictorains gehörte, vor drei Jahren übernommen hatte.

Nach einem erbitterten, größtenteils vor Gericht ausgetragenen Machtkampf mit seiner eigenen Tochter, Janette Rattray, der Mutter von Lydia, war es ihm gelungen, die absolute Führungsposition zu erringen. Danach hatte er als *Commander* die zahlreichen Unternehmen der Gruppe mit ungeheurer Dynamik weiterentwickelt.

Samantha hatte nur wenig von diesen Zusammenhängen begriffen, aber ihr hatte imponiert, was dieser Mann geleistet hatte. Nun aber hatte sie die Achtung vor ihm verloren, ihre Bewunderung schlug in Haß um, und sie empfand ihn nur noch als hochnäsig und widerwärtig.

Sie wischte sich die Tränen aus den Augen und stieg auf eine winzige Prallfeld-Plattform, auf der gerade ausreichend Platz für ihre Füße waren. Auf dieser Scheibe schwebte sie durch den Park des Anwesens, wobei sie stets nur wenige Zentimeter über dem Erdboden blieb.

Ein kleiner, weißer Vogel fiel ihr auf.

Das Tier flatterte von den Zweigen der Bäume herab und flog piepsend und eigentümlich trillernd neben ihr her. Sie hielt es für eine holographische Projektion, die Lydia ihr mit einem Trick hinterherschickte, um sie wissen zu lassen, daß ihre Freundschaft ungetrübt war. Zunächst glaubte sie, daß es ein Albino-Sittich war.

Lächelnd streckte sie die Hand nach dem Vogel aus, und dabei versuchte sie, Jarvis Pictorain und seine demütigenden Worte zu vergessen.

„Komm her, mein Kleiner!" lockte sie, überzeugt davon, ihn doch nicht anfassen zu können, weil er nichts weiter als ein Holo war.

Der Vogel flog eine Weile über ihrer Hand, dann setzte er sich darauf, wandte ihr den Kopf zu und schien ihr zuzuhören.

Sie zuckte zusammen, weil sie seine Krallen auf der Haut fühlte, und dann freute sie sich doppelt, weil sie glaubte, daß es ein echter Vogel und keine Projektion war.

„Du bist wundervoll", sagte sie. „Wenn du noch ein bißchen bei mir bleibst, finde ich bestimmt eine Leckerei für dich."

Der weiße Vogel hatte tiefschwarze, glanzlose Augen. Als sie ihre Blicke darauf richtete, war ihr, als ob sie in einen Abgrund gezogen wurde.

Schlagartig änderten sich ihre Gefühle. Die Augen erinnerten sie an die Augen von Jarvis Pictorain.

Plötzlich kam ihr der Vogel kalt und gefährlich vor, und sie wollte ihn abschütteln. Doch seine Krallen bohrten sich in ihre Haut, und er hielt sich fest. Gepeinigt schrie sie auf und streckte ihre andere Hand nach ihm aus, um ihn wegzustoßen.

Er stieß einen schrillen Schrei aus, dann verletzte er sie mit einem überraschend kräftigen Schnabelhieb.

Samantha öffnete den Mund, und zugleich bremste sie mit den Zehen den Prallfeld-Gleiter ab.

Der Vogel löste sich von ihrer Hand und stieg heftig flatternd in die Höhe. Sie folgte ihm mit ihren Blicken. Dabei schien ihr, als entgleite er in ein Traumland. Sie spürte, wie es sie prickelnd überlief, und sie begann, sich so leicht wie ein Vogel zu fühlen.

Die Welt um sie herum wurde unwirklich, und die Bäume des Parks schienen sich in Wesen zu verwandeln, die mit ihren Knospenaugen auf sie herabblickten und ihr mit langen Armen zuwinkten, während eine kleine, grüne Flamme höhnisch zwischen ihnen hin und her hüpfte und dabei allmählich menschliche Formen annahm.

Sie meinte ihrerseits die Arme auszustrecken, schwerelos zu werden und zu den Wipfeln der Bäume aufzusteigen. Alle Last fiel von ihr ab, und ein eigenartiges Gefühl durchströmte sie, das zwischen Glücksempfindungen und Furcht schwankte.

Während sie sich noch bemühte, zu verstehen und zu erkennen, was mit ihr geschah, verlor sie das Bewußtsein. Sie spürte einen stechenden Schmerz, als sie auf den Boden stürzte, doch er half ihr nicht mehr, sich dem verhängnisvollen Einfluß zu entziehen, unter den sie geraten war.

4.

Nachdem Handerparss abgeflogen war, blieb Korexxon zögernd vor seinem Haus stehen. Schließlich entschied er sich dagegen, es zu betreten.

Zu Fuß schlenderte er durch die Anlagen, in denen die Einzelhäuser dicht an dicht standen, voneinander jedoch durch liebevoll gepflegte Sträucher und Bäume getrennt waren.

In unregelmäßigen Abständen blieb er stehen, betrachtete ein paar Blumen oder wechselte einige Worte mit seinen Nachbarn und blickte sich dabei verstohlen um.

Obwohl er nichts Verdächtiges feststellen konnte, blieb das intensive Gefühl, daß er beobachtet wurde.

Er meinte, die Blicke eines anderen körperlich in seinem Rücken zu spüren. Der Hals wurde ihm trocken, und er bereute, daß er nicht ins Haus gegangen war, um etwas zu trinken oder sich eine Waffe einzustecken.

Nun war es zu spät. Falls ihn jemand angreifen sollte, würde er sich nicht wehren können.

Clarthyen hat recht! schalt er sich. *Du bist naiv. Damit muß es vorbei sein. Du bist Wissenschaftler. Mediziner. Du hast gelernt, folgerichtig zu denken, Schlüsse zu ziehen. Du solltest voraussehen können, was der andere unternimmt. Er darf dich nicht mehr überraschen!*

Als er sich etwa einen Kilometer weit von seinem Haus entfernt hatte, rief er ein Taxi und ließ sich bis an den Stadtrand fliegen, wo er in einem Gestüt ein Pferd stehen hatte. Es handelte sich um eine reinrassige Stute, die er jedoch nicht zu Zuchtzwecken angeschafft hatte, sondern um ein biologisches Experiment mit ihr durchzuführen. Erst vor zwei Tagen hatte er ihr einen Biochip der A-Generation eingepflanzt. Niemand außer ihm wußte davon. Allerdings hatte er in seinem Tagebuch eine leichtverschlüsselte Notiz darüber angelegt. Nun fürchtete Korexxon, daß der Einbrecher sie gefunden und dekodiert hatte.

Als er dem Taxi entstieg und sich den Stallungen näherte, vernahm er ein helles Wiehern. Mit wehender Mähne galoppierte die Stute, eine Braune mit blondem Behang, auf ihn zu. Er war immer wieder überrascht, wie wach und aufmerksam sie war und wie stark sie auf ihn reagierte.

Er blieb stehen und wartete.

Die Hufe trommelten über den weichen Boden, und als es schon schien, als ob die Stute ihn überrennen würde, warf sie sich zur Seite, schnaubte kräftig und blieb stehen. Mit geweiteten Nüstern streckte sie ihm das weiche Maul entgegen, und er beugte sich vor, um ihr seinen Atem behutsam in die Nüstern zu blasen.

Sie liebte dieses Spiel, da es der Art entsprach, wie Pferde einander begrüßten.

Erst danach kam sie näher und stupste ihn mit dem Kopf an. Er klopfte ihr den Hals und sprach leise auf sie ein, um ihr nach einiger Zeit einige Leckereien zu geben.

Als er seine Hand unter die Mähne des Tieres schob, zuckte die Stute zurück. Zugleich fühlte er eine Wunde.

Erschrocken fuhr er zusammen.

Der Bioinformatiker folgte dem Pferd, doch es scheute und wich ihm aus, so daß er sich Zeit nehmen mußte, um es zunächst zu beruhigen und sein Vertrauen zu gewinnen. Als es schließlich bei ihm blieb, schob er die Haare der Mähne vorsichtig auseinander, bis er die Wunde sehen konnte. Sie saß genau an der Stelle, an der er sie erwartet hatte.

In unmittelbarer Nähe der Wirbelsäule und somit des Rückgrats. Dort hatte er vor zwei Tagen den Biochip eingepflanzt.

Jetzt klaffte eine Wunde am Hals. Irgend jemand hatte die biologisch verklebte Operationsnarbe geöffnet.

„Es tut mir leid“, sagte er zu der Stute und führte sie zu den Stallungen, wo ihm zwei Mädchen entgegenkamen und sie ihm abnehmen wollten. Sie kümmerten sich zusammen mit einer Gruppe von Spezialrobotern um die mehr als zweihundert Pferde des Gestüts und glaubten, daß er sie ihnen zur Pflege übergeben wollte.

Am liebsten hätte er die Untersuchung der Wunde sofort unternommen, doch er wollte nicht, daß die Mädchen dabei waren. Er redete eine Weile mit ihnen, bis sie sich schließlich wieder ihrer Arbeit zuwandten und ihn allein ließen.

Im Stall veranlaßte er die Stute, sich auf den Boden zu legen. Dann betäubte er sie, so daß er die Wunde in Augenschein nehmen konnte, ohne ihr Schmerzen zuzufügen.

Der A-Chip war nicht mehr da. Damit waren seinem unbekannten Gegner nicht nur wichtige Basisinformationen in die Hände gefallen, sondern auch ein Biochip der höchsten Entwicklungsstufe.

Allerdings war es ihm nicht gelungen, den Chip aus seiner komplizierten Vernetzung zu lösen, ohne dabei Schäden anzurichten, die sich vor allem im Nervengewebe zeigten.

Hatte er den A-Chip dabei ebenfalls beschädigt, oder war ihm ein voll funktionsfähiges Bio-Element in die Hände gefallen?

Korexxon konnte es nicht feststellen. Dazu hätte er den entwendeten Chip untersuchen müssen.

Um eine optimale Effizienz des Chips zu erreichen, war er gezwungen gewesen, diesen Chip an gerade dieser Stelle am Hals des Pferdes anzubringen, wo ihn jeder finden konnte, der über anatomische Kenntnisse verfügte. Es gab nur einen einzigen gangbaren Weg zum Gehirn, und das war das Rückenmark. Es führte zum Stammhirn mit seinen vernetzten Nervenbahnen. Diese belieferten Limbus und Neocortex mit Botschaften und transportierten die von dort in Gang gesetzten Antworten. Der Input an aufsteigenden Signalen zu den beiden Zentren, die dort als Informationen gespeichert wurden, und die Antwort von dorther stellte einen ununterbrochenen Prozeß dar – das Bewußtsein. Mit dem A-Chip hatte sich Korexxon daher den direkten Zugriff zum Gehirn des Pferdes und zu allen seinen wichtigen Abläufen gesichert.

Jetzt warf er sich vor, daß er die Wunde nicht so sorgfältig versiegelt hatte, daß keine sichtbare Narbe zurückblieb.

Er hatte darauf verzichtet, weil er den Chip nach dem Ende des Experiments schnell und ohne Komplikationen wiederfinden wollte, auch weil er nicht damit gerechnet hatte, daß jemand die biologische Steuereinheit stehlen könnte.

Der Bioinformatiker streichelte der Stute den Hals. Er war froh, daß sie den doppelten Eingriff ohne erkennbaren Schaden überstanden hatte.

Er verklebte die Wunde wieder, nachdem er sie sorgfältig desinfiziert hatte, und weckte das Tier aus der Betäubung.

Die Stute stand ein wenig mühsam auf, schüttelte sich und stupste ihn dann mit der Nase an, als wollte sie ihm sagen, daß sie sich in keiner Weise beeinträchtigt fühlte.

Korexxon führte sie wieder nach draußen, um sie auf der Weide laufen zu lassen. Die Stute tänzelte neben ihm her, nachdem er sie durch ein Gatter auf die Koppel geführt hatte, und blieb in seiner Nähe, bis das Taxi kam, das er gerufen hatte. Nachdem er gestartet war, blickte das Pferd mit aufgerichteten Ohren hinter ihm her, um sich dann jedoch dem saftigen Gras zuzuwenden.

Korexxon hatte Mühe, seine Gedanken zu ordnen. Wieder war ihm sein unbekannter Gegenspieler um einen Schritt voraus gewesen – einen entscheidenden Schritt.

Das darf nicht noch einmal passieren! Wenn du überleben willst, mußt du den Spieß umdrehen und ihm zuvorkommen!

Zurück in seinem Haus, forderte er die Syntronik auf, eine Verbindung zu Biothek herzustellen. Der Computer konnte jedoch den Institutsleiter Astoron Gao nicht erreichen. Korexxon bat, ihn mit dem Plophoser Arkmit Thorofeyn zu verbinden.

„Hat sich etwas ergeben?“ fragte er, nachdem er einige unverbindliche Worte mit dem Kollegen gewechselt hatte. „Wie weit ist die Polizei?“

„Es tut sich überhaupt nichts“, behauptete der Plophoser, „und falls doch, schweigt sich die Polizei aus.“

„Danke.“ Der Bioinformatiker schaltete ab.

Sagte Thorofeyn die Wahrheit? Minutenlang befaßte er sich mit dem Gedanken, die Flucht zu ergreifen und die Erde so schnell wie möglich zu verlassen, um sich irgendwo in den Tiefen der Milchstraße in Sicherheit zu bringen.

Clarthyen hat recht! sagte er sich nach einiger Überlegung. *Du kannst dich gegen diesen Gegner nicht behaupten. Es ist unmöglich. Er hat das Geld und die Macht, ein ganzes Heer von Helfern auf dich zu hetzen. Du kannst niemandem mehr trauen. Thorofeyn nicht. Der Polizei nicht. Nicht einmal deinen Freunden. Höchstens Clarthyen.*

Ihm war, als sei er in ein Schwarzes Loch gestürzt und versinke langsam, aber unaufhaltsam hinter dem Ereignishorizont. Endlich ließ der Zorn über seine Unterlegenheit das Verlangen nach Gegenwehr in ihm aufkommen. Ihm war klar, daß er sich für den Rest seines Lebens mit Selbstvorwürfen quälen würde, wenn er seinem Gegner widerstandslos das Feld überließ.

Er durfte der Verantwortung nicht ausweichen. Er hatte den maßgeblichen Anteil an der Entwicklung der Biochips, und daher durfte er sich nicht zurückziehen und die Augen vor den möglichen Konsequenzen verschließen. Selbst wenn er jetzt floh, würden ihn die Auswirkungen der Forschungen um den Biochip früher oder später erreichen.

Solange es noch eine Chance gab, die Ausbreitung dieser katastrophalen Erfindung zu verhindern, mußte es jemand versuchen.

Wer, wenn nicht er?

Arkmit Thorofeyn lächelte vergnügt, als er das Gespräch mit Korexxon beendet hatte. Ein Spaß, daß der Bioinformatiker sich ausgerechnet an ihn gewendet hatte!

Er schürzte die Lippen. Der etwas altmodisch wirkende Bioinformatiker wurde zweifellos überschätzt, nichts als glückliche Zufälle hatten zu seinen wissenschaftlichen Erfolgen geführt. Nun schien sich das Glück zu wenden.

Der Plophoser verließ den Raum, von dem aus er mit Korexxon gesprochen hatte, und betrat das für ihn reservierte Laboratorium in einem Seitenflügel des Institutsgebäudes von Biothek.

Hier war er allein und ungestört. Als Grund für seine Isolation hatte er eine besonders hohe Infektionsgefahr durch jene Mikroorganismen angegeben, die er in nanotechnische Baumaschinen für den Biochip umzuwandeln hatte. Eine kleine taktische Übertreibung der Wahrheit. Seinem Antrag auf Abschottung war rasch entsprochen worden, so rasch, daß er mittlerweile davon überzeugt war, Hilfe von außen erhalten zu haben. Er glaubte auch zu wissen, wem diese Hilfe zu verdanken war.

Jetzt konnte er in Ruhe arbeiten. Wer zu ihm kommen wollte, mußte mehrere Schleusen passieren, und dazu brauchte er seine Zustimmung.

Thorofeyn war entschlossen, in den nächsten Stunden niemandem Zutritt zu gewähren.

Im Labor warteten Katta und Klafkerhen auf ihn, zwei ausgewachsene Plophos-Hunde. Allein ihre Anwesenheit stand in krassem Widerspruch zu den Motiven, die er für die Abriegelung angegeben hatte. Die Tiere hätten nicht hiersein dürfen.

Zutraulich sprangen sie auf und begrüßten ihn, indem sie sich an ihm aufrichteten, ihm die Pfoten auf die Schultern setzten und ihm die Wangen leckten. Er kraulte ihnen die muskulösen Rücken, packte sie dann aber bei den geschwungenen Hörnern, die ihre Köpfe zierten, und drückte sie von sich weg.

„Wir wollen nicht übertreiben, Freunde“, sagte er lachend. „Ich muß heute arbeiten.“

Sie knurrten leise, ein wenig enttäuscht, zogen sich in eine Ecke des Raumes zurück und legten sich auf den Boden, ließen ihn jedoch nicht aus den Augen. Sie verfolgten jede seiner Bewegungen.

Die Intelligenz von reinrassigen Plophos-Hunden war etwa zu vergleichen mit der eines zweijährigen terranischen Kindes, lag also recht hoch.

Das war der Grund dafür, daß Thorofeyn sie mit zur Erde genommen hatte, als ihm hier ein Arbeitsplatz bei Biothek geboten worden war. Man konnte sich in gewisser Weise mit den Hunden unterhalten. Auf ihre Art wußten sie stets zu antworten.

Aus einem Kühlfach zog der Plophoser einen flachen Behälter hervor, in dem in einer Nährflüssigkeit ein Zellkonglomerat schwamm. Ein Biochip!

Fasziniert blickte Thorofeyn das winzige Gebilde an, das von unterschiedlichen, langen Fasern umgeben war und mit seinem Aussehen an eine ausgefranste Bürste erinnerte. Dieser Chip war es, der für seine wissenschaftliche Motivation sorgte und der ihn alle Skrupel vergessen ließ.

Der Plophoser wollte sich nicht damit abfinden, daß die Forschungen an diesem Wunderwerk der Bioinformatik beendet sein sollten. Er wollte sie weitertreiben, und er war entschlossen, die letzten Probleme zu lösen. Dafür nahm er in Kauf, daß er sich in die Hände einer Macht begeben hatte, die er nicht kannte und deren Ziele er nicht formulieren konnte. Er verschloß die Augen vor den Gefahren, die ihm aus dieser Richtung drohten, und wandte sich ganz seiner Arbeit zu, überzeugt davon, daß die wissenschaftliche Ausbeute für ihn persönlich größer und wertvoller als alles werden würde, was diese Macht für sich beanspruchen könnte. Er war sich sicher, daß er am Ende die öffentliche Anerkennung finden würde, die ihm gebührte.

Den Chip hatte er aus dem Hals eines Pferdes entfernt.

Es war ein ungemein wertvoller Chip der A-Generation, und er hoffte, daß es ihm gelungen war, ihn herauszuoperieren, ohne ihn dabei zu beschädigen. Ob seine Aktion wirklich erfolgreich gewesen war, mußte sich noch herausstellen.

Der Plophoser wußte bei weitem nicht soviel über die Chips der A-Generation wie Korexxon. Daher konnte er nur durch eine Reihe von komplizierten Versuchen herausfinden, ob und inwieweit der Chip funktionstüchtig war. Damit konnte er jedoch erst beginnen, wenn er einige wichtige Basisdaten ermittelt hatte.

Nachdenklich blickte der Wissenschaftler die zwei Hunde an. Es widerstrebte ihm, sie in seine Arbeit einzubeziehen, doch in diesem Fall hatte er keine andere Wahl. Er mußte wenigstens einem der beiden einen Chip einpflanzen.

Er nahm den anderen Behälter aus dem Schrank, der ebenfalls eine Biomasse enthielt, und ging in einen benachbarten Raum.

„Komm her, Katta!" rief er. Der größere der beiden Hunde folgte seinem Befehl eifrig.

Damit er nicht durch den zweiten Hund gestört werden konnte, schloß Thorofeyn die Tür hinter seinem Opfer.

Er redete mit dem Tier und erklärte ihm, daß er eine kleine Operation an ihm vornehmen mußte.

„Du brauchst keine Angst zu haben. Es ist nur ein kleiner, harmloser Eingriff, der dir auf keinen Fall schadet."

Voller Zutrauen blickte Katta ihn an und ließ alles mit sich geschehen.

Der Wissenschaftler betäubte den Hund, und dann pflanzte er ihm in einer mehrstündigen Operation den Chip ein. Als er das chirurgische Besteck zur Seite legte, entstand plötzlich mitten im Raum die Holographie einer grünen Flamme. Rasch breitete sich ihr Licht im Raum aus und warf seltsam geometrische Schatten. Klafkerhen, der zweite Hund, sprang erregt auf und begann zu heulen. Entweder spürte er die Drohung, die von dem leuchtenden Gebilde ausging, oder nur den jähen Wechsel in Thorofeyns Haltung.

Der Wissenschaftler atmete schneller und flacher als zuvor. Mühsam gelang es ihm, das Tier zu beruhigen. Er brachte es dazu, sich wieder auf den Boden zu legen und sich still zu verhalten.

„Wie weit bist du?" fragte eine dunkle, seidig raschelnde Stimme, die mitten aus dem grünen Feuer kam.

Die Flamme tanzte und zuckte bei jedem Laut. Dabei wuchs sie und nahm eine menschliche Gestalt an. Sie wirkte zart, schemenhaft, fast heiter. Sie glich einer Märchenfee, die leichtfüßig über eine unsichtbare Blütenwiese hüpfte. Die Fee lächelte übermütig und winkte ihm mit einem albern wirkenden Zauberstab zu.

„Ich kann gleich mit den Versuchen beginnen", antwortete der Plophoser.

Er wollte die grüne Figur nicht ansehen, aber er hatte nicht die geringste Chance. Seine Blicke wurden wie magisch von der

Gestalt angezogen, die sich von Sekunde zu Sekunde vervollkommnete und deren Formen immer weiblicher wurden. Sie entwickelte riesige Brüste, die nicht so recht zu der zarten Figur passen wollten.

Thorofeyn schluckte. Sein Hals war trocken und eng. Er fühlte sich gedemütigt. Wer auch immer sich hinter der grünen Flamme verbarg, er kannte seine sexuellen Vorlieben – *woher auch immer!* –, und er verspottete ihn damit.

„Dann los!" forderte die Stimme. „Worauf wartest du?"

Arkmit Thorofeyn war bemüht, sich selbstsicher und gelassen zu geben und seinen lodernden Haß zu verbergen, doch ganz gelang es ihm nicht. Längst bereute er, daß er sich mit einer ihm unbekannten Macht eingelassen hatte. Beenden konnte er die Zusammenarbeit nicht, ohne gleichzeitig auch seine Existenz zu vernichten. Er konnte nur hoffen, daß die *grüne Flamme* die Versprechen einhielt, die sie ihm gegeben hatte.

Er blickte nicht mehr auf die Erscheinung, wollte die riesigen Brüste nicht mehr sehen. Doch ihr Bild wich nicht von ihm. Wohin er sich auch wandte, er sah sie im Geiste stets vor sich.

Als er einen wandhohen Schrank öffnete und damit einen Transmitter freilegte, waren seine Hände unruhig. Sie berührten die verschiedenen Schalter mehrfach, auch an jenen Stellen, wo es genügt hätte, sie ein einziges Mal zu bewegen. Immer wieder überprüfte er bei diesen Aktivitäten, ob er das Gerät richtig bedient hatte, obwohl sich der grüne Energiebogen längst aufgebaut hatte.

„Aufgeregt, mein Schatz?" fragte die Flamme. „Konzentriere dich! Ich habe nicht ewig Zeit."

Thorofeyn schluckte. „Ich bin gleich soweit", stammelte er.

Ein leises Lachen kam aus der Flamme. Es klang in den Ohren des Plophosers geradezu neckisch, er wußte es nur nicht genau einzuordnen.

Katta war mittlerweile aus der Narkose erwacht, und der Wissenschaftler befahl den Hund zu sich. Gehorsam trottete das noch leicht benommene Tier herbei. Thorofeyn legte ihm eine schimmernde Spange um den Hals, und dann gab er seinem Syntron einige hektisch gesprochene Befehle. Dazu benutzte er einen eigens entwickelten Kode, den nur sein Syntron und er selbst verstehen konnten – auf diese Weise sicherte er sich zusätzlich ab.

Auf einem Monitor erschienen mehrere Zahlenkolonnen. An ihnen nahm der Wissenschaftler eine Reihe von Veränderungen vor und leitete schließlich mehrere Impulswellen durch das Rückgrat des Hundes.

„Ich programmiere den Chip über die Grundeinstellung hinaus, die er von vornherein hatte“, erläuterte er sein Vorgehen.

„Oh, das machst du gut. Mach weiter!“

Thorofeyn nahm die Spange ab und beschäftigte sich einige Sekunden lang mit dem Hund, um ihn dann mit einem Klaps in den grünen Energiebogen des Transmitters zu schicken. Gehorsam sprang das große Tier in das Energiefeld, dann wurde es entmaterialisiert.

Mit noch immer leicht bebender Hand zeigte der Forscher auf einen der Monitoren, der nun in rasendem Wechsel endlos erscheinende Zahlenkolonnen präsentierte.

„Das sind die syntronischen Auflösungsdaten“, erläuterte er. „Normalerweise werden sie nicht aufgezeichnet und ausgeworfen. Dieser Transmitter ist jedoch nach den Vorlagen geändert worden, die du mir übergeben hast.“

„Ganz hervorragend!“

„Der Hund ist jetzt in der Kuppel“, fuhr der Plophoser fort. „Dort ist er in der Gegenstation des Transmitters angekommen. Gleich wird er zurückkehren. Ich werde versuchen, ihm den B-Chip mit Hilfe des Transmitters zu entnehmen und die damit abgesonderte Energie in einem Nebenspeicher zu lagern.“

Er hatte schon vorher Chips durch den Transmitter geschickt und wieder zurückgeholt. Daher kannte der Syntron die Auflösungsdaten der kleinen Gebilde. Nur so war es möglich, sie aus der gewaltigen Menge anderer Daten herauszufiltern.

„Es ist nicht nötig, daß du die Kuppel erwähnst", tadelte ihn die grüne Flamme. „Wenn wir von ihr sprechen, wollen wir sie nur Gegenstation nennen. Wie du weißt, ist es eine der Öffentlichkeit nicht zugängliche Anlage. Und das soll sie auch bleiben. Wir wollen doch niemand neugierig machen auf unser kleines Geheimnis. Schon gar nicht die Presse."

Sie zwinkerte ihm zu, wog für einen Moment die absurd schweren Brüste in ihren Händen, schritt flackernd durch den Raum, spiegelte sich bei jeder Bewegung in den glatten Wänden der Schränke. An der Armatur eines Analysegerätes konzentrierte sich das Licht und blendete den Forscher. Ihm war, als starre ihn jemand an und verfolge jede seiner Bewegungen.

„Ich verstehe." Thorofeyn merkte selbst, wie belegt seine Stimme klang. *Man durchschaut dich zu gut,* dachte er selbstkritisch, konnte aber nichts dagegen tun.

„Hoffentlich!"

Lautlos kam Katta aus dem Transmitter. Er blieb neben dem Wissenschaftler stehen, gähnte ausgiebig und streckte sich auf dem Boden aus.

„Und jetzt Klafkerhen!" Thorofeyn schnippte mit den Fingern. Der andere Hund sprang auf und stürmte herbei, um sich den Kopf kraulen zu lassen.

„Worauf wartest du?" fragte die Flamme ungeduldig. „Weiter!"

Der Wissenschaftler schickte Klafkerhen in den Transmitter. Wiederum erschienen die syntronischen Zahlenkombinationen auf dem Monitor.

„Wenn alles planmäßig verlaufen ist, haben wir diesem Hund in diesem Moment den Chip eingepflanzt, den ich vorher an das Rückenmark von Katta angeschlossen hatte", versetzte der Plophoser.

„Ich habe dir alle Daten gegeben, die dazu nötig sind", machte die Stimme aus der Flamme deutlich. Sie klang drohend. „Wenn du keinen Fehler gemacht hast, verläuft alles nach Plan!"

Thorofeyn zog unwillkürlich den Kopf ein. Immer deutlicher spürte er, daß er den ihm gestellten Aufgaben nicht gewachsen war. Nur kam er jetzt nicht mehr aus der Falle heraus, in die er sich selbst begeben hatte.

Klafkerhen kehrte durch den Transmitter ins Labor zurück. Auch er blieb vor dem Gerät stehen, schüttelte sich, als sei Wasser in sein Fell geraten, und legte Thorofeyn danach den Kopf auf die Knie, um sich kraulen zu lassen.

Der Wissenschaftler nahm einen zierlichen Leuchtstab, der zur Peripherie des Syntrons gehörte. Eine Serie von Lichtsignalen schoß aus der Spitze des Stabs. Sie spalteten sich in zwei leicht auseinanderstrebende Bahnen und zielten genau in die Augen von Klafkerhen.

Sekundenlang geschah überhaupt nichts. Dann aber verwandelte sich das bis dahin völlig ruhige Tier in eine tobende Bestie.

Der B-Chip reagierte auf die Signale, und er gehorchte den Befehlen, die sie übermittelten.

Klafkerhen stürzte sich geifernd auf Katta, der erschrocken aufsprang und bis in die äußerste Ecke des Raumes flüchtete, sich jedoch auch dort nicht vor dem tobenden Klafkerhen in Sicherheit bringen konnte.

Nun stellte er sich dem Kampf, es blieb ihm nichts anderes übrig. Wild schreiend verbissen sich die beiden Tiere ineinander und fügten sich in Sekundenschnelle schwere Wunden zu.

Thorofeyn war aufgesprungen und auf einen Tisch gestiegen. Bleich und zitternd verfolgte er den Kampf, der ebenso überraschend endete, wie er begonnen hatte. Klafkerhen brach tot zusammen, ohne daß Katta ihn berührt hätte. Seine Beine rutschten so rasch unter ihm weg, daß es aussah, als habe sie ihm jemand weggerissen.

Winselnd schnüffelte Katta an dem toten Gegner, der kurz zuvor noch sein bester Freund gewesen war. Fragend blickte er Thorofeyn an. Er konnte nicht verstehen, daß Klafkerhen über ihn hergefallen war und ihn verletzt hatte.

„Was ist mit ihm?“ fragte die Flamme.

„Er ist tot“, bedauerte der Plophoser, stieg von dem Tisch herunter und legte Klafkerhen die Hand an den Hals, obwohl er sicher war, keinen Pulsschlag mehr fühlen zu können.

„Oh! – Und wieso?“

„Die Schwächen des B-Chips“, antwortete der Wissenschaftler nachdenklich. „Die damit versehenen Kandidaten ertragen sein bioenergetisches Impulsfeuer und die subsumierten Adaptionsbemühungen nicht lange. Mit den neuen Chips der A-Klasse passiert so etwas nicht.“

„O weh! Aber gut!“ Die Stimme aus dem grünen Feuer ließ ein gewisses Maß an Zufriedenheit erkennen. „Du wirst die Arbeit fortsetzen, aber geh besonders behutsam mit dem A-Chip um. Wir haben nur einen.“

„Und wir wissen nicht, ob er sich in einem einwandfreien Zustand befindet!“

„Das wirst du sehr schnell herausfinden.“

„Wieviel Zeit habe ich?“

„Na – natürlich überhaupt keine, mein Schatz! Wir müssen schnell zum Ziel kommen. Je früher wir die A-Chips herstellen und einsetzen können, um so besser. Wenn du Hilfe brauchst, nimm sie dir. Ich stelle dir alle Mittel zur Verfügung, die nötig sind.“

„Danke!“

Die Fee wedelte mit ihrem Zauberstab.

„Sag nicht voreilig danke schön, Thorofeyn! Ich hasse Enttäuschungen, und ich verachte Versager. Wir haben einen Vertrag miteinander geschlossen. Dabei bin ich davon ausgegangen, daß du der Beste bist, der für unsere Aufgabe zu bekommen ist. Wenn du nicht hältst, was du versprochen hast, wirst du bereuen, dich jemals mit mir eingelassen zu haben!“

Der Wissenschaftler antwortete nicht. Was hätte er auch sagen können?

Unsere Aufgabe!

Eine gemeinsame Aufgabe war es ganz sicher nicht, denn er kannte die Pläne jener Persönlichkeit nicht, die sich hinter der schwebenden Flamme verbarg. Er wußte beim besten Willen nicht, welche Ziele der Unbekannte mit den Biochips verfolgte. Also konnte man nicht von einer gemeinsamen Aufgabe sprechen.

Nur eines war ihm klar. Er verstieß gegen das oberste Gebot, das sich die Medizin gegeben hatte – das *Nil nocere,* das *nicht schaden!* Dieses Gebot hatte immer im Zentrum der Selbstreflexion der Medizin seines Kulturkreises gestanden und war ihre ethische Grundlage.

Als der Plophoser der Faszination des Biochips erlegen war, hatte er genau diese Basis verlassen. Doch es war nicht die Verlockung allein gewesen, die Forschungen fortsetzen zu können; auch ein ungewöhnlich attraktives Prämienangebot hatte ihn zur Zusammenarbeit mit einem Unbekannten verleitet. Die Prämie überstieg bei weitem, was er bisher in seinem Leben insgesamt verdient hatte. Und nicht nur das sollte sein Lohn sein, zusätzlich winkten höchste wissenschaftliche Auszeichnungen sowie der Aufstieg in Positionen, die er ohne massive Protektion niemals erreichen konnte.

Doch mittlerweile wurden die Zweifel in ihm immer stärker. Ihm war aufgegangen, daß ihm im Falle eines Versagens der Sturz ins Nichts, wenn nicht gar der Tod drohte.

„Wirst du es schaffen?“

„Ja, ich bin sicher.“ Er zögerte einige Sekunden, dann fragte er: „Wenn du an mir und meinen Fähigkeiten zweifelst, warum holst du dir dann nicht Korexxon? Er hat das Wissen, das ich mir erst erarbeiten muß.“

Die grüne Flamme ging nicht darauf ein, so als habe sie seine Worte nicht gehört. „Oh, noch eine Winzigkeit“, flüsterte sie nach einer kurzen Pause. „Kann man den Biochip auch einer Spinne einpflanzen?“

5.

Sie spürte, daß sie auf knirschendem Kiesboden ging, Fuß vor Fuß setzte. Sie wußte nicht, warum sie es tat.

Dann blieb sie stehen.

Ein dunkler Vorhang zerriß, und ihr Bewußtsein öffnete sich. Von einer Sekunde zur anderen wachte sie auf und blickte in eine Welt hinaus, die sie nicht kannte, von der sie meinte, ihr nie zuvor begegnet zu sein.

Sie sah sich um.

Sie stand neben einem Brunnen, der aus mehreren großen Granitkugeln bestand. Während die Gebilde langsam umeinanderkreisten, stürzte aus der Höhe Wasser herab und zerstob auf ihnen, um unter ihnen in einem geräumigen Becken aufgefangen zu werden. Im Licht der untergehenden Sonne glitzerte das Wasser wie flüssiges Gold.

Sie wußte nicht, wie sie hierhergekommen war. Sosehr sie sich auch bemühte, es gelang ihr nicht, mehr über das herauszufinden, was gewesen war, bevor ihr Bewußtsein wiedereingesetzt hatte.

Aber sie war sicher, daß sie niemals zuvor an dieser Stelle der Stadt gewesen war.

Welcher Stadt? Wo war sie?

Und vor allem: Wer war sie?

Erschrocken horchte sie in sich hinein. Sie erinnerte sich nicht an ihren Namen, an gar nichts, was sie selbst betraf.

Um sie herum bewegten sich zahlreiche Erwachsene und Kinder. Sie schlenderten durch den Park, plauderten miteinander, spielten oder saßen entspannt auf Luftpolstern.

Wieso war sie hier? War sie bewußtlos gewesen?

Aber nein! Als ich zu mir kam, war ich auf den Füßen. Ich bin über Kies gegangen. Über diesen Weg, auf dem ich jetzt stehe. Wenn man ohnmächtig ist, liegt man auf dem Boden und geht nicht einfach so herum.

Panik stieg in ihr auf.

Sie mußte doch wissen, was noch vor wenigen Sekunden geschehen war!

Sie blickte an sich hinab. Sie trug ein weißes, luftiges Sommerkleid und hielt ihre Sandalen in der Hand. Jetzt spürte sie die Steinchen unter ihren bloßen Füßen. Weder das Kleid noch die Sandalen hatte sie jemals zuvor gesehen.

Unwillkürlich schrie sie auf, sank auf die Knie und schlug die Hände vor das Gesicht. Dies mußte ein Traum sein. Es konnte gar nicht anders sein. Niemand konnte alles vergessen, was ihn selbst betraf, es sei denn, er hatte einen Unfall gehabt und ...

Sie stutzte, und dann horchte sie in sich hinein.

War sie überfallen worden? Oder war etwas Furchtbares passiert, was sie nun zu verdrängen drohte? War sie verletzt?

Sie verspürte keine Schmerzen, und sie hatte nicht das Gefühl, daß ihr etwas anderes fehlte als ihr Gedächtnis. War es eine Simulation des Unterrichtssyntrons, ein Training für richtiges Verhalten in Extremsituationen?

Sie ließ die Sandalen fallen und lief zu einigen Mädchen hinüber, die in ihrem Alter waren.

In ihrem Alter?

Wie alt war sie? Zehn? Zwölf?

Verunsichert blieb sie stehen und blickte sich verängstigt um.

Sah man sie überhaupt? War sie womöglich aus der realen Welt verschwunden, unsichtbar, ohne es zu wissen?

Sie wandte sich an einen kleinen Jungen, der mit einem Ball spielte. „Kannst du mich sehen?“

Er grinste, klemmte sich den Ball unter den Arm. Tippte sich mit der freien Hand an die Stirn und grinste erneut. „Klatschige Hardware, was?“

Nicht allzuweit von ihr entfernt erhoben sich die Gebäude einer Großstadt. Sie starrte zu der Skyline hinüber: New York!

Vor ihr, in einiger Entfernung, ragte der Kristallpalast in den Himmel, das inoffizielle Wahrzeichen der Stadt. Das mehr als vier Kilometer hohe Trichtergebäude war eine Luxusherberge für viele zehntausend Gäste, denen jedes gewünschte Habitat zur

Verfügung stand. Überwiegend sauerstoffgefüllt, bot das Hotel auf Hunderten von Etagen Stickstoff-, Methan- und anders gemischte Atmosphären ebenso an wie abgrundtiefe Meere für wassergebundene und amphibische Kunden. Der gigantische Trichterrand teilte die Wolken und wurde so als Abdruck sichtbar; bis auf einige Silhouetten nahmen die Hoteldeflektoren das Gebäude aus dem Licht, um das größtenteils weit unterhalb liegende Manhattan nicht zu verdunkeln.

Sie war mitten in New York. Wenigstens das wußte sie jetzt. Sie mußte noch mehr herausfinden. Schritt für Schritt mußte sie ihr Gedächtnis zurückgewinnen.

War sie schon einmal hiergewesen? Weshalb wußte sie es nicht?

Es mußte doch eine Erklärung für all das geben, was mit ihr geschehen war.

„Hast du mich schon vorher bemerkt?“ fragte sie eine grauhaarige Frau, die an einem Blumenbeet stand und einen Singvogel beobachtete. „Ich meine, vor ein paar Minuten, als ich hierherkam?“

Die Frau blickte sie ebenso unsicher wie verständnislos an. Argwöhnisch verengte sie die Augen und trat zugleich einen Schritt zurück.

„Falls du Wertsachen von mir willst, Mädchen, ich habe nichts bei mir, was du stehlen könntest!“

„Nein, bitte nein!“ stammelte sie. „Ich möchte nur wissen, wer ich bin und wie ich hierhergekommen bin.“

Die Frau drehte sich um und eilte kopfschüttelnd davon. Einige Male blickte sie unsicher zurück, schien insgesamt aber erleichtert zu sein, daß sie ihr nicht folgte.

Das Mädchen blieb stehen, zerbrach sich vergeblich den Kopf darüber, wie ihr Name war. Noch nicht einmal den Vornamen kannte sie.

Man kann doch nicht seinen eigenen Vornamen vergessen! Das ist unmöglich. Und das wiederum weiß ich genau.

Müde ließ sie sich auf eine Bank sinken, zog die angewinkelten Arme vor der Brust zusammen, so daß die Ellenbogen gegen ihren Bauch drückten und ihr Mund hinter den Händen verborgen war. Ihr war, als seien ihre Beine gelähmt oder doch viel zu schwach, um sie noch länger zu tragen.

Es mußte eine Erklärung für das geben, was ihr widerfahren war. Wieso hatte sie ihr Gedächtnis verloren?

Einer plötzlichen Eingebung folgend, tastete sie sich ab und entdeckte dabei zwei Taschen an ihrem Kleid. In einer von ihnen fand sie eine kleine Mappe. Mit zitternden Händen schlug sie sie auf.

Nur eine anonyme Wertkarte lag darin. Sie erlaubte ihr unter anderem, Syntrongespräche von öffentlichen Einrichtungen aus zu führen.

Sonst war nichts da. Es gab keinen Hinweis auf ihre Identität.

Jemanden anrufen? *Wen* sollte sie anrufen? Sie kannte niemanden. Und was hätte sie schon sagen können!

Sie sprang auf und eilte mit weit ausgreifenden Schritten aus dem Park. Sie wollte weg von der Stätte, die sie so sehr verwirrte und die es ihr nicht ermöglichte, die Gedanken zu klären.

Am Rand des Parks standen unter einer schimmernden Halbkuppel eine Reihe von Automaten. Sie zögerte kurz, um ihre Gedanken zu ordnen, dann trat sie an einen der Robotverkäufer heran, nahm einen kleinen Stein auf und versuchte eine Schutzscheibe vor einer Auslage von Sandwiches zu zerschlagen.

Ein blitzender Arm griff über ihre Schulter hinweg und hielt ihre Hand fest.

„Immer mit der Ruhe, Mädchen“, sagte der robotische Ordnungshüter, der sich ihr in den Weg stellte. „Scherben bringen niemand Glück. Wenn du Hunger hast, geh zur Sozialstation. Dort wird man dir helfen.“

„Ich hab’ gar keinen Hunger“, fauchte sie die Maschine an, die deutlich größer war als sie. Der ganze Bewegungsapparat des Roboters war mit einer dunkelblauen CCR-Kunststofflegierung verkleidet. Hochfest.

„Warum würdest du sonst so einen Unsinn machen?“

„Du verstehst überhaupt nichts!“ schrie sie. „Ich will wissen, wer ich bin.“

„Schon gut, schon gut, ich will dich nicht belästigen“, sagte der Roboter. Er schwieg für einen Augenblick. „Wenn du magst, warte hier einige Minuten. Ich werde gerade in den Einsatz gerufen. Bleib bitte an dieser Stelle, ich bin bald wieder zurück.“

Der Roboter winkte ihr ermahnend zu, dann fuhr er herum und raste auf einem Prallfeld davon, das sich unter seinen Füßen aufbaute.

Enttäuscht verschränkte das Mädchen die Arme vor der Brust und ließ sich mit den Schultern gegen den Automaten sinken. Wieso half ihr die Polizei nicht? Der Roboter hätte sie ernst nehmen müssen. Oder hatte er sie für geistesgestört gehalten?

Bin ich verrückt geworden und habe gerade so etwas wie einen lichten Moment? fragte sie sich. Erneut kämpfte sie mit aufkommenden Tränen. *Bitte, bitte, lieber Gott, laß mich nicht verrückt geworden sein!*

Sie rieb sich die Augen, löste sich vom Automaten und sprang auf ein Tempo-Laufband zum Kristallpalast, dort betrat sie die Eingangshalle. Die Halle verdunkelte sich nach oben, wo in mehreren hundert Metern Höhe die Sternbilder standen, die man normalerweise von Arkon I aus sehen würde. Eng standen die Sterne, sie wußte von irgendwoher, daß Arkon in einem sogenannten Kugelsternhaufen lag, in dem viele Sonnen in geringem Abstand zueinander zu finden waren. Eine immense Lichtfülle brandete auf sie herab.

Randlose Antigravröhren führten durch die künstlichen Gestirne, die Schatten der auf- und abfahrenden Gäste und Serviceroboter verdeckten die Lichter für Augenblicke. Unten in der Halle drehten sich in offenen Antigrav-Vitrinen auserlesene Luxusgegenstände, gatasische Melodientrichter, venezianische Colliers und winzige, pulsierende Ziermaschinen, erloschene Imprint-Ware; in kristallenen Violen flüsterte unithischer Erzählstaub.

Sie wollte in eine der offenen Auslagen greifen, um eine der Kostbarkeiten an sich zu bringen und damit aus der Halle zu laufen. Sie war sicher, daß ihr die Polizei nach einer solchen Tat augenblicklich folgen würde.

Und dann finden sie ganz schnell heraus, wer ich bin und woher ich komme!

Sie packte ein aus Howalgonium gesponnenes Netz voller topsidischem Schädelgold, doch das Fesselfeld löste das feine Gefäß aus ihrer Hand und versetzte es wieder in ruhige Rotation.

Sie griff noch einmal zu, war aber wieder nicht erfolgreich. Nicht einmal ein Alarm schrillte. Nichts. Resignierend verließ sie die Hotelhalle und reihte sich in die Masse der Menschen ein, die sich zwischen den Hochhäusern der Stadt bewegten.

Allmählich übernahmen die Leuchtreklamen die Herrschaft über die Stadt. An nahezu allen Häuserfronten kämpften sie wie lebende Wesen gegeneinander, machten sich übereinander lustig, schmuggelten witzige Fehlinformationen in die Werbepanoramen ihrer Konkurrenten. Gigantische Holographien tanzten über den Straßenschluchten, erzählten Geschichten in hellen Farben.

Plötzlich sah sie einen Syntron in einer Nische zwischen den Häusern, ein einfaches Gerät, nur mit Monitor ausgerüstet, nicht mit einer speziellen Holo-Einrichtung. Sie blieb stehen. In ihrer Verwirrung hatte sie die größte Mühe, ihre Gedanken zu ordnen. Als es ihr schließlich gelang, wurde ihr bewußt, daß es einen ganz einfachen Weg gab, ihre Identität zu klären.

Sie ging zu dem Syntron, schob die Wertkarte hinein und blickte auf den Monitor.

„Hallo, meine Kleine!" grüßte der Syntron. „Hat dir heute schon mal jemand gesagt, daß du gut aussiehst?"

„Ich weiß ja nicht einmal, wer ich bin. Wer bin ich?" brachte sie mühsam heraus. „Ich will es wissen. Du mußt es mir sagen."

„Ich bin mit einem Individualtaster ausgestattet, und ich kann dich anhand deines Gesichts und deines Handabdrucks identifizieren", antwortete der Computer. „Bitte, lege deine Hand auf die grünmarkierte Fläche am Monitor." Sie tat, was er verlangte. „Möchtest du, daß ich deinen genetischen Kode nehme?"

„Allerdings!"

„Warte bitte. Die Antwort ist gleich da."

Bisher hatte sich eine Abbildung von New York auf dem Monitor befunden. Das änderte sich nun, und der Holowürfel wurde zum Spiegel, in dem sie sich selbst sah. Sie war von der Sonne gebräunt und hatte langes, blondes Haar.

„Du bist Samantha Loran", eröffnete ihr der Syntron und nannte ihre Adresse.

Mit dieser Information half er ihrer Erinnerung nicht auf die Sprünge. Das Mädchen dachte eine Weile nach.

„Wer ist mein Vater?" fragte es dann. „Kannst du mir ein Bild von ihm zeigen?"

Nach kaum mehr als einer Sekunde erschien das Bild eines ihr völlig unbekannten Mannes auf dem Monitor. Er hatte weiches, blondes Haar, das ihm locker in die Stirn fiel. Er machte auf sie den Eindruck eines eigensinnigen, eigenständigen Menschen, er wirkte wie ein Musiker vielleicht, ein Traumdesigner. Doch sie konnte mit dem Bild des Mannes nichts anfangen. Sie hatte diesen Mann noch nie gesehen, und sie begriff nicht, wieso er ihr Vater sein sollte.

„Wer ist das?" fragte sie verwirrt, während dunkel die Erinnerung an einen anderen Mann in ihr aufstieg, der für sie Vater war.

„Dein Vater. Luz Aurelius Korexxon", gab der Syntron zur Auskunft. „Er ist Bioinformatiker, er gilt als ein hochgradiger Wissenschaftler. Ein Freiberufler, er arbeitet aber mit festen Verträgen für Firmen. Mehr darf ich aus Datenschutzgründen nicht sagen."

Das sagte ihr gar nichts. Vater – das war doch ein anderer Mann.

Mit einem unangenehmen Gefühl der Leere im Magen trat sie vom Syntron zurück.

Sie spürte, daß etwas Schreckliches mit ihr geschehen war und daß sie sich in höchster Gefahr befand. Es mußte einen Grund dafür geben, daß sie ihr Gedächtnis verloren hatte. War sie auf dem Weg zurück zu ihrem Ich?

Sie war Samantha Loran.

Der Name Korexxon ließ nichts in ihr anklingen, und sie begriff nicht, wieso sie mit ihm in Verbindung stehen sollte.

Als Luz Korexxon am nächsten Morgen die Stadtwohnung verließ, die Clarthyen Oqunn gehörte, stand die Sonne schon hoch am Himmel. Auf den ausschließlich von Fußgängern frequentierten Straßen zwischen den Häuserschluchten herrschte lebhaftes Treiben. Nervös blickte sich der Bioinformatiker um, dann ging er los. *Bilde dir nur nichts ein,* versuchte er sich zu beruhigen, *so gut kennen sich die anderen dann doch nicht aus. Keiner beobachtet dich.*

Er hatte allein geschlafen. Clarthyen war in ihrem Haus geblieben, sie hatte an Akten für einen ihrer juristischen Fälle zu arbeiten. Auch im Zeitalter der Syntrons war es sinnvoll, mit Ausdrucken auf Folie und holographischen Würfeln zu arbeiten. Sie hatten kurz auf elektronischem Weg miteinander gesprochen, und sie waren sich einig gewesen, daß er zur Zeit in der Wohnung besser aufgehoben war als in einem ihrer anderen Häuser oder seinem eigenen Haus.

Als Korexxon sich aus einem Automaten ofenwarmes Frühstücksgebäck holte, meldete sich sein Armband-Komgerät. „Deine Frau hat versucht, dich zu erreichen."

Luz Korexxon hatte das Gefühl, daß sich ihm der Magen umstülpte. Er verspürte ein scharfes Brennen in der Brust. „Ich habe keine Frau. Die Dame, mit der verheiratet zu sein ich einmal das Vergnügen hatte, hat sich schon vor Jahren von mir getrennt."

„Eliz Loran möchte mit dir sprechen", betonte der Syntron des Gerätes. „Und sie hat gesagt, daß sie deine Frau ist."

„Sie interessiert mich nicht."

„Sie ist beunruhigt", fuhr der Syntron unverdrossen fort. „Samantha, ihre ältere Tochter, ist seit vierzehn Stunden spurlos verschwunden."

„Sie soll sich zum Teufel scheren."

„Sehr wohl. Ich richte es ihr aus. Aber was ist, wenn sie nicht will? Hast du noch eine andere Adresse für sie, zu der du sie schicken möchtest?“

Korexxon lachte über die humorige Antwort des winzigen Computers.

„Dich werfe ich noch einmal in den Hudson, mein Freund“, drohte er. „Richte ihr aus, daß sie mit ihren Problemen allein fertig werden muß. Ich habe damit nichts zu tun, und daran ändert auch die Tatsache nichts, daß Samantha meine Tochter ist. Ich durfte das Mädchen zuletzt sehen, als es gerade mal drei Jahre alt war.“

Eine alte Wunde brach wieder auf, von der Korexxon geglaubt hatte, daß sie längst verheilt war. Er liebte seine Kinder immer noch so, als sei er nie von ihnen getrennt worden, und er spürte, daß er sie immer lieben würde. Unabhängig davon, ob Eliz erlaubte, daß er sie sah oder nicht.

„Sie läßt sich nicht abweisen“, meldete der Syntron.

„Sie soll zur Polizei gehen“, erwiderte der Wissenschaftler. „Dort wird man ihr helfen.“

„Sie war bereits bei der Polizei. Man hat ihr gesagt, das Mädchen sei zehn, und in so einem Alter bleiben Mädchen schon mal länger von zu Hause weg als abgemacht.“

„Vor allem, wenn ihre Mutter Vishnas achte Plage ist!“ entfuhr es ihm. „Ich an ihrer Stelle würde es auch tun. Kluges Kind.“

Eliz hatte ihm übelgenommen, daß er sich von ihr abgewandt hatte. Sie war nicht bereit gewesen, sich damit abzufinden, daß eine Passion für einen anderen Leib nicht ein Leben lang vorhielt. Während er sich im Verlauf ihrer Ehe geändert hatte, reifer und zugleich dynamischer geworden war, Ehrgeiz entwickelt und vor allem wachsende erotische Ansprüche gestellt hatte, war sie in der Entwicklung ihrer Persönlichkeit stehengeblieben und hatte mit ihm nicht Schritt halten können.

Sie hatte seinem Beischlafandroiden gegenüber eine so tiefe Eifersucht entwickelt, als handelte es sich bei den biomechanischen Konkubinen um echte Menschen. Als sie eines Tages zwei

Artistinnen aus dem Sexuellen Zirkus LoveManHattan, die er ins Haus engagiert hatte, am Frühstückstisch sitzen fand – er war eines eiligen Gen-Checks wegen ins Gerichtsmedizinische Institut gerufen worden –, hatte sie seine Polizeikameraden ins Haus gerufen und seine Gäste als Hausfriedensbrecher entfernen lassen. Korexxon hatte ihre Geschlechtspartnerschaft formell gekündigt.

In blindem Zorn über das Ende der Ehe hatte Eliz ein Gesicht gezeigt, von dem er bis dahin nichts geahnt hatte. Mit einem Wust von Verdächtigungen und falschen Anschuldigungen gegenüber dem Jugendamt hatte sie sich gerächt und damit erreicht, daß er seine Kinder nicht mehr sehen durfte. Der Gipfel ihrer Verleumdungen war die Behauptung gewesen, er habe seine Kinder sexuell mißbraucht.

Diese Lüge hatte er ihr nie verzeihen können. Damit hatte sie ihn nicht nur persönlich tief getroffen, sondern auch für das unehrenhafte Ende seiner Karriere bei der Polizei gesorgt. Er hatte sich nicht dagegen gewehrt, sondern tagelang an einem Raceball-Turnier teilgenommen, einem Mannschaftssport, was ihm vor allem von seinen damaligen Kollegen vorgeworfen worden war.

Er hatte sich in seiner Mannschaft und im Spiel versteckt, denn solange das Turnier lief, konnte ihn niemand auf seine Probleme ansprechen.

„Du bist kein Kämpfer“, hatten einige enttäuscht gesagt, „sonst hättest du dich energischer gewehrt.“

Nach einer schweren Zeit der Krise hatte er später damit begonnen, sich ein neues Leben aufzubauen. Er hatte sein Wissen erweitert und sich ganz der Forschung zugewandt. Dabei hatte er zumindest sich selbst bewiesen, daß er zu kämpfen wußte.

Bis zu den schweren Auseinandersetzungen mit seiner Frau im privaten und einem allzu ehrgeizigen Staatsanwalt im dienstlichen Bereich hatte er vor allem im Bereich der Gerichtsmedizin gearbeitet. Eines Tages war es dann zu der unvermeidlichen Konfrontation zwischen dem akribisch arbeitenden Pathologen und dem Ankläger gekommen. In dem Bestreben, die verschiedenen Karrierestufen bis zum höchsten Amt hinauf so schnell wie möglich zu überwinden, hatte Morton O'Gnawlly einen Mordfall abschließen wollen, bei dem alle Indizien auf einen Studenten als Täter hinwiesen.

Für Korexxon waren die Verdachtsmomente nicht ausreichend gewesen. Er hatte den Fall gegen den ausdrücklichen Befehl von O'Gnawlly weiterverfolgt und sich auf einen anderen Verdächtigen konzentriert. Seine Haltung und die Lügen seiner Frau hatten ihn schließlich die Anstellung gekostet.

Jahre später hatte sich gezeigt, daß O'Gnawlly den falschen Mann angeklagt und daß Korexxon recht gehabt hatte. Doch für den Studenten war der Beweis seiner Unschuld zu spät gekommen. Er hatte seinem Leben freiwillig ein Ende gesetzt.

O'Gnawllys Haltung gegenüber Korexxon aber hatte sich danach nicht geändert. Im Gegenteil. Der Staatsanwalt, dessen Ehrgeiz einen erheblichen Dämpfer erhalten hatte, war ihm gegenüber eher noch feindseliger geworden.

„Hallo, Luz? Soll ich dich mit Eliz Loran verbinden?" schreckte ihn der Syntron aus seinen Gedanken auf.

Korexxon lehnte ab. Er wollte sich nicht in die Angelegenheiten seiner früheren Familie einmischen, da er fürchtete, erneut in Intrigen verwickelt zu werden. Die Situation war durch den Diebstahl wissenschaftlichen Materials schwierig genug für ihn. Weitere Belastungen wollte er auf jeden Fall vermeiden.

Nachdem er sich über Syntron angemeldet hatte, suchte er Clarthyen Oqunn in ihrem Haus am westlichen Rand der Millionenstadt auf. Sie begrüßte ihn zärtlich, und er berichtete von dem Anruf seiner früheren Frau.

„Du mußt vorsichtig sein", warnte sie ihn. „Möglicherweise versucht jemand, dich mit Hilfe von Eliz in eine Falle zu locken."

„Du meinst, es geht gar nicht um Samantha?"

„Ich weiß es nicht. Auf jeden Fall finde ich es eigenartig, daß sie sich jetzt meldet, nachdem sie sieben Jahre lang geschwiegen hat, und von dir verlangt, daß du ihr behilflich bist."

Sie empfahl ihm, sich auch weiterhin von seiner ehemaligen Frau fernzuhalten und sich ganz auf die Probleme zu konzentrieren, die sich durch die Vorfälle um die Biochips ergeben hatten.

Korexxon flog erneut zum Gestüt, um dort Nachforschungen anzustellen. Dabei machte er sich Vorwürfe, daß er sich nicht schon früher in dieser Richtung bemüht hatte. Möglicherweise war irgend jemandem etwas aufgefallen.

Ein Unbekannter war in den Stallungen gewesen und hatte den Chip aus dem Nacken der Stute entfernt. Das Aussehen der Wunde am Hals machte zweifelsfrei deutlich, daß der Täter unter großem Zeitdruck gearbeitet hatte. Dennoch war es eine Operation gewesen, die wenigstens eine Stunde in Anspruch genommen hatte. Dabei war das Pferd narkotisiert gewesen.

So etwas konnte nicht unbemerkt geschehen sein!

Korexxon befragte die Inhaberfamilie des Gestüts und alle Angestellten. Er sah sich die Aufzeichnungen der Video-Überwachung an und schöpfte alle Möglichkeiten aus, die es gab, um einen Hinweis auf den Täter zu finden.

Erfolglos.

Niemand hatte etwas bemerkt. Niemandem war etwas Ungewöhnliches aufgefallen, und auf den Aufzeichnungen gab es keine Hinweise.

Der Dieb des Chips hatte genau jene Lücke in der Zeitabfolge gefunden, in der die Stute unbewacht gewesen war.

Der Täter mußte eine medizinische Grundausbildung genossen haben, da er in der Lage gewesen war, das Pferd zu operieren. Die Wunde am Hals des Tieres ließ deutlich erkennen, daß ein Fachmann am Werk gewesen war. Er hatte keine größeren Blutgefäße beschädigt, und er hatte die dennoch unvermeidliche Blutung während und nach der Operation schnell und konsequent aufgehalten.

Doch der Täter mußte auch umfassende Kenntnisse von dem eingesetzten Biochip gehabt haben, um ihn entfernen zu können, ohne ihn zu zerstören und damit wertlos zu machen.

Angesichts dieser Tatsache ergab sich eine Spur, die direkt zu Biothek führte, denn nur dort arbeiteten Fachkräfte, die beide Voraussetzungen erfüllten.

Korexxon verließ die Anlage. Dabei verzichtete er auf ein Taxi und ging zu Fuß. Er wollte in Ruhe nachdenken.

Als erstes überlegte er, wer alles bei Biothek beschäftigt war und aus diesem Grund als potentieller Täter in Frage kam.

Er besprach die Namen mit seinem Armbandsyntron, listete bei jedem einzelnen die fachlichen Qualifikationen auf und entfernte nach einiger Zeit die Namen derjenigen, die seiner Überzeugung nach nicht imstande waren, ein Tier oder einen Menschen zu operieren und dabei einen Biochip einzusetzen oder zu entfernen.

Denn darüber war er sich klar – die Verwendung von Biochips beim Tier war nur der erste Schritt. Ihm würde zwangsläufig der zweite folgen – der Einsatz des Chips beim Menschen.

Wer auch immer die Fäden aus dem Hintergrund zog, er brauchte einen wissenschaftlichen Mittler, der dazu bereit war, den Chip am Menschen auszuprobieren – an einem Kranken, um ihn zu heilen, oder an einem Gesunden, um ihn zu manipulieren.

Am Ende standen nur noch die Namen von fünf Biothek-Mitarbeitern auf der Liste Korexxons.

Es waren Institutsleiter Astoron Gao, der Plophoser Arkmit Thorofeyn, Tosso A'Beny vom Kargathener, der sich so gern poetisch gab, die Olympierin Anga Zrarafeth und Ophok Amaquo, ein auf dem Jupitermond Callisto geborener Terra-Abkömmling.

Korexxon beschloß, ohne großes Aufsehen und unter äußerster Vorsicht zu recherchieren, um herauszufinden, wer von diesen fünf der Täter war.

6.

„Du wirst bezahlen für das, was du getan hast! Bald hast du *nur noch eine Tochter!*“ berichtete Eliz Loran mit schriller, kippender Stimme. „Das sind die Worte, die auf dem Monitor meines Syntrons erschienen sind.“

Nachdem Korexxon mehrere Versuche seiner ehemaligen Frau abgeblockt hatte, zu ihm durchzukommen, hatte er schließlich doch nachgegeben und eine Verbindung hergestellt.

„Sie verschwanden, und als ich danach versuchte, sie wieder auf den Monitor zu holen, gelang es mir nicht. Mein Syntron behauptet, daß sie gar nicht dagewesen sind, aber ich weiß, was ich gesehen habe!“

Er saß in einem Sessel seines Hauses, und Eliz Loran erschien als Holo in natürlicher Größe mitten in seinem Wohnzimmer.

Obwohl sie an Gewicht zugenommen hatte, war sie immer noch eine attraktive Frau. Sie war mittelgroß, hatte feuerrotes Haar, das ihr wie die Löwenmähne eines Gurrad über die Schultern fiel und im Rücken bis an die Hüften hinabreichte. Sie legte es offenbar auf Wirkung an. Mit einer knapp sitzenden weißen Bluse, hautengen, hautfarbenen Hosen und blitzenden Halbschaftstiefeln mühte sie sich, die Vorteile ihrer Erscheinung zu betonen.

„Ja und?“ fragte Korexxon. „Das sind deine Probleme, nicht meine. Außerdem bist du verheiratet. Warum bittest du nicht deinen Mann um Hilfe?“

„Faruk ist nicht auf der Erde, sondern im Simban-Sektor auf der Eastside der Galaxis, auf irgendeinem beschissenen Blues-Planeten“, antwortete Eliz Loran. „Und sonst habe ich niemanden. Nur dich. Immerhin geht es um deine Tochter. Ich weiß inzwischen, daß Samantha zuletzt mit Lydia Rattray zusammen war. Die beiden sind befreundet.“

„Lydia Rattray? Ist sie etwa ...“

„Sie ist die Tochter von Janette Rattray. Jarvis Pictorain ist ihr Großvater.“

„Wow!“

„Auf dem Weg von Lydia nach Haus ist Samantha verschwunden“, fuhr Eliz Loran fort, wobei sie beschwörend die Hände hob, als könne sie Korexxon dadurch eher begreiflich machen, was geschehen war.

„Du solltest dich nicht an mich wenden, sondern an Lydia!“

„Das habe ich versucht, aber das Mädchen hat von Terrania aus die Erde verlassen und ist nicht erreichbar. Sie wird erst in ein oder zwei Wochen zurückkehren. Bis dahin kann es schon zu spät sein für Samantha.“

Eliz Loran brach in Tränen aus.

„Ich weiß, daß deine Tochter in Gefahr ist!“ rief sie. „Dazu wäre diese Schrift auf meinem Monitor gar nicht nötig gewesen.“

„Was sagt die Polizei?“

„Mit der habe ich nicht mehr gesprochen. Die glaubt mir ja doch nicht. Du mußt deine Tochter suchen, bevor es zu spät ist. Die Warnung ist eindeutig. Jemand will Samantha ermorden.“

Luz Korexxon schüttelte den Kopf.

„Ich weiß, daß ich zwei Töchter habe, aber ich habe keine Verbindung mehr zu ihnen“, weigerte er sich. „Meinst du, ich hätte vergessen, auf welche Weise du erreicht hast, daß ich sie nicht mehr sehen darf? Ich habe keine Veranlassung, dir irgend etwas abzunehmen.“

Sie schwieg.

„Du hast dich bis heute nicht entschuldigt“, stellte er kühl fest und beendete das Gespräch. Die Holographie verschwand aus seinem Wohnzimmer.

Er war nicht gewillt, sich die Verantwortung für Samantha aufzwingen zu lassen. Ein Grund für das Scheitern ihrer Ehe war gewesen, daß Eliz sich stets dagegen gesträubt hatte, Verantwortung zu übernehmen.

Sie hatte sich nicht geändert. Selbst in dieser Situation unternahm sie alles, um einer Verpflichtung auszuweichen. Sie tat, als seien nicht sieben Jahre seit ihrer Trennung vergangen, sondern nur ein paar Tage, und sie schien zu glauben, daß ihr Verhalten in irgendeiner Weise zu rechtfertigen war.

Er verdrängte Samantha und sie aus seinen Gedanken, rief ein Antigrav-Taxi und flog zur Atlantikküste hinaus, wo Clarthyen Oqunn ein weiteres Haus besaß.

Die Anwältin hielt sich gerade am Strand auf, als das Taxi neben ihrem Haus landete. Er war etwa zweihundert Meter von ihr entfernt, doch er erkannte sie trotzdem. Sie trug ein weites, weißes Kleid, das im Wind flatterte.

Nur mit einem Handtuch um die Hüften kam die junge Kartanin Assyn-T'ria vom Wasser her. Sie hatte gebadet. Im Fellstreifen, der von der Stirn bis tief in den Nacken hinabreichte, schimmerten und glitzerten Wassertropfen wie Edelsteine. Ihre nackten Brüste waren hoch und fest.

Sie blieb stehen und blickte Korexxon geringschätzig an. Dabei machte sie sich nicht die Mühe, ihre Blößen zu bedecken, sondern ließ im Gegenteil das Handtuch hinabgleiten, um es sich dann lässig über die Schulter zu legen. Mit katzenhaft biegsamen Bewegungen strich sie eng an ihm vorbei und verschwand im Haus. Er blickte zu ihrem Schoß hinab. Er war mit einem ähnlich silberfarbenen Fellstreifen beschattet wie ihr Kopf.

Er zweifelte nicht daran, daß sie nur auf einen Annäherungsversuch wartete, um ihn abblitzen zu lassen und zu demütigen. Er tat ihr den Gefallen nicht, wandte sich ab, um sich von den ungewöhnlichen Reizen dieser Frau nicht herausfordern zu lassen, zog sich Schuhe und Strümpfe aus, ließ sie vor der Haustür stehen und ging durch den weißen, warmen Sand zu Clarthyen. Sie bemerkte ihn schon von weitem und kam ihm lachend entgegen. Sie freute sich über seinen Besuch und ließ es ihn fühlen.

Er legte den Arm um sie, und sie schlenderten gemeinsam am Wasser entlang. Dabei berichtete sie ihm von ihren Bemühungen, irgend etwas über den Einbruch bei Biothek und die Syntronmanipulationen herauszufinden. Bisher hatte sie nur wenige Informationen zusammengetragen.

Während sie noch über ihre Recherchen sprachen, näherte sich ihnen ein Taxi-Gleiter und landete vor ihnen. Eliz Loran und ein etwa achtjähriges, blondes Mädchen stiegen aus. Luz Korexxon überlegte gar nicht lange, woher sie seinen aktuellen Aufenthaltsort wußte. Vielleicht hatte sie ihn verfolgen lassen, er traute ihr fast alles zu. Auf jeden Fall erkannte er sofort, wer die Begleiterin seiner früheren Frau war.

Ancarin. Zuletzt hatte er sie gesehen, als sie ein Jahr alt war. Doch sie war ihm so ähnlich, daß es keinen Zweifel geben konnte. Es war die Schwester von Samantha. Seine zweite Tochter.

„Was soll das?" fragte er unwillig und wandte sich an Eliz Loran. „Kannst du mein Privatleben nicht respektieren?"

„Verdammt, es geht um Samantha!" schrie sie, wobei sie mühsam um ihre Fassung kämpfte. „Sie befindet sich in einer schrecklichen Gefahr. Man hat ihren Tod angekündigt! Du könntest ihr helfen, aber du ... bist kein Kämpfer."

„Hast du schon mal daran gedacht, daß sie vor einer schrecklichen Mutter weggelaufen ist, um endlich einmal freie Luft zu atmen?" gab er zynisch zurück.

Es war ungerecht, und er wußte es. Korexxon bedauerte seine Worte, schaffte es jedoch nicht, sich zu entschuldigen.

Eliz Loran erbleichte. Mit schmalen Augen blickte sie ihn an und ignorierte die Frau an seiner Seite völlig.

„Das stimmt nicht", sagte Ancarin leise. Sie trat nahe an ihren Vater heran und blickte ihm forschend ins Gesicht. Sie hatte schöne, klare Augen, und sie hatte das selbstbewußte Auftreten eines intelligenten und in ihrem Lebensbereich erfolgreichen Mädchens. Sie gefiel ihm. „Mama ist nicht so, wie du denkst. Sie läßt uns alle Freiheiten, die wir brauchen."

„Samantha hat einen öffentlichen Syntron gefragt, wer sie ist. Sie hat sich überprüfen lassen", eröffnete Eliz Loran ihm. „Begreifst du, was das bedeutet?"

„Sie hat ihr Gedächtnis verloren", erkannte Clarthyen Oqunn.

„Wenn es wahr ist", zweifelte Korexxon.

„Ich kann das alles beweisen", betonte seine frühere Frau. „Du kannst mir glauben. Es ist kein Trick."

Clarthyen seufzte. „Du mußt dich um deine Tochter kümmern, Luz", sagte sie.

Am Morgen des nächsten Tages betrat Luz Korexxon das Hauptgebäude von Pictorain-Kosmos. Der Gebäudekomplex mitten in Manhattan stellte die wohl teuerste Immobilie auf dem amerikanischen Kontinent dar, und der Name schien nicht übertrieben zu sein. Das Zentrum des galaxisweit tätigen Konzerns war wirklich so etwas wie ein Kosmos, ein umfassendes, hoch auftürmendes und sich einige Kilometer tief in den Untergrund erstreckendes Gebilde, in dem alle Fäden der Macht zusammenliefen.

Zehntausende von Unternehmen auf Hunderten von Planeten der Galaxis gehörten zu diesem Imperium. Sie alle wurden von hier aus kontrolliert und gelenkt. Unternehmerische Entscheidungen wurden in den Büros dieses Gebäudes getroffen und wirkten sich Tausende von Lichtjahren entfernt auf anderen Planeten aus.

Die Menschen, die im Pictorain-Kosmos arbeiteten, standen nahezu rund um die Uhr mit zahllosen Planeten der Milchstraße in Kontakt. Korexxon konnte sich vorstellen, daß allein die täglichen Kosten für den Informationsfluß sein Jahreseinkommen um ein Vielfaches überstiegen.

Pictorain-Kosmos war ein Gebilde, dessen wahre Machtfülle mit dem Vorstellungsvermögen eines Bioinformatikers nicht zu erfassen war.

Nur unter größten Bemühungen und aufgrund der vielfältigen Verbindungen von Clarthyen Oqunn war es ihm gelungen, einen Termin bei Jarvis Pictorain, dem Großvater von Lydia Rattray, zu bekommen. Korexxon hielt es für das beste, mit ihm zu reden, da Lydia und ihre Eltern das Solsystem verlassen hatten und nicht erreichbar waren.

In einer Pause zwischen den geschäftlichen Besprechungen empfing ihn der *Commander* in seinem Büro, einem Raum von beinahe 200 Quadratmetern im zwanzigsten Stockwerk eines Wolkenkratzers, der das Zentrum des Pictorain-Kosmos bildete. Bei ihm war ein unauffällig gekleideter Mann, der einen überaus kräftigen Eindruck machte. Ein Leibwächter, der Korexxon argwöhnisch musterte und dann nach Waffen abklopfte, bevor er den Weg ins Büro freigab.

Korexxon war vom ersten Augenblick an beeindruckt von Jarvis Pictorain und seiner ungewöhnlichen Ausstrahlung, trat ihm jedoch selbstbewußt entgegen.

Pictorain saß hinter seinem Schreibtisch, auf dessen ansonsten leerer Arbeitsplatte ein einsamer goldener Stift lag. Links und rechts hinter ihm standen jeweils einige Schritte von ihm entfernt zwei elegante, in blau-goldene Stoffe gekleidete Gestalten. Sie glichen Statuen, die der Verschönerung des Raumes dienen sollten. Eine von ihnen hielt einen gespannten Bogen in der Hand, lehnte sich weit zurück und schien über den angelegten Pfeil hinweg ein imaginäres Ziel anzuvisieren. Die andere lehnte ein antikes Streichinstrument an ihr weich gezeichnetes Kinn und setzte den Bogen an, als wolle sie zu spielen beginnen.

Korexxon war sich sicher, daß es keine Kunstwerke waren, sondern Roboter, die sich augenblicklich in Kampfmaschinen verwandeln würden, sollte jemand auf den Gedanken kommen, Pictorain anzugreifen.

Wenige Schritte vor dem Tisch blieb er wie angewurzelt stehen. Sein Rücken fühlte sich plötzlich eiskalt an, denn über die Kante der Arbeitsplatte kroch eine faustgroße Cybhot-Spinne nach oben. Das Tier war an den Beinen mit langen, seidigen Haaren versehen, hatte sechs Augen, von denen zwei so groß waren wie der Daumennagel eines Mannes, über den Mundwerkzeugen pendelte sacht der gefürchtete Cybhot-Haken. Korexxon wußte, daß die Spinnen ihren Haken blitzschnell auswerfen konnten, um damit ein in wenigen Sekunden tödlich wirkendes Gift zu injizieren.

Der Rücken der Spinne war einheitlich schwarz und unbehaart.

Wie viele andere Menschen auch litt der Bioinformatiker unter Arachnophobie. Bereits der Anblick einer Spinne wirkte lähmend auf ihn. Dabei war er sich dessen bewußt, daß die Angst bei den meisten Spinnen unbegründet war.

Bei einer Cybhot-Spinne allerdings war sie berechtigt!

Geradezu fassungslos beobachtete er, daß Pictorain die Spinne über seine Hand kriechen ließ und dabei auch noch so fröhlich lachte, als ginge nicht die geringste Gefahr von dem exotischen Tier aus.

„Du staunst über meinen besonderen Freund", sagte der Industriemagnat. „Du hast gehört, daß diese Spinnen ungeheuer gefährlich sind und Menschen angreifen, die in ihre unmittelbare Nähe kommen. Wie du siehst, entspricht das nicht ganz der Wahrheit."

Korexxon hatte das Gefühl, daß seine Beine ihn nicht mehr tragen konnten; unwillkürlich sah er sich nach einem Sessel um. Es gab im ganzen Raum nur einen einzigen, und auf dem hatte Pictorain Platz genommen. Der Herrscher über das Wirtschaftsimperium duldete offenbar nicht, daß sich jemand in seiner Gegenwart setzte.

„Ich bin hier wegen Samantha", versetzte der Bioinformatiker, nachdem er seinen ersten Schrecken überwunden hatte. „Sie ist verschwunden."

Pictorain blickte ihn stirnrunzelnd an. „Und?" fragte er. „Was habe ich damit zu tun?"

„Samantha ist zuletzt gesehen worden, als sie bei deiner Enkelin Lydia war."

„Da bin ich ihr begegnet!" Die Spinne kroch von seinen Händen weg bis an den Rand der Tischplatte. „Wo sie anschließend geblieben ist, entzieht sich meiner Kenntnis. Noch etwas?"

Korexxon fiel auf, daß der Holowürfel eines Syntrons eigenartig flackerte. Fast schien es, als würden von dort Lichtsignale ausgesendet. Er war irritiert und abgelenkt. Eine derartige Beobachtung hatte er bei dem Monitor oder Hologramm eines Syntrons noch nie gemacht.

Als er sich dem Großvater von Lydia wieder zuwandte, bemerkte er, daß der Rücken der Cybhot-Spinne plötzlich feuerrot glühte.

Die kaum überwundene Angst war wieder da. Soviel hatte er von diesen fremden Spinnen gehört, die von Boestris Zazoma zur

Erde gebracht worden waren, daß er das Zeichen höchster Angriffslust zu deuten wußte.

„Die Spinne ...“, stammelte er und wich unwillkürlich zurück. Er wußte, daß eine Cybhot-Spinne beim Angriff viel schneller war als ein Mensch und daß er ihr nicht entkommen konnte, wenn sie ihn als Opfer gewählt hatte.

Er wollte noch mehr sagen, den Mann hinter dem Schreibtisch deutlicher warnen, doch die Phobie ließ es nicht zu. Sie lähmte ihn, so daß er nur noch mühsam atmen, die verbrauchte Luft jedoch nicht aus seinen Lungen entlassen konnte. Die aufgestaute Luft ließ nicht zu, daß er weitere Worte über die Lippen brachte.

Pictorain hatte die tödliche Gefahr erkannt. Er bewegte sich nicht. Sein Mund stand offen, und der Schrecken weitete seine Augen. Kalter Schweiß stand auf seiner Stirn.

Eine schier endlose Zeit schien zu verstreichen, bis der Leibwächter eingriff.

Als Korexxon schon glaubte, daß es keine Rettung mehr gab, stürzte er sich auf die Spinne, stieß sie mit seiner Waffe von der Tischplatte und tötete sie mit einem grünen Desintegratorstrahl.

Die Statuen hatten sich nicht gerührt. Offenbar waren die sie lenkenden Syntroniken zu dem Ergebnis gekommen, daß ein Eingreifen nicht nötig war, da der Leibwächter genügend Zeit für eine entsprechende Reaktion hatte. Jetzt schaltete sich einer von ihnen ein.

Bevor die Spinne starb, schoß sie den Gifthaken heraus. Schneller noch als sie aber war der Roboter mit der antiken Geige. Er streckte den rechten Arm aus, und die Spitze des Geigenbogens drückte den Gifthaken ein wenig zur Seite, so daß er um Millimeter an der Hand des Bodyguards vorbeipeitschte und sein farbloses Gift auf den Boden spritzte. Bevor der erste Tropfen den Teppich erreichte, lag der Bogen des Roboters bereits wieder auf den Saiten des Streichinstruments.

Pictorain sprang zornig auf. Sein Gesicht schien noch schmaler als zuvor geworden zu sein. An den Schläfen traten die Adern dick hervor.

„Das wirst du mir büßen!“ schrie er und zeigte auf Korexxon. „Die Spinne ist noch nie aggressiv geworden. Du hast sie manipuliert. Ich weiß nicht, wie, aber du hast sie dazu gebracht.“

Korexxon suchte vergeblich nach Worten. Er sah ein eigentümlich flackerndes Licht in den Augen des Industriemagnaten, und er wich Schritt um Schritt vor ihm zurück. Während es ihm gelang, die aufgestaute Luft nach und nach aus den Lungen zu pressen, meinte er, den Haß seines Gegenübers körperlich spüren zu können.

Pictorain war völlig außer sich. Fast machte er den Eindruck, als habe er den Verstand verloren. Korexxon betrachtete ihn mit Verblüffung.

So wichtig konnte ihm die Spinne doch nicht gewesen sein, daß er wegen ihres Verlustes so die Kontrolle über sich verlor!

Sein Interesse wurde kälter. Er sah sich den Auftritt des Industriemagnaten an und dachte nur noch: *Das ist eine Show.*

Der Leibwächter packte ihn an den Armen, zerrte und schob ihn aus dem Raum auf den Gang hinaus und beförderte ihn zum Expreßlift.

„Es war seine Lieblingsspinne“, erfuhr der Bioinformatiker. „Der Alte hat sie selbst gefangen, zur Erde gebracht und gezähmt. Und er hat es nicht gern, wenn man ihm seine Tiere nimmt. Vielleicht wäre es ganz gesund für dich, in der nächsten Zeit etwas außerhalb von Greater New York zu arbeiten. Ein Forschungsauftrag in Siom-Som zum Beispiel.“

„Unfug!“ protestierte Korexxon. „Ich hatte nichts damit zu tun.“

Der Leibwächter gab ihm einen kräftigen Stoß in den Rücken, so daß er förmlich in die Liftkabine flog. „Verschwinde! Er war vernarrt in das Biest.“

Die Lifttüren schlossen sich. Die Kabine raste in die Tiefe.

Während Korexxon sich zu Fuß vom Pictorain-Kosmos entfernte, sprach er über sein Armbandsyntron mit Clarthyen Oqunn und berichtete ihr, was geschehen war.

„Mach dir keine Sorgen“, amüsierte sie sich. „Selbst für einen Jarvis Pictorain wird es schwer, wenn nicht gar unmöglich sein, dir nachzuweisen, daß du dich mit seiner Spinne gegen ihn verschworen hast. Oder sie bestochen.“

„Und die Drohung des Bodyguards?“

Die Anwältin lachte leise. „Die Aufforderung, ein bißchen zu reisen? Wahrscheinlich künstlerische Freiheit des Leibwächters, kein Gruß vom Chef. Luz, Pictorain ist ein Topmanager. Ein Wirtschaftsmagnat. Der hat Bilanzen, Kostenrechnungen, wirtschaftliche Zeitabläufe und dergleichen im Kopf. Ein Mord gehört nun wirklich nicht zum Repertoire solcher Leute. Mord ist lästig. Mord bringt schlechte Presse.“

„Wahrscheinlich hast du recht.“ Korexxon hatte keine Lust, noch länger mit ihr über Pictorains Drohung zu diskutieren. Allerdings blieb er anderer Ansicht als sie. Er hielt es für leichtfertig, die Worte des Industriemagnaten nicht ernst zu nehmen.

„Ganz sicher habe ich das.“ Danach wechselte sie das Thema: „Hat Pictorain dir etwas über Samantha gesagt?“

„Nichts.“

„Dann habe ich eine interessante Information für dich“, entgegnete sie und eröffnete ihm, daß sie über GALORS, dem galaxisweiten syntronischen Verbund, einen Hinweis auf Samantha gefunden hatte. GALORS war um das Jahr 1170 NGZ herum ein Galaktisches Ortungssystem gewesen, das aus den Überresten des ehemaligen Kontrollfunknetzes der Cantaro aufgebaut worden war. Das System stützte sich auf etwa 50 Millionen Stationen und stellte eine geradezu ideale Basis für ein galaxisweites Informationsnetz dar. „Sie wurde gesehen, als sie den Pictorain-Kosmos verließ. Das war erst vor wenigen Minuten. Eigentlich hättest du ihr begegnen müssen. Wahrscheinlich hält sie sich noch in deiner Nähe auf.“

„Danke.“

Er beendete das Gespräch und eilte zum Hauptgebäude des Wirtschaftsunternehmens zurück. Zahlreiche kleine Geschäfte lockten Käufer an, und Kleinkünstler der unterschiedlichsten Art sorgten für die Unterhaltung der Passanten. Swoons manövrierten in Feuerballons, eine Gruppe Linguiden führte eine Flüsteroper auf, Topsider in Ponchos spielten auf Inka-Flöten und sangen die uralten Steinchoräle von Orion-Delta, Syntronbeschwörer standen neben ferronischen Prostituierten in Schattenmänteln, Drogenhändler boten in schwebenden Bauchläden naturidentische Opiate und Pheromonpastillen an.

Als der Bioinformatiker an einem Springbrunnen aus epsalischem Marmorstahl vorbeikam, entdeckte er seine Tochter, und im gleichen Moment verspürte er einen seltsamen Druck. Ihm war, als überschreite er eine unsichtbare Grenze zwischen der realen und einer irrealen Welt. Alles um ihn herum bewegte sich hier langsamer, wie in Zeitlupe; seine Beine waren in einem zähen Brei gefangen, der ihn daran hinderte, zu seiner Tochter zu laufen und sie in die Arme zu ziehen.

Er kämpfte sich voran, wollte unbedingt zu ihr, und er war versucht, laut zu rufen, um sie auf sich aufmerksam zu machen.

Samantha war noch etwa hundert Meter von ihm entfernt, und ihm fiel auf, daß sie sich unnatürlich bewegte. Sie glich einer Marionette, die an unsichtbaren Fäden hing. Ihr Lächeln war hölzern, wie geschnitzt.

Ihm kam es vor, als sei er unversehens in ein surrealistisches Theater geraten. *Meine Sinne spielen verrückt,* erkannte er.

„Samantha!“ War das seine Stimme gewesen?

Seine Tochter hatte ihn trotz der großen Entfernung gehört. Sie wandte sich ihm zu, und ihr Gesicht erhellte sich.

„Samantha – komm zu mir!“

Erkannte sie ihn noch?

Jarvis Pictorain trat zusammen mit mehreren Bodyguards aus dem Hochhaus. Einer seiner Begleiter machte ihn auf das Mädchen aufmerksam, das sich umgedreht hatte und sich ihm einige Schritte näherte, dann jedoch stehenblieb, weil sich die

Leibwächter zwischen sie und den Industriemagnaten schoben und eine Mauer bildeten.

Samantha ging einige Schritte rückwärts. Ihr Kopf fuhr zur Seite, und sie blickte einen grauhaarigen Mann an, der wenige Meter neben ihr in der Tür eines Geschäftes aufgetaucht war.

Samantha hüpfte einige Male auf den Zehenspitzen, als freue sie sich über das Erscheinen des Grauhaarigen. Dann lief sie auf ihn zu und umarmte ihn, bevor er es verhindern konnte. In seinem Gesicht zeichnete sich pure Verwunderung ab.

Ein Blitz spaltete von innen heraus ihren Schädel und schoß einige Meter in die Höhe. Für einen Augenblick stand sie in seinem fremden Licht – dann wurde sie von einer ohrenbetäubenden Explosion zerrissen.

Der grauhaarige Mann begleitete sie in den Tod.

Die Experimente verliefen ganz anders, als Arkmit Thorofeyn es sich erhofft hatte.

Mühelos und für ihn überraschend hatte er von Astoron Gao die Genehmigung erhalten, das Forschungslabor auch weiterhin zu benutzen. Der Institutsleiter erlaubte ihm, dort zu arbeiten, ohne daß er ständig Rechenschaft über die Arbeitsabläufe ablegen mußte, und er sorgte dafür, daß er ungestört blieb.

Der Plophoser führte diese Haltung auf den Einfluß des Unbekannten zurück, der stets nur durch die grüne Holographie einer Flamme zu ihm sprach. Trotz Einsatzes aller nur erdenklichen Mittel kam Thorofeyn jedoch nicht voran. Der aus dem Pferdehals erbeutete A-Chip war bei der Operation beschädigt worden und brachte nur noch etwa ein Fünftel seiner möglichen Leistung.

Nachdem er eine verschlüsselte Nachricht in den Syntron gegeben hatte, leuchtete die grüne Flamme über dem Arbeitstisch des Labors auf.

„Was gibt es?“ fragte die Stimme, die zunehmend schriller in seinen Ohren klang.

„Ich brauche weitere Informationen", gestand der Wissenschaftler. „Ich bin in eine Sackgasse geraten. So ist es uns von Biothek öfter ergangen. Ich geb's nicht gerne zu, aber einzig und allein Korexxon hat hinausgefunden. Leider wollte er uns den Trick nicht verraten."

„Warum erzählst du mir das?"

„Weil Korexxon uns mit ein paar Informationen über alle Schwierigkeiten hinweghelfen könnte, so daß wir sehr viel Zeit sparen."

„Und das heißt?"

„Ich bin Wissenschaftler und kenne mich in diesen Dingen nicht so aus. Aber – warum beschaffen wir uns Korexxon nicht einfach und zwingen ihn, uns die entscheidenden Infos zu geben? Das wäre doch der einfachste und schnellste Weg, uns ans Ziel zu bringen."

Thorofeyn preßte die Lippen zusammen und wunderte sich über seinen eigenen Mut. Mehr als einmal hatte er erlebt, daß der Unbekannte Vorschläge zurückwies oder verbat.

Dieses Mal schien die *grüne Flamme,* wie er den Unbekannten insgeheim nannte, nachzudenken. Als er sich schließlich wieder meldete, klang seine Stimme ein wenig nachsichtiger als sonst.

„Wir setzen Korexxon bereits unter Druck", erklärte er, „aber es ist noch zu früh."

„Und was heißt das?"

„Er wird uns alles geben, was er zu geben hat. Sein ganzes Wissen."

„Warum entreißen wir es ihm nicht?"

„Der wichtigste Teil der Informationen ist immer noch im Syntron gespeichert. Zur Zeit arbeitet ein Team von Spezialisten daran, es zu bergen. Es ist nur eine Frage der Zeit, bis es fündig wird."

„Und wenn es den Syntron nicht knacken kann?"

„Dann schalten wir Korexxon ein. Er ist unsere eiserne Reserve."

„Ich verstehe. Aber was ist, wenn das Team den Syntron knackt?“

„Dann brauchen wir Korexxon nicht mehr.“ Die Flamme kicherte, dann sagte sie mit feierlicher Stimme: „Gibt es doch bessere Welten als diese.“

Thorofeyn erschauerte. Er haßte Korexxon, und er beneidete ihn um seine Erfolge, doch dabei war er nie so weit gegangen, ihm den Tod zu wünschen. Nun begriff er, daß der Bioinformatiker keine Chance mehr hatte. Entweder wurde er getötet, nachdem der Syntron das in ihm gespeicherte Wissen herausgegeben hatte, oder man entriß ihm sein Wissen gewaltsam und mit für ihn tödlichen Folgen.

Korexxon war am Ende.

Und was ist mit mir? wollte Thorofeyn fragen. Er wagte es nicht, weil er Angst vor der Antwort hatte.

Die grüne Flamme erlosch.

Die Druckwelle hatte Korexxon zu Boden geworfen und für kurze Zeit bewußtlos werden lassen; als er die Augen wieder öffnete, umringten ihn Robotpolizisten, zerrten ihn hoch und führten ihn zu einem Gleiter, der aus der Höhe herabschwebte. Sie ignorierten seinen Protest, stießen ihn hinein und flogen mit ihm davon. Er beugte sich unwillkürlich zur Seite und versuchte, nach unten zu sehen, doch es gelang ihm nicht, auch nur einen Blick auf die Stelle zu werfen, an der seine Tochter Samantha gestorben war.

Er bemerkte Blutspritzer auf seiner Hand. Ihm wurde bewußt, was sie bedeuteten, schluckte mehrmals schmerzhaft und erbrach sich dann. Eine Servoschatulle in der Rückenlehne der Sitzschale vor ihm öffnete sich und reichte ihm ein Tuch. Ein Chemocleaner entfernte die Kotze und aromatisierte die Luft.

Korexxon schloß die Augen und zitterte plötzlich am ganzen Körper. Während er sich noch bemühte, seine Sinne zu klären, erlag er den Nachwirkungen des erlittenen Schocks und verfiel in einen Zustand der Starre, in der er seine Umgebung nicht mehr wahrnahm.

Schon nach wenigen Sekunden kam er wieder zu sich, doch nun hatte er Mühe, sich zu orientieren. Er wußte nicht mehr, wie er in den Gleiter gekommen war. Widerstandslos und beinahe unbeteiligt ließ er sich nach der Landung aus der Maschine ziehen und in ein Gebäude führen. Ihm war, als beobachte er sich selbst durch ein umgedrehtes Fernglas, so daß er unnatürlich klein wirkte, nicht wirklich betroffen.

Erst als sich ein Gitter aus Formenergie leise knisternd vor ihm aufbaute, erinnerte er sich an das Geschehene, und er begann zu schreien. Lautstark forderte er, aus der Zelle befreit zu werden, in der einfache Sitzmöbel und ein Tisch standen.

Doch er verstummte wieder, als auf der anderen Seite des matt schimmernden Gitters aus Formenergie ein großer, korpulenter Mann mit leicht hervorquellenden Augen erschien, einer grobporigen Nase und wulstigen Lippen. Die Augenbrauen waren ungewöhnlich kräftig und langhaarig. Wie breite Bürsten überschatteten sie die Augen, und einige ihrer Haare fielen bis ins Blickfeld des Mannes. Er war etwa 2,20 Meter groß, hatte dabei überraschend schmale Hände mit langen Fingern, an denen er pompöse Ringe trug.

Obwohl es warm war, trug er eine weite, mit zahllosen Taschen versehene Jacke aus violettem Leder. Die Kleidungsstücke und die Accessoires bestanden aus kostspieligen Stoffen, machten jedoch einen verlotterten Eindruck. Vielleicht waren sie tatsächlich seit langem ungepflegt, vielleicht nur mit einem etwas geschmacklosen Image-Spray besprüht.

„Morton O'Gnawlly“, seufzte Korexxon.

Der oberste Ankläger des Bereiches Greater New York blickte ihn abschätzend an. Er wälzte eine handlange, dicke Zigarre zwischen den Lippen, paffte blaue Wolken und wartete lange, bevor er mit dunkler, rauher Stimme aus dem Strafrecht zitierte, um den Verhafteten über seine Rechte aufzuklären. Er leierte den Text herunter, nuschelte und verschluckte die Silben. Am Ende fragte er Korexxon, ob er ihn verstanden habe.

Der Wissenschaftler war nicht in der Lage, zu antworten oder sich auf die Worte des Staatsanwalts zu konzentrieren. Immer wieder sah er das sich blitzartig ausbreitende Feuer vor sich, das mit blutigen Fetzen durchsetzt war. Er meinte, das Blut seiner Tochter auf der Haut zu spüren, und er hatte das Bedürfnis, sich endlos die Hände zu waschen. Er wollte in die Naßzelle gehen, doch seine Beine gehorchten ihm nicht.

Das Gitter verschwand, und der schwergewichtige Staatsanwalt stolzierte zu ihm in die Zelle, um sich an den Tisch zu setzen. Dabei deutete er auf den zweiten Stuhl, und der Wissenschaftler ließ sich darauf nieder.

„Die Stadt New York und die Liga klagen dich an, mit Hilfe einer teleinstruierten Cybhot-Spinne einen Anschlag auf deren Besitzer Jarvis Pictorain verübt zu haben", eröffnete ihm O'Gnawlly. „Der Anschlag ist wegen des mutigen Eingreifens eines Bodyguards gescheitert. Des weiteren wirst du beschuldigt, danach einen zweiten Anschlag mit Hilfe deiner mit einem Sprengkörper präparierten Tochter auf Pictorain versucht zu haben. Zeugen können bestätigen, daß du ihr unmittelbar vor der Explosion etwas zugerufen hast."

„Ihren Namen", bemerkte Korexxon, ohne recht hinzuhören.

„Leibwächter haben Pictorain das Leben gerettet." Der Staatsanwalt blickte ihn an, und Korexxon erfaßte, daß er die Gelegenheit nutzen wollte, sich an ihm zu rächen und ihn zu vernichten. „Du machst es leichter für uns alle, wenn du ein Geständnis ablegst. Zu den Vorfällen bei Biothek kommen wir dann anschließend. Komm, du perverses Schwein, sei artig und sprich dich aus."

Polizeioffizier Rampak Handerparss trat ein, verschränkte die Arme vor der gewaltigen Brust, lehnte sich gegen die Wand und neigte in der ihm eigenen Art den Kopf. Mit tief herabgezogenen Augenbrauen blickte er den Wissenschaftler an, als sei er bestrebt, ihm bis auf den Grund seiner Seele zu sehen.

„Ich habe im Polizeidienst schon einiges erlebt“, sagte er verächtlich, „aber daß jemand seine eigene Tochter in die Luft jagt, um einen anderen zu ermorden, ist selbst mir noch nicht untergekommen.“

„Was soll das?“ fragte Korexxon. Plötzlich war er hellwach.

Er wurde sich der Ungeheuerlichkeit der Vorwürfe gegen ihn bewußt, und er war nahe daran, aufzuspringen und O. T. anzugreifen. Im letzten Moment beherrschte er sich, da er erkannte, daß der ertrusische Riese es nur begrüßt hätte, ihn an seiner Brust hängen zu sehen, wo er wie ein Kind im Kampf gegen einen Erwachsenen in blinder Wut auf ihn eintrommelte, ohne das geringste erreichen zu können. Handerparss mußte nicht einmal seinen Mikrogravitator umprogrammieren, um ihn abwehren zu können.

„Ich habe weder etwas mit der Spinne noch mit diesem Bombenanschlag zu tun“, beteuerte Korexxon.

O’Gnawlly deutete auf seine Hände. „Und warum zitterst du so?“

„Ich habe meine Tochter verloren. Gerade eben!“

„Nach sieben Jahren, in denen du dich nicht um sie gekümmert hast, ein Anfall von Vatergefühlen!“ Die Stimme des Staatsanwalts wurde schneidend scharf.

Er attackierte den Forscher mit weiteren Beschuldigungen im Zusammenhang mit den Vorfällen bei Biothek und drängte ihn innerhalb kürzester Zeit in die Enge. Als Jurist fiel es ihm nicht schwer, ihm eine Reihe von Fallen zu stellen, in die Korexxon ahnungslos tappte: Wozu war die klapprige Syntron-Tastatur zwischengeschaltet worden, wenn nicht zur Manipulation der Simulation? Wer konnte grundsätzlich Kode-Signaturen verraten haben? Grenzte seine feinsinnige Einflußnahme auf die Entscheidung des Forscherkollektivs nicht an Nötigung?

O’Gnawlly wendete alle Aussagen Korexxons so lange hin und her, stülpte sie um, bis sie ihn belasteten. Kleine, unterschwellige Drohungen bereicherten das Verhör und führten es immer wieder ein gewagtes Stück über das hinaus, was ihm als Ankläger eigentlich erlaubt war.

Der Wissenschaftler hätte ihm nicht antworten müssen. Doch die Anschuldigungen waren derart naiv, lachhaft und kindisch, daß Korexxon allmählich das Gefühl hatte, unfreiwillig als Schauspieler in einer Krimi-Schmiere mitzuwirken: Auftritt des miesen Staatsanwaltes, Auftritt des brutalen Cops, offene Rechnungen. Gleich würde man ihm Prügel androhen. Wo blieb der rettende Engel?

Clarthyen Oqunn betrat selbstbewußt und kampfbereit die Zelle, *in Aktion* wirkte sie bedeutend größer, als Korexxon sie in Erinnerung hatte.

„Schönen guten Tag", sagte sie. Sie zog ein schmales, echtpapierenes Büchlein aus der Tasche und nahm einen Stift zur Hand: „Wie lautet die Anklage?"

O'Gnawlly paffte und trug seine Anschuldigungen mit nuscheliger Stimme vor. „Wow!" sagte sie leise und fragte Korexxon, ohne den Blick vom Staatsanwalt zu wenden: „Wie konntest du nur?"

Korexxon lächelte müde und erwiderte leise: „Ich habe es nicht getan."

Clarthyen hob die Augenbrauen in größtem Erstaunen und fragte: „Was? Es stimmt gar nicht? Darf ich mal die Beweise notieren?"

O'Gnawlly paffte und wiederholte die Zeugenaussagen.

Ihre Augen wurden noch ein Stück größer. Den Stift hielt sie übers Papier, ohne zum Schreiben anzusetzen. „Das sind die Beweise?" fragte sie sehr leise. „Das ist alles?"

O'Gnawlly hob nur die Schultern.

Sie steckte ihr Büchlein und den Stift weg, stand auf und sah Korexxon an: „Na, dann gehen wir mal." Korexxon erhob sich ebenfalls.

O'Gnawlly und O.T. blieben stumm und rührten sich nicht.

An der Tür drehte sie sich noch einmal um und lächelte zauberhaft: „Über die kleine Entführung in Polizeigewahrsam reden wir aber gelegentlich noch, nicht wahr?" Dann führte sie Korexxon hinaus.

Mittlerweile war es dunkel geworden, und erst jetzt wurde ihm bewußt, wie lange er verhört worden war. Er war so müde und erschöpft, daß er kaum noch die Augen offenhalten konnte.

„Wir finden heraus, was hinter dieser ganzen Geschichte steckt“, sagte Clarthyen, „und dann ist Zahltag.“

7.

Korexxon litt unter dem Tod seiner Tochter Samantha. Der Bioinformatiker versuchte, ein wenig zu schlafen. Obwohl er die Augen kaum noch offenhalten konnte, gelang es ihm nicht, Schlaf zu finden. Immer wieder sah er seine explodierende Tochter vor sich, und dann schreckte er hoch.

Schließlich gab Clarthyen ihm einen extrem starken Espresso, und er baute die innere Spannung ein wenig dadurch ab, daß er in seinem syntronischen Tagebuch notierte, was geschehen war und was er empfand.

Bis in die späte Nacht hinein saß er mit Clarthyen in ihrem Haus am Atlantik und redete mit der Anwältin über die Vorfälle des Tages, zwischen denen es keinen Zusammenhang zu geben schien, die aber alle ihn betrafen.

Kurz vor Mitternacht erschien Eliz Loran; wieder war nicht klar, woher sie eigentlich wußte, wo sie ihn finden konnte. Still und bleich stand sie im Raum, zögerte eine Ewigkeit, dann sagte sie sehr ruhig: „Sie hätte nicht sterben müssen, wenn du dich früher dazu entschlossen hättest, dich deiner Verantwortung zu stellen!“

Korexxon erstarrte.

„Bitte“, sagte die Anwältin kühl und beherrscht, „du wirst mein Haus sofort verlassen!“

Eliz nickte weinend und lief zur Tür hinaus in den Garten, wo der Taxi-Gleiter stand, mit dem sie gekommen war. Sie ließ ihn starten, ohne zu zögern.

Korexxon schüttelte für eine Weile den Kopf. Hätte er etwas für Samantha tun können, wenn er früher mit der Suche nach ihr begonnen hätte?

Clarthyen wies Überlegungen dieser Art zurück. „Das ist vollkommen ausgeschlossen“, sagte sie. „Irgend jemand hat Samantha entführt, manipuliert und mit einer Bombe geladen. Er hat sie auf Schritt und Tritt gelenkt.“

„Wenigstens für eine kurze Zeit muß sie frei gewesen sein“,

überlegte er. „Ich meine, das war die Zeit, in der sie den Syntron nach ihrer Identität befragt hat."

Doch auch das wollte die Rechtsanwältin nicht akzeptieren.

„Ich bin sicher, daß ihr Peiniger sie dabei beobachtet hat. Vermutlich hat er nur getestet, wie sie reagiert und ob sie nach der Manipulation noch ausreichend einsatzfähig für ihn ist. Sobald das geklärt war, hat er sie wieder verschwinden lassen."

„Wie sollte er sie manipuliert haben?" fragte Korexxon.

Sie ging zu ihm, setzte sich neben ihn und legte ihm den Arm um die Schulter. Zärtlich küßte sie ihn auf die Wange und strich ihm das weich in die Stirn fallende Haar zurück.

„Das liegt doch auf der Hand", versetzte sie sanft und einfühlsam. „Mit den Biochips, die er aus Biothek gestohlen hat. Der Chip ist das einzige Bindeglied zwischen all diesen Ereignissen."

Während Luz Korexxon zunächst im Haus der Anwältin am Atlantik blieb, flog Clarthyen Oqunn in die Stadt zurück und ging energisch an die Arbeit. Sie spielte ihre besonderen Fähigkeiten als Juristin aus, und die lagen im Bereich der Recherche.

Als erstes besorgte sie dem Wissenschaftler eine Akte der Polizei, in der es eine Video-Syntron-Aufzeichnung des Mordanschlags auf den grauhaarigen Mann vor dem Pictorain-Kosmos gab. Die Lust der Touristen, alles und jedes im Bild zu dokumentieren, hatte in diesem Fall dazu geführt, daß von mehreren Personen Filmausschnitte zur Verfügung gestellt worden waren, die jede einzelne Phase des Geschehens zeigten.

Der getötete Mann war Linwood Eikenboom, ein Lokalpolitiker ohne große Bedeutung, ein Hinterbänkler. Bei seiner parlamentarischen Arbeit befaßte er sich hauptsächlich mit Finanzierungsfragen. Ein Motiv für den Mord an ihm schien es nicht zu geben.

„Wie fühlst du dich?" fragte die Anwältin, während sie die Ausbeute ihrer Recherche vor Korexxon ausbreitete.

„Ganz gut“, erwiderte er. „Jedenfalls besser als gestern. Ich habe ein wenig in meinem Tagebuch geblättert. Das hat mir geholfen.“

„Wir müssen uns den Videofilm ansehen“, sagte sie.

„Das kann ich nicht“, lehnte er ab. „Soll ich mir wieder und wieder zeigen lassen, wie meine Tochter getötet wird?“

„Nur so werden wir herausfinden, was geschehen ist“, beharrte sie auf ihrem Vorschlag. „Du mußt dich davon frei machen, daß es deine Tochter ist, sondern den Vorgang mit wissenschaftlicher Akribie untersuchen.“

Sie sprach lange mit ihm, bis er einsah, daß eine exakte Analyse des Mordanschlags unumgänglich war, und er seinen Widerstand aufgab. Sie übergab den Videofilm, der auf einem kleinen, ringförmigen Kristall gespeichert war, ihrem Syntron, und ein dreidimensionales Bild der Szene baute sich im Raum vor ihren Augen auf. Es war so überzeugend, daß sie meinten, mitten zwischen den Menschen zu stehen, die sich vor dem Pictorain-Kosmos bewegten.

Die gespeicherten Bildfolgen zeigten in aller Deutlichkeit, wie Samantha bei der Explosion zerrissen wurde.

Nachdem sie zum erstenmal abgelaufen waren, ging Korexxon in den Garten hinaus, um sich von dem Anblick zu erholen. Er blieb fast eine Stunde lang draußen. Clarthyen war einfühlsam genug, ihn nicht zu stören. Als er zurückkehrte, war er gefaßt und entschlossen, alle Hintergründe des Anschlags aufzuklären.

Gemeinsam sahen sie sich den Film noch einmal an. Sie beobachteten, wie Samantha sich bewegte, wie sie sich erst ihrem Vater, dann Pictorain und schließlich Eikenboom zuwandte.

Die Anwältin befahl der Syntronik, die Bildsequenzen langsamer abzuspielen, so daß vor allem die entscheidende Phase – die Explosion – besser zu verfolgen war. Da es sich um syntronische Holographien handelte, war jedes Bild gestochen scharf und konnte bis ins kleinste Detail vergrößert werden, ohne dadurch an Deutlichkeit zu verlieren.

„Eines ist sicher", stellte Clarthyen danach fest. „Samantha selbst hat die Sprengladung transportiert. Wie eine Selbstmörderin ..."

„Aber es ist nicht zu erkennen, wie die Explosion ausgelöst wurde", versetzte er. „Pictorain streckt die rechte Hand kurz vor der Explosion aus. Es könnte sein, daß er so etwas wie eine Fernsteuerung in der Hand hält – falls er überhaupt damit zu tun hat."

Sie untersuchten die Bilder, auf denen der Industriemagnat zu sehen war, ohne zu einem eindeutigen Ergebnis zu kommen. Es war möglich, daß Pictorain etwas in der Hand gehabt hatte, doch auf den Bildern deckte er es mit den Fingern ab, so daß nichts zu erkennen war.

Ähnlich war es bei seinen Leibwächtern. Einige von ihnen streckten die Arme aus, doch ließ sich nicht klären, ob sie es getan hatten, um ihren Schutzbefohlenen gegen einen Angriff abzudecken, um das Gleichgewicht nicht zu verlieren oder um durch irgend etwas die Explosion auszulösen.

„Wir sind keinen Schritt weitergekommen", sagte Korexxon enttäuscht.

„Das stimmt nicht ganz", korrigierte sie ihn. „Wir wissen, daß Samantha die Bombe getragen und möglicherweise selbst ausgelöst hat. Bleibt die Frage, wie man deine Tochter dazu gebracht hat. Vielleicht geschah es mit Hilfe eines Biochips, aber das können wir nicht mehr beweisen."

Der Wissenschaftler erhob sich aus seinem Sessel.

„Nach den Vorfällen bei Biothek habe ich gedacht, es geht ausschließlich um die Biochips und – da den Dieben noch wesentliche Informationen fehlen – auch um mich", sagte er. „Eigentlich können sie dieses ergänzende Material nur von mir bekommen. Aber warum wenden sie sich dann nicht direkt an mich? Wieso setzen sie bei meiner Tochter an? Oder ist das nur Zufall? Viel einfacher wäre es doch für sie, mich zu kassieren und alles Wissen aus mir herauszupressen."

Seine Lebenspartnerin äußerte sich nicht dazu. Diese Frage hatten sie schon einmal angesprochen, und sie hatte lange darüber nachgedacht, war jedoch noch nicht zu einem befriedigenden Ergebnis gekommen.

Er ging zur offenen Tür, um ein wenig frische Luft zu schnappen.

Aus einem nahen Gebüsch flatterte ein weißer Vogel heran. Eigentümlich piepsend und trillernd, verharrte er dicht vor seinem Kopf, als könne er sich nicht dazu entschließen, links oder rechts an ihm vorbei ins Haus zu fliegen. Er war klein, und Korexxon hielt ihn für einen Albino-Sittich, doch dann fiel ihm auf, daß er keine rötlichen, sondern tiefschwarze, glanzlose Augen hatte.

Seltsamerweise fühlte er sich an die Augen von Jarvis Pictorain erinnert. Sie wirkten so kalt, und ihm schien, als blicke er durch sie direkt in einen Abgrund.

„Verschwinde!" rief er und warf die Hände hoch, um den Vogel zu vertreiben.

Das Tier piepste schrill und flüchtete.

„Was war denn?" fragte Clarthyen. „Wen hast du eben verscheucht?"

„Einen kleinen Vogel", antwortete er und tat, als sei nichts Besonderes vorgefallen.

Zusammen kehrten sie ins Haus zurück und ließen den Film noch einmal ablaufen. Er hielt ihn mehrfach an und vergrößerte einige Ausschnitte – Samanthas Gesicht, um ihren Ausdruck zu studieren, oder ihre Hände, um nach einem Zündmechanismus zu suchen.

„Was ist das für ein seltsames Armband?" Clarthyen deutete auf das Handgelenk Samanthas. An einem schlichten Reif hing ein auffälliger Anhänger.

„Sieht aus wie ein Schmetterling", stellte er fest.

„Er erinnert mich an irgend etwas", sinnierte sie. „Ich weiß nur nicht, an was."

„Vielleicht hat er etwas zu bedeuten. Ich werde Eliz fragen."

Er gab dem Syntron den Auftrag, ihn mit Samanthas Mutter zu verbinden. Sekunden später baute sich das Holo von Ancarin, seiner jüngeren Tochter, auf.

„Mama ist nicht da", sagte sie und wich den Blicken ihres biologischen Vaters aus. Das blonde Mädchen war von der Trauer um den Verlust ihrer Schwester gezeichnet.

„Vielleicht kannst du mir eine Frage beantworten", versuchte er es ganz behutsam. Er wollte seine Tochter auf keinen Fall verletzen oder unnötig belasten; sie hatte jetzt genug Probleme. „Mir ist aufgefallen, daß Samantha einen Armreif mit einem ungewöhnlichen, schmetterlingsförmigen Anhänger getragen hat. Und dieses Armband ..."

„So einen Anhänger hat sie nie gehabt", fiel ihm das Mädchen ins Wort.

„Bist du sicher?"

Jetzt blickte sie ihn an. Ihre Augen hatten den Glanz verloren und sahen stumpf aus.

„Sami und ich haben nicht viel Schmuck, und wir haben immer alles geteilt. Ich weiß genau, daß sie keinen solchen Anhänger hatte."

Er bedankte sich bei ihr und beendete das Gespräch, überzeugt davon, daß der Anhänger eine besondere Bedeutung hatte. Möglicherweise war in ihm der Zündmechanismus für die Bombe versteckt gewesen.

Damit stand er vor einem weiteren Rätsel. Wer hatte seiner Tochter diesen Anhänger gegeben und warum?

Für ihn stand außer Frage, daß Samantha bei dem Anschlag nicht Täterin gewesen war, sondern Opfer. Ungeklärt aber blieb, wie ein normales, gutbehütetes Mädchen innerhalb weniger Tage dazu gebracht werden konnte, einen Selbstmordanschlag zu verüben.

Wer war der Drahtzieher, der sie in den Tod geschickt hatte? Und warum war es geschehen?

Es waren diese Fragen, die Korexxon die ganze Zeit quälten. Was hatte er mit den Vorfällen zu tun, und warum hatte man ausgerechnet Samantha für so eine Tat ausgewählt?

Er mußte an die Drohung denken, die seine frühere Frau über ihren Syntron erhalten hatte. *Du wirst bezahlen für das, was du getan hast! Bald hast du nur noch eine Tochter!*

Das hörte sich nach einem Racheschwur an. Doch welche Schuld konnte Eliz Loran auf sich geladen haben, um jemand zu so einer schrecklichen Tat zu veranlassen? Und was hatte er – Korexxon – damit zu tun?

Er diskutierte mit Clarthyen über diese Fragen, kam jedoch zu keinem befriedigenden Ergebnis.

Wenn es dem unbekannten Gegenspieler auf der einen Seite um ein Milliardengeschäft mit Biochips ging – warum brachte er dann auf der anderen Seite ein unschuldiges Mädchen um, indem er es zusammen mit einem bedeutungslosen Politiker in die Luft jagte? Wie paßte so etwas zusammen?

Oder irrte er sich? Gab es gar keine Verbindung zwischen den Vorfällen von Biothek und dem Tod Samanthas? War sie nicht mit einem Biochip präpariert worden? Tangierten sich zwei voneinander völlig unabhängige Fälle nur deshalb, weil es verwandtschaftliche Beziehungen zwischen ihm und seiner ehemaligen Frau und Samantha gab?

„Ich muß meine Recherchen fortsetzen“, sagte die Anwältin. „Ich werde nachforschen, was Eliz Loran in den letzten Jahren getan hat, und ich werde ebenso durchleuchten, wie das Leben von Eikenboom in dieser Zeit ausgesehen hat. Vielleicht ergeben sich Zusammenhänge oder Gemeinsamkeiten, von denen wir bisher noch nichts ahnen. Ich kann ja anders arbeiten als die Polizei, vor allem deshalb, weil die an diese Verbindungen gar nicht denkt.“

Sie schob sich einen Syntron über das Handgelenk, damit sie jederzeit Verbindung mit ihm aufnehmen konnte, wenn sie es als nötig erachtete. Danach verabschiedete sie sich zärtlich von ihm. Korexxon begleitete sie bis zu ihrem privaten Prallgleiter, um dann ein Taxi zu rufen und zu seinem Haus zu fliegen. Er wollte sich dort nicht lange aufhalten, sondern einige ihm wichtige Sachen zusammenpacken, syntronische Speichereinheiten mitnehmen und sich dann zurückziehen. Wichtig waren ihm vor allem die Notizen zu seinem syntronischen Tagebuch.

Im Haus war es eigenartig still. Korexxon entzog seinem Syntron die wichtigsten Informationen und baute weitere Hürden zwischen ihm und der zentralen Speichereinheit auf, in der noch immer die eminent wichtigen Daten über die Chips der A-Generation geparkt waren.

Er fühlte sich nicht wohl im Haus. Ständig hatte er das Gefühl, beobachtet zu werden, als seien die Wände transparent geworden. Er steckte die Speichereinheiten in seine Brusttasche, wo genügend Platz für sie war, und verstaute einige persönliche Dinge, auf die er nicht verzichten wollte, in einen Koffer. Während er noch damit beschäftigt war, meldete sich der Syntron.

„Ich habe eine wichtige Nachricht für dich!"

„Heraus damit!"

„Jemand versucht, an die Informationen heranzukommen, die in der Zentraleinheit gespeichert sind", teilte ihm der Syntron mit.

„Das ist mir klar. Und das ist nicht neu, aber er wird es nicht schaffen."

„Da bin ich mir nicht so sicher."

Korexxon horchte auf. „Wieso? Was ist los?"

„Wir haben es mit einem ernstzunehmenden Gegner zu tun", warnte der Haussyntron ihn. „Normalerweise ist es unmöglich, die Zentraleinheit aufzubrechen und dort gesicherte Informationen abzuziehen, aber dieser Gegner arbeitet mit ungewöhnlichen Methoden. Er geht bedrohliche Wege. Ich bin sicher, daß wir es nicht mit einer Einzelperson, sondern mit einer ganzen Gruppe von Spezialisten zu tun haben, die über umfassende Mittel verfügt."

„Wie kommst du darauf?"

„Die Zentraleinheit wurde absichtlich mit Programmen beschickt, die zu einer Beeinträchtigung der Leistungen führten. Das hat zur Folge, daß Reparaturen notwendig geworden sind."

„Ja – und?"

„Die Reparaturen könnten eine Minimierung der Sicherungen erforderlich machen. Sie könnten, mit anderen Worten, dazu führen, daß der Zugang zu den Informationen frei wird."

Korexxon hatte plötzlich ein Gefühl der Leere im Magen. „Wir müssen etwas tun!" rief er, und dabei überschlugen sich seine

Gedanken. Wenn er die Informationen im Hintergrund nicht mehr als Faustpfand hatte, hing sein Leben an einem seidenen Faden.

„Wir können nichts tun. Überhaupt nichts."

Sekundenlang war es totenstill im Haus. Es schien, als halte das Gebäude unter dem Eindruck des Geschehens den Atem an.

Dann fuhr der Syntron fort: „Mir fallen einige Männer auf, die sich dem Haus nähern!"

„Zeig sie mir!" forderte der Bioinformatiker.

Eine der Wände schien sich in nichts aufzulösen. Dafür baute sich eine Holographie auf, und Korexxon sah zwei unauffällig gekleidete Männer, die auf das Haus zuschlichen, wobei sie jede Deckung nutzten, die sich ihnen bot. Sie waren ihm vollkommen unbekannt.

„Sind es nur zwei, oder gibt es noch mehr?" fragte er.

„Im Norden und Westen sind jeweils zwei weitere", teilte der Syntron mit. „Sie sind bewaffnet."

Nur der Weg nach Osten hin schien offen zu sein.

Korexxon erkannte, daß er nun doch auf seine persönlichen Dinge verzichten mußte. Er konnte sie nicht mitnehmen.

Er rannte in den Keller des Hauses hinunter, wo in einer Ecke eine kleine Prallfeldgleite lag, wie sie hauptsächlich von Jugendlichen benutzt wurde. Es war eine Platte, auf der gerade Platz genug für seine Füße war und die mit Hilfe der nach unten gerichteten Handflächen gesteuert wurde. An ihrer Vorderseite befand sich ein optischer Sensor, der auf die Bewegungen der Hände reagierte.

Es gehörte einige Geschicklichkeit dazu, eine solche Platte zu fliegen. Früher war er meisterhaft darin gewesen, doch er hatte sie seit Jahren nicht mehr benutzt und sicherlich einiges verlernt. Dennoch traute er sich zu, damit umgehen zu können. Außerdem blieb ihm keine andere Wahl. Die Platte bot ihm die einzige Chance, die er hatte. Er mußte sie nutzen.

Mit dem Sportgerät unter dem Arm stürmte er die Treppe hoch.

Als er das Wohnzimmer betreten wollte, standen zwei Männer vor der gläsernen Eingangstür. Einer von ihnen richtete einen winzigen Desintegrator auf die Verriegelung und löste sie in Schwaden auf.

Dieser Fluchtweg war ihm also bereits versperrt.

Hinter sich hörte er die kleine Tür an der Rückseite des Hauses aufspringen, und dann knarrte das Fenster an der Westfront.

Korexxon hastete die schmale Treppe zum Dachgeschoß hinauf, in dem es nur eine winzige Kammer gab. Oben stieß er das Fenster auf, schob sich auf das Dach hinaus, schaltete die Prallgleite ein und stellte sich darauf.

In atemberaubender Geschwindigkeit schoß sie die Dachneigung hinunter und stürzte abrupt in die Tiefe.

Unwillkürlich hielt er den Atem an und konzentrierte sich ganz auf den Aufprall, bei dem die Platte unter ihm wegrutschen würde, als ob sie mit Schmierseife präpariert wäre.

Das kleine Gerät kam auf, und es riß ihn beinahe zu Boden. Er ging tief in die Knie, ruderte verzweifelt mit den Armen und fand buchstäblich im letzten Moment sein Gleichgewicht. Die Gleite raste quer durch den Garten, wobei sie nur wenige Zentimeter über dem Gras schwebte.

Einer der Männer im Haus schrie wütend auf, und ein Energiestrahl zuckte an Korexxon vorbei, der sich unwillkürlich duckte.

„Hinterher!“ brüllte jemand. „Der Arsch glaubt, daß er uns entwischen kann!“

Der Wissenschaftler beugte sich nach vorn, und dabei wedelte er leicht mit den Händen, um den optischen Sensor anzuregen. Die Platte beschleunigte in geradezu atemberaubender Weise, so daß er Mühe hatte, den Hindernissen auf seinem Weg auszuweichen.

Er raste durch die Gärten der Nachbarn, bemerkte einige von ihnen erst im allerletzten Moment, so daß ihm kaum Zeit blieb, einen Zusammenprall mit ihnen zu vermeiden, hörte ihre wütenden Kommentare, mit denen sie sich darüber aufregten, daß ein so alter Mann wie er noch mit einer solchen Platte herumtoben mußte, und wagte es nicht, die Blicke nach hinten zu richten, um nach seinen Verfolgern Ausschau zu halten.

Als er das Ufer eines kleinen Sees erreichte, bremste er ab und drehte sich zum erstenmal um. Vier Antigravgleiter näherten sich ihm in schneller Fahrt. Sie flogen sehr tief über die Dächer der Häuser hinweg, und sie bildeten eine Zangenformation, mit der sie ihn stellen wollten.

Als sich einer der Männer aus dem Seitenfenster beugte, beschleunigte Korexxon wieder. Gerade rechtzeitig, denn ein Energiestrahl schlug nicht weit von ihm entfernt in das Wasser des Sees. Er schlug einen Haken, beschleunigte wieder und raste zwischen zwei Häusern hindurch. Als er in die Deckung einer Mauer geriet, verzögerte er kräftig, ließ sich von der Gleite fallen und rollte sich über die Schulter ab.

Doch die Geschwindigkeit war noch zu hoch gewesen. Er konnte sich nicht abfangen, sondern überschlug sich mehrfach, bis es ihm gelang, wieder auf die Füße zu kommen.

Er sprang unter einige üppig blühende Büsche, dic eine Art Dom bildeten, und glitt – von einem Antigravfeld getragen – eine schräge Fläche hinunter. Nervös blickte er zurück.

Hatten seine Verfolger schon bemerkt, mit welchem Trick er sich ihnen zu entziehen suchte? Wußten sie, daß mitten unter dem Wohnviertel der Zugang zu einem Vergnügungspark verborgen war?

Das Tor in den Büschen hinter ihm wurde schnell kleiner, ohne daß dort jemand erschien. Dann verschlang ihn eine Tür, und er sank noch einige Meter senkrecht in einen Schacht hinein.

Als seine Füße danach den Boden berührten, schlug ihm die krachende, pulsierende Musik eines aktuellen Schlagers entgegen, und unwillkürlich begannen seine Schultern im mitreißenden Rhythmus zu zucken.

ESTARTA sang: *Quamobo! Quamobo – tey!*

Als übermannsgroße, breit lachende Puppen verkleidet, traten ihm mehrere humanoide Roboter entgegen, um ihn mit überschwenglicher Freundlichkeit zu begrüßen. Hinter ihnen erhob sich eine Burg, die ein riesiges Höhlengewölbe auszufüllen schien und die von gleißendem Licht umgeben war. Es war teils ein echtes Gebäude, teils eine in faszinierender Architektur errichtete Holographie.

Vor Vergnügen kreischende Kinder und Jugendliche tobten über bizarr geformte Brücken und hangelten sich über scheinbar endlos tiefe Abgründe hinweg, umgeben von heulenden Schreckwürmern.

Obwohl syntronisch gesteuerte Traktorstrahler an ihren Kleidern zupften und zerrten, als ob sie von den Scherenarmen gepackt würden, amüsierten sich die Kinder und ließen sich von den monströsen Projektionen nur wenig beeindrucken.

Korexxon hielt sich weder mit den Robotern noch mit einer der vielen Vergnügungsstationen auf, sondern eilte quer durch den unterirdisch angelegten Park zu einer kleinen Transmitterstation hinüber, um sich in den Stadtteil transportieren zu lassen, in dem Eliz Loran mit Ancarin wohnte.

Bevor er in das schwarze Transportfeld trat, blickte er sich noch einmal sichernd um.

Er hatte seine Verfolger abgeschüttelt.

8.

Eliz Loran blickte ihn feindselig und ablehnend an. Sie machte keinerlei Anstalten, ihren ehemaligen Ehepartner in ihr Haus zu lassen. Es lag inmitten einer großen Siedlung am westlichen Rand von New York. Die Grünanlagen waren gepflegt. Hier und da waren kleine robotische Schadensregulierer und Gärtner am Werk, schnitten Rosen, pflückten Johannisbeeren, besserten Farbdefekte an den Fassaden aus oder scheuchten Wespen von der Veranda.

„Was willst du?" fragte sie barsch.

Sie verzieh ihm nicht, daß Korexxon es abgelehnt hatte, die Verantwortung für Samantha zu übernehmen. Nun schien sie das Gefühl zu haben, daß ein Teil der Verantwortung zu ihr zurückkehrte, wenn sie ihn in ihrem Haus duldete.

„Es tut mir leid, was mit Samantha geschehen ist", sagte Korexxon.

Wütend holte sie aus, um ihm ihre Hand ins Gesicht zu schlagen. In diesem Moment tauchte Ancarin unversehens hinter ihr auf, griff nach ihrem Handgelenk und hielt es fest.

„Bitte nicht, Mama", sagte sie leise.

Eliz befreite sich energisch, blickte ihre Tochter verweisend an, verbat sich die Einmischung, wandte sich dann jedoch nicht Korexxon wieder zu, sondern drehte sich abrupt um und verschwand in einem Nebenzimmer. Ancarin lächelte schüchtern.

„Komm herein", bat sie, trat zur Seite und ließ ihren Vater eintreten. Ihre Lippen bewegten sich. Vergeblich suchte sie nach Worten, die ausdrückten, was sie empfand.

„Danke." Er setzte sich in eine der schwebenden Sesselschalen. „Ich bin gekommen, weil ich herausfinden möchte, wer deine Schwester umgebracht hat."

Sie hockte sich vor ihm auf den Boden und stützte ihre Hände auf die Oberschenkel. Sie war ein hübsches Mädchen. Ihre Ähnlichkeit mit ihm machte ihm bewußt, wie nah sie ihm eigentlich hätte sein müssen und was Eliz ihm vorenthalten hatte.

„Bei uns? Und du meinst, ich kann dir helfen?“ Sie schüttelte verwundert den Kopf. „Aber ich weiß doch nichts. Samantha war bei ihrer Freundin Lydia. Auf dem Rückweg von dort ist sie verschwunden. Angeblich hat ein kleiner Junge sie gesehen, wie sie mit einem weißen Vogel gespielt hat. Aber ich weiß nicht, ob er die Wahrheit gesagt hat.“

„Ein weißer Vogel? Ein Albino?“

„Nein. Er soll ganz schwarze Augen gehabt haben.“

Korexxon wollte mehr von diesem Vogel wissen, doch seine Tochter konnte ihm keine weiteren Einzelheiten nennen.

„Wieso war Samantha mit Lydia Rattray befreundet?“ fragte er. „Ich verstehe das nicht ganz. Lydia gehört zu einer der reichsten Familien des Solsystems. Zu so einem Mädchen bekommt man nicht so leicht Kontakt.“

„Ich weiß“, antwortete Ancarin. „Sami und Lydia haben sich in der Forschungsstation auf Titan kennengelernt. Die Station gehört Pictorain. Sami hat dort mit der Schulklasse gearbeitet. Lydia hat die Station besucht und dabei einen Fehler gemacht, der sie beinahe umgebracht hätte, wenn Sami ihr nicht geholfen hätte.“

„Sie hat Lydia das Leben gerettet?“

„Genau. Danach haben die beiden sich miteinander angefreundet und sich oft getroffen.“ Ancarin zuckte mit den Achseln. „Von mir will Lydia nichts wissen. Sie ist blöd.“

Plötzlich richtete sie sich kerzengerade auf und blickte auf die Tür zum Nebenzimmer. Dann legte sie ihren Zeigefinger an die Lippen, stand auf und eilte auf Zehenspitzen zur Tür. Sie horchte, preßte verärgert die Lippen zusammen und kehrte zu ihrem Vater zurück.

„Es tut mir leid“, wisperte sie, „aber Mama ist fest davon überzeugt, daß du schuld am Tod von Samantha bist. Sie ruft die Polizei und behauptet, daß du gegen ihren Willen in ihr Haus eingedrungen bist. Man wird dich verhaften.“

Korexxon zögerte keinen Augenblick. Schon als seine Tochter aufgestanden war, hatte er mit einer derartigen Warnung gerechnet. Er beugte sich über sie und zog ihren Kopf an sich. Sie ließ es geschehen. Dann flüchtete er aus dem Haus und eilte zu Fuß durch die Anlagen der benachbarten Häuser, bis es ihm gelang, ein Flugtaxi zu rufen und sich damit in Sicherheit zu bringen.

Von der Wertpapier- und Warenbörse aus, die ihren Sitz an der Lower Eastside hatte, nahm Korexxon Verbindung mit Clarthyen auf. Er befand sich in einer Halle mit mehreren Transmittern, die ihm im Falle einer Gefahr eine sofortige Flucht ermöglichten. An der Börse herrschte ein ständiges Kommen und Gehen. Hunderte von Geschäftsleuten aus allen Teilen der Milchstraße suchten den Handelsplatz der Milchstraße auf, nicht nur um zu kaufen oder zu verkaufen, sondern auch, um persönliche Kontakte zu pflegen.

Jeden Tag wurden auf diesem Flecken der Erde Billionen von Galax umgesetzt. Galaktisches Kapital wechselte mit geradezu atemberaubender Geschwindigkeit seine Besitzer, doch im Grunde genommen war eine zentrale Schaltstelle nicht nötig, und tatsächlich hatte sie kaum mehr als eine symbolische Bedeutung. Die Kapitalflüsse waren automatisiert, da jeder über das syntronische Netz GALORS Zugriff auf alle Informationen und Transaktionen hatte. Geschäfte aller Art wurden am Syntron-Monitor abgewickelt, ganz gleich, ob eine der großen Versicherungsgesellschaften auf der Erde die gesammelten Beiträge ihrer Kunden anlegen wollte, auf Olymp oder irgendeinem der zur LFT gehörenden Welten eine Immobilie erwerben oder ob im Forum Raglund eine Blues-Gemeinschaft sich auf einem Fabrikationsplaneten engagieren wollte.

Kapital war freifließend und omnipräsent geworden, es bestand nur noch aus syntronischen Impulsen und überwand so jede Grenze und jede Entfernung. An der Börse in Manhattan stand ein besonders starker Syntron, der zur Peripherie des Gigahirns NATHAN gehörte.

Doch darüber machte Korexxon sich keine Gedanken. Von wirtschaftlichen Zusammenhängen verstand er ohnehin recht wenig. Clarthyen hatte ihre Recherchen unauffällig fortgesetzt und erfahren, daß er mittlerweile zur Fahndung ausgeschrieben war. Sie war sicher, daß Korexxon nicht von Polizisten bedroht und beschossen worden war. Nachdem sie von einer Untersuchung des Vorfalls durch die Polizei berichtet hatte, bei der Spuren gesichert und Aussagen von Zeugen aufgenommen worden waren, warnte sie ihn vor einer möglichen Verhaftung.

„Wieso?“ fragte er. „Weil ich bei Eliz und Ancarin war?“

„Nein“, erwiderte sie. „Die Polizei hat dein Haus durchsucht und dabei Teile deines Tagebuchs rekonstruiert. Dabei hat sie angeblich entdeckt, daß du Anleitungen zur Herstellung von Sprengstoff aus GALORS bezogen und daß du für viel Geld Informationen über die Biochips an einen Unbekannten verkauft hast.“

„Was soll ich getan haben?“ Korexxon hatte das Gefühl, auf schwankendem Boden zu stehen. Bisher hatte er sich nicht allzuviel Sorgen wegen der Gefahren gemacht, die ihm von seiten der Polizei und von Staatsanwalt O'Gnawlly drohten.

Er hatte nichts mit den Vorfällen bei Biothek zu tun, war nicht für den Tod von Samantha verantwortlich und hatte keinen Anschlag mit Hilfe einer Spinne auf Pictorain verübt. Auch Eliz Lorans Vorwurf wegen Hausfriedensbruchs war nicht aufrechtzuerhalten. Doch nun ging offenbar jemand zum Angriff gegen ihn über und versuchte, ihn mit gefälschten Beweisen in Bedrängnis zu bringen. Warum? Wegen wissenschaftlicher Informationen? „Das ist alles nicht wahr!“

„Die Polizei hat das Geld für die Chips auf deinem Konto ausfindig gemacht. Es gibt Hinweise darauf, daß es von Pictorain stammt.“

„Clarthyen, das ist eine Lüge! Ich habe mich weder mit Sprengstoff befaßt, noch habe ich Infos über Biochips verkauft. Das sind alles Verleumdungen.“ Wut kochte in ihm auf, und er merkte, daß er nahe daran war, die Beherrschung zu verlieren. Am liebsten wäre er auf direktem Wege zu O'Gnawlly geeilt, um ihn zur Rede zu stellen.

Oder wurde der Staatsanwalt ebenso getäuscht wie er?

„Davon bin ich überzeugt“, versetzte sie, „aber die Polizei ist sicher, genügend Beweise gegen dich zu haben.“

„Was soll das alles?“ rief er. „Wieso macht man das mit mir? Wer bin ich denn schon? Nur ein Wissenschaftler.“

„Der einen unheimlichen und beängstigenden Biochip entwickelt hat“, betonte sie, und dann erinnerte sie ihn an ein gemeinsames Essen, das sie vor einiger Zeit in einem Restaurant genossen hatten. Den Namen des Lokals nannte sie nicht.

„Wir treffen uns an der gleichen Stelle wie damals“, schlug sie vor, und er war einverstanden.

Sie beendeten das Gespräch. Er nahm einen Taxigleiter und flog zu einer kleinen Wohnung mitten in New York. Sie lag versteckt zwischen vielen anderen Wohnungen eines älteren Wohnblocks, in dem vornehmlich anspruchslose Mieter untergekommen waren, gehörte Clarthyen, wurde von ihr jedoch nur benutzt, wenn es besonders spät geworden war in ihrer Kanzlei oder wenn sie bis tief in die Nacht auf einer der Kulturveranstaltungen der Stadt gewesen war und keine Lust mehr hatte, zu ihrem Haus am Stadtrand zu fliegen. Zuweilen zog sie sich auch in die Wohnung zurück, um für ein paar Stunden ungestört zu bleiben.

Als Korexxon eintraf, war die Anwältin bereits dort. Sie öffnete die Tür und zog ihn eilig zu sich herein. „Hat dich jemand gesehen?“

Er schüttelte den Kopf. „Niemand.“

Sie berichtete von ihren Recherchen und warnte ihn: „Nimm die Fahndungsausschreibung der Polizei nicht auf die leichte Schulter. O'Gnawlly hat es auf dich abgesehen, und er wird alles tun, um dich hinter Schloß und Riegel zu bringen. Ich weiß nicht, ob ich dich dann noch herausholen kann.“ Sie hustete. „Ich hätte ihn umbringen können, als er mir den Zigarrenrauch ins Gesicht gepustet hat!“

Er sah sich die vier Räume der Wohnung genau an, und es beruhigte ihn, daß er von einem Fenster aus das Dach des benachbarten Hauses erreichen konnte. Im Notfall konnte er dorthin fliehen. Doch damit gab er sich noch nicht zufrieden. Ein anderes Fenster führte zu einem Schacht hinaus, der sich in der Mitte des quadratischen Wohnblocks befand und der an seinem oberen Ende offen war.

Korexxon versteckte einen kleinen Gravo-Pak außen über dem Fenster. Falls er flüchten mußte, konnte er sich daran festhalten und zum Dach hinauftragen lassen.

Währenddessen half Clarthyen ihm auf ganz andere Weise. Sie holte aus einem Schrank einen Kasten mit verschiedenen Schminkutensilien hervor. Als er seine Sicherungsmaßnahmen abgeschlossen hatte, legte sie ihm eine Maske an. Geschickt verteilte sie eine fleischfarbene Masse, wie sie Kinder für Maskenfeste verwendeten, auf seinem Gesicht.

„Der Kasten liegt schon seit Jahren hier“, berichtete sie. „Die Kinder einer Freundin haben ihn einmal gekauft, aber nie benutzt.“

Sie verlieh ihm ein etwas groberes Aussehen, so daß er nicht mehr auf Anhieb als Intellektueller zu erkennen war, und sie massierte ihm einen Stabilisator ins Haar. Damit färbte sie es schwarz und sorgte zugleich dafür, daß es ihm nicht ständig in die Stirn fiel. Seine grauen Augen überdeckte sie mit braunen Kontaktlinsen.

Als er danach in den Spiegel blickte, sah er sich mit einem ihm vollkommen fremden Gesicht konfrontiert.

„Ist dies nun der Mann, der dein Herz höher schlagen läßt“, fragte er lächelnd, „oder soll ich mich wieder zurückverwandeln, wenn alles vorbei ist?“

Sie blieb ernst. „Es kann lange dauern, bis du außer Gefahr bist und die Maske ablegen kannst“, warnte sie. „Vielleicht ist es erst nach Monaten soweit.“

„Bestimmt nicht“, betonte er. „Wir werden dieses Komplott sehr viel früher aufdecken. Was hast du als nächstes vor?“

„Ich werde für alle Personen, die in irgendeiner Weise mit dir und dem Fall zu tun haben könnten, ein Personalprofil erstellen.

Ich werde überprüfen, ob es zwischen dir und ihnen irgendeine Verbindung gibt oder jemals gegeben hat. Und dann möchte ich mir dein Tagebuch ansehen."

„Mein Tagebuch?" Seine Notizen waren sehr persönlicher Art, und es störte ihn außerordentlich, daß bereits ein Fremder Einblick genommen hatte. Daß Clarthyen sich nun damit befassen wollte, vielleicht gar in seine intimsten Geheimnisse und Gefühle eindringen würde, erfuhr, wie verzweifelt oder einsam er in mancher Stunde gewesen war oder wie übermütig, geradezu albern er auf einige Zwischenfälle seines Lebens reagiert hatte, rief Widerspruch in ihm hervor.

„Zier dich nicht so! Ich habe lediglich vor, eine Namensliste mit Personen aufzustellen, die in irgendeiner Weise in Verbindung mit dir stehen könnten, und dann die Namen nacheinander als Suchwort mit dem Syntron durchzusprechen."

„Genial!" lobte er sie. „Auf diese Weise kommen wir wahrscheinlich sehr schnell zum Ziel."

Gemeinsam notierten sie die Namen, und es entstand eine erstaunlich lange Liste. Auf ihr waren die Namen von Eliz Loran, ihren Töchtern Samantha und Ancarin, Morton O'Gnawlly, Rampak Handerparss (O.T.), Lydia Rattray, deren Großvater Jarvis Pictorain, von einigen seiner Leibwächter, von Linwood Eikenboom, dem Bombenopfer, und einer Reihe anderer enthalten.

Während sie noch diese Liste anfertigten, wurden sie von einer Nachricht aufgeschreckt. Die Medien der Stadt meldeten, daß sich wiederum ein junges Mädchen mit ihrem Opfer in die Luft gesprengt hatte. Sie hatte einen prominenten Pfarrer unmittelbar vor seiner Kirche umarmt und dann die Sprengladung gezündet.

Eine der Trivid-Stationen berichtete besonders ausführlich, brachte eine Syntron-Analyse und zeigte Parallelen zu dem Anschlag auf, bei dem Samantha getötet worden war.

Clarthyen gab sich damit noch nicht zufrieden. Sie zeichnete die Sendung auf, um sie dann noch einmal abzuspielen und Details für eine Vergrößerung herauszuschneiden.

„Sieh dir das an“, sagte sie erschüttert und zeigte auf die Darstellung. Im Holowürfel war das linke Handgelenk des Mädchens zu sehen. Es war mit einem Armreif und einem Anhänger verziert. „Der Schmetterling!“

Die Anwältin verließ die Wohnung und flog auf Umwegen zu ihrem Haus, um die syntronische Aufzeichnung zu holen, die sie dort aufbewahrte. Kaum war sie zurückgekehrt, verglichen Korexxon und sie die Bilder vom Tod Samanthas und Eikenbooms mit den aktuellen Bildern von dem neuen Sprengstoffanschlag.

Die Armbänder waren gleich, und die schmetterlingsförmigen Anhänger auch.

Die Anwältin holte Auskünfte über den Pfarrer ein und versuchte, Verbindungspunkte zu Eikenboom zu finden. Es gelang ihr nicht.

Als sie ihre Arbeit schon fast abgeschlossen hatte, teilten die Fernsehanstalten endlich mit, wer das Mädchen war, das die Bombe an den Pfarrer herangetragen hatte.

„Eriqua Opheina“, wiederholte Clarthyen den Namen. Es war die dreizehnjährige Tochter eines Industriellen. Damit hatte das Schicksal auch im Hause eines der Superreichen zugeschlagen.

Der Name Opheina war Korexxon bekannt, doch niemals in seinem Leben hatte es eine Verbindung zwischen ihm und der Familie des Opfers gegeben. Vergeblich versuchte er, einen Zusammenhang zwischen dem Mädchen, dem Pfarrer und ihm selbst herzustellen.

Ein eigenartiges Scharren an einem der Fenster schreckte ihn aus seinen Gedanken auf. Er stand auf und ging zur Tür zum Nebenraum, um nachzusehen. Doch dann fuhr er erschrocken zurück.

Er hatte nur einen kurzen Blick auf das bis auf einen schmalen Spalt geschlossene Fenster geworfen. Doch das hatte ausgereicht, um den kleinen, weißen Vogel zu sehen, der mit seinen Krallen am Fenster kratzte und sich durch den Spalt drängen wollte.

„Was ist los?“ fragte Clarthyen.

„Der Vogel“, wisperte er.

Ohne zu zögern, eilte sie an ihm vorbei zum Fenster, riß es auf und schlug mit einem Kissen nach dem Tier. Heftig flatternd flüchtete es an den Fensterfronten empor bis zu einer Lücke im Mauerwerk. Die Anwältin hatte den Eindruck, daß dort plötzlich eine kleine, grüne Flamme aufloderte. Der Vogel verschwand darin, und die Mauer sah wieder so aus wie zuvor.

Sie glaubte, sich getäuscht zu haben. Vielleicht war ein Sonnenstrahl von einem der vielen vorüberfliegenden Antigravgleiter reflektiert worden und hatte den seltsamen Effekt hervorgerufen.

Sie verschloß das Fenster.

„Der Vogel war nicht zufällig hier“, erkannte Korexxon. „Vermutlich ist es ein Roboter, der mich beschattet. Ich muß verschwinden. Ich melde mich, sobald ich mich sicher fühle, und sage dir, wo ich mich aufhalte.“

Er wollte die Wohnung verlassen, doch sie hielt ihn zurück, umarmte ihn und küßte ihn.

„Es wird alles gutgehen“, flüsterte sie voller Zuversicht und in dem festen Glauben an seine Unschuld und an ihr eigenes Können. „Was ich tun kann, werde ich für dich tun. Wir werden das überstehen. Gemeinsam!“

„Danke.“ Er zog sie noch einmal an sich und blickte ihr in die Augen. „Nimm dir mein Tagebuch vor. Es könnte ja sein, daß du das Geheimnis darin entdeckst.“ Er grinste. „Aber sieh dir nicht die Passagen über mein geheimes Liebesleben an. Sie könnten dich schockieren!“

Sie ging auf seinen Ton ein. „Der Herr will mich ja wohl nur neugierig machen!“

In der Anonymität der Menschenmenge, die sich in den Straßen auf der künstlich angelegten Insel vor Long Island drängte, fühlte Korexxon sich unbedroht. Hier achtete niemand auf ihn. Jeder war mit sich selbst oder mit den vielfältigen Angeboten der Stadt beschäftigt. Selbst fremdartigsten Wesen, die als Touristen, Spione oder Geschäftsleute aus entlegenen Teilen der Milchstraße zur Erde gekommen waren, erregten kein Aufsehen. Sie gehörten zum alltäglichen Bild der terranischen Städte.

Die Passanten blieben vor den Präsentationspanoramen der Geschäfte stehen, um sich die Angebote anzusehen. Grundsätzlich wurde nirgendwo mehr die Ware ausgestellt, die verkauft werden sollte, sondern es wurden ausschließlich Holographien der Waren projiziert. Das ermöglichte den Anbietern, die Szenarien rasch zu wechseln und das Angebot unmittelbar dem Interesse der Vorübergehenden anzupassen.

Wer wollte, konnte sich Hochzeitskleider, Raumanzüge, rituelle Gewänder, Ganzkörpermasken, Phantasieuniformen und Autonomkondome auf den Leib projizieren lassen. Die Holos waren so überzeugend und so dicht, daß sie mit optischen Mitteln nicht zu erkennen waren. Der lenkende Syntron sorgte zudem dafür, daß die vorgetäuschten Stoffe in der für sie charakteristischen Art Falten warfen oder sich dem Körper anschmiegten oder daß die Schmuckstücke auf den entsprechenden Hauttyp reagierten und in optimaler Weise wirkten. In verschiedenen visagistischen Programmen konnte man sich das gewünschte Make-up auf die Haut zaubern, sich Miniaturfedern, Schriftfelle oder Perlmuttschuppen anlegen lassen.

Er hütete sich, diesen Geschäften allzu nahe zu kommen, um nicht unversehens von einer allzu verkaufsgeilen Syntronik als maskiert herausgestellt und womöglich mit der Empfehlung zu einer anderen, besser ausgeführten Maske bloßgestellt zu werden.

Der bei weitem größte Teil der Umsätze wurde mit Hilfe der Syntrons erzielt, die in jedem Privathaushalt standen und über die derartige paßgenaue Projektionen ebenfalls möglich waren. Dennoch wurden die meisten Innenstädte der Welt Tag für Tag von Besuchern förmlich überschwemmt, weil ihnen dort nicht nur ein umfassendes Waren- und Dienstleistungsangebot gemacht wurde, sondern weil diese Teile der Städte zu Erlebniswelten ausgebildet waren, in denen keine Langeweile aufkommen konnte.

Luz Korexxon hatte kein Interesse, seine leiblichen Bedürfnisse in einem der vielen Restaurants zu stillen oder sich unterhalten zu lassen. Er wollte mitten in der Menge allein sein und nachdenken. Und das gelang ihm weitgehend.

Als er schon glaubte, Ruhe vor seinen Verfolgern zu haben, und sich an die offene Theke einer Bar stellte, um Vurguzz zu trinken, fiel ihm der Schatten eines Vogels auf, der sich wenige Schritte von ihm entfernt auf dem Straßenpflaster abzeichnete. Das Tier flatterte irgendwo über ihm auf der Stelle wie ein rüttelnder Falke, der eine Beute erspäht hatte und den günstigsten Moment für den Angriff abwartete.

Beunruhigt blickte Korexxon nach oben, und er machte den Vogel auf Anhieb aus. Er war schneeweiß, etwa so groß wie ein Sperling und hatte tiefschwarze Augen.

Im gleichen Moment war dem Bioinformatiker klar, daß seine Maskierung sinnlos geworden war. Sein unbekannter Gegner hatte ihn entdeckt. Er fühlte sich herausgerissen aus der Anonymität, enthüllt, schutzlos.

Überraschend kippte der Vogel zur Seite und flog davon, anstatt in seiner Nähe zu bleiben und ihn zu überwachen.

Erleichtert atmete Korexxon auf. Er hastete auf den Transmitter zu, von dem einzigen Gedanken beseelt, mit seiner Hilfe zu verschwinden, um anderswo Sicherheit zu suchen.

„Dad“, sagte jemand hinter ihm.

Er blieb stehen. Die Stimme kannte er, obgleich er sie anders, lebhafter, frischer in Erinnerung hatte.

Eine schier unerträgliche Last schien sich auf seine Schultern zu senken und an die Stelle zu fesseln, an der er gerade stand, und mit dem sicheren Gefühl, daß etwas Ungeheuerliches geschehen war, drehte er sich um.

Seine Tochter Ancarin stand vor ihm und blickte ihn mit ausdruckslosen Augen an. „Hallo, Paps!“

Er war nicht fähig, etwas zu antworten. Er schluckte mühsam, versuchte etwas zu antworten, brachte jedoch keinen Ton hervor. Seine Stimme gehorchte ihm nicht.

Obwohl er eine Maske trug, die sein Aussehen vollkommen veränderte, hatte sie ihn erkannt.

Seine Blicke suchten ihr Handgelenk, und er entdeckte, was er instinktiv erahnt hatte. Es wurde von einem schmalen Reif umspannt, der mit einem schmetterlingsförmigen Anhänger versehen war.

Ancarin trat noch einen Schritt näher, und er war nicht in der Lage, ihr auszuweichen.

Er zweifelte nicht daran, daß seine Tochter einen Sprengsatz trug.

Ancarin bewegte sich wie eine Marionette. Sie lächelte traurig, als wolle sie Abschied von ihm nehmen.

In diesen Sekunden verhielt sie sich so wie Samantha, als diese auf Eikenboom zugegangen war, ihn umarmt und die Explosion ausgelöst hatte.

„Bitte nicht, Ancarin", wollte er sagen, doch seine Kehle blieb wie zugeschnürt.

Er hatte nur noch Angst.

Lange hatte Arkmit Thorofeyn gezögert, doch nun blieb ihm keine andere Wahl mehr. Er mußte sich an den Unbekannten wenden, von dem er seine Aufträge erhielt und dem er sich buchstäblich mit Haut und Haaren verschrieben hatte.

Immer wieder mußte er daran denken, was die grüne Flamme gesagt hatte.

Ich hasse Versager!

Der Plophoser gab die Schlüsselworte ein, und es dauerte nicht lange, bis der Unbekannte sich meldete. Die grüne Flamme züngelte aus dem Hut empor, den er auf einem Hocker abgelegt hatte, und sie schien mit der Feder zu spielen, die er mit einer Spange daran befestigt hatte. Dann weitete sie sich aus und wurde zu einer Maske, der die Augen fehlten.

Ein Gefühl des Unbehagens und der Beklommenheit überfiel den Wissenschaftler und gab ihn nicht mehr frei.

„Was gibt es?" klang die Stimme aus der Flamme, die dazu im Rhythmus der Töne hüpfte.

„Probleme", gab der Plophoser zurück. „Da der Chip vom A-Typ nur noch einen Bruchteil seiner Leistung bringt und da mir die Informationen fehlen, die ich benötige, um selbst so einen Chip herstellen zu können, war ich gezwungen, einen Chip vom B-Typ einzusetzen."

„Ja – und?"

„Der Chip ist unzuverlässig – eben weil es ein B-Chip ist. Dennoch könnten wir kurz vor dem Ziel sein. Wir müssen abwarten, wie das Objekt reagiert, das wir mit dem Chip präpariert haben."

„Das Objekt wird in unserem Sinne funktionieren."

„Leider könnten wir nur sicher sein, wenn es ein A-Typ wäre."

„Ich habe dir sämtliche Informationen übergeben, die wir dem Syntron von Biothek entnehmen konnten, und dazu die Infos aus dem Syntron von Korexxon. Wieso konnte dieser damit einen A-Chip konstruieren und du nicht? Ist er soviel besser als du?"

Diese Frage war unausweichlich gewesen. Er hatte sich auf sie vorbereitet, weil er sie erwartet hatte, und dennoch schmerzte sie. Thorofeyn verspürte einen Stich im Herzen, und es kostete ihn einige Überwindung, nicht aufbrausend zu werden und dem Unbekannten wissenschaftliche Grundlagen zu erklären, von denen dieser offenbar keine Vorstellung hatte.

„Korexxon hat auf einem anderen Gebiet gearbeitet als ich", verteidigte er sich. „Er ist Bioinformatiker, während meine Fachgebiete die Bioarchitektur und die Bioethik sind. Da gibt es relevante Unterschiede, die in diesem Fall für einen Wissensvorsprung für Korexxon gesorgt haben."

„Du wirst bekommen, was du benötigst", versprach die Stimme, die nun merklich kühler klang. „Inzwischen wirst du den nächsten Schritt vorbereiten."

„Welchen?"

„Ich habe dir sämtliche Unterlagen über die Transmitter-Entwicklungsarbeiten von OCCIPITAL gegeben."

„Ich habe damit bereits gearbeitet. Aber die Forschungen sind nicht abgeschlossen. Noch sind wir nicht soweit, daß wir diese Technik unbedenklich einsetzen können. Sie ist mit zu vielen Mängeln behaftet. Erinnerst du dich an meine beiden Hunde?"

Mit dieser Frage begehrte er auf, wollte sich ein wenig Luft verschaffen, die Überlegenheit seines Auftraggebers etwas vermindern und sich selbst aufwerten. Doch grüne Flamme reagierte nicht. *Wie hätte sie auch so rasch vergessen können?*

„Korexxons Zeit ist abgelaufen. Wir sind ihm auf den Fersen. Er ist uns nur knapp entkommen. Doch das hilft ihm nicht. Wir holen ihn uns. Es dauert nur noch Stunden, bis wir den Syntron geknackt haben. Danach werden wir Korexxon in eine Transmitterfalle gehen lassen. Beim Transport wirst du ihm einen Chip einpflanzen, so daß wir ihn nach unseren Wünschen steuern können."

„Aber ich habe nur einen Chip der A-Generation mit stark verringerter Leistung und Chips der B-Generation. Alle sind unzuverlässig", gab Thorofeyn zu bedenken.

Es fiel ihm schwer, sich zu konzentrieren, denn etwas Ungeheures war geschehen. Er glaubte, die Stimme der grünen Flamme erkannt zu haben!

Erst vor wenigen Stunden hatte er diese Stimme in einem Report eines lokalen Fernsehsenders gehört. Mit allen Sinnen lauschte er, um sich jede Nuance genau einzuprägen. Je länger das Gespräch dauerte, desto sicherer war er, daß er die Stimme richtig identifiziert hatte.

„Du wirst den A-Chip einpflanzen", entschied der Unbekannte. „Auch wenn er nur noch einen geringen Teil seiner Leistung bringt."

„Das könnte mit erheblichen Gefahren für Korexxon verbunden sein."

„Das ist sehr traurig. Aber, nun ja – er wird sich äußerlich nicht verändern, aber er wird jedem meiner Befehle gehorchen."

„Das ist ziemlich wahrscheinlich, aber nicht sicher. Der mangelhafte Chip könnte ihn auch töten."

„Sobald wir die Information haben, wird er ohnehin nicht mehr gebraucht. Warum ihn also nicht diesem Experiment aussetzen? Ich bereite die Transmitter-Falle vor. Leider kann ich nur einen Transmitter präparieren und nicht alle, die im Bereich von New York stehen. Doch ich werde dafür sorgen, daß er durch den richtigen Transmitter geht. Schwupp – damit wäre das Problem endgültig gelöst."

Die grüne Flamme verstummte und schwieg so lange, daß Thorofeyn schon glaubte, sie habe sich zurückgezogen. Dann aber fuhr sie fort: „Du wirst den A-Chip bald entschlüsseln, so daß er als syntronische Information Transmittern angegliedert werden kann. Wenn das gelingt, können wir jeden damit versehen, der diese präparierten Transmitter benutzt."

„Warum warten wir nicht ab, bis wir ganz sicher sind, daß wir die Informationen bekommen?" fragte Arkmit Thorofeyn.

„Wir sind sicher. Wir sind Produzent von Syntron-Software", gab die grüne Flamme ein wenig von ihrer Identität preis. „Daher hatten wir Spezialisten und die Mittel, in die Syntrons von Biothek und von OCCIPITAL einzudringen, um uns die gewünschten Informationen zu holen. Wir haben die Syntrons schon vor mehr als anderthalb Jahren installiert und von vornherein mit Zugängen für uns versehen. Das ist uns im Syntron-Netz, in dem Korexxon die wichtigsten Daten gespeichert hat, leider nicht möglich gewesen. Wir konnten lediglich verhindern, daß er diese Informationen löscht."

„Ich verstehe. Aber du bist dennoch sicher, an diese Informationen heranzukommen?"

„Selbstverständlich. Ein Spezialistenteam ist Tag und Nacht bei der Arbeit. Die letzten Barrieren fallen."

„Und Korexxon?"

„Wir überwachen ihn. Wir wissen ständig, wo er ist."

Thorofeyn war erstaunt. So lange und ausführlich hatte der Unbekannte noch nie durch die grüne Flamme mit ihm gesprochen, und noch nie hatte er so viel von seinen Möglichkeiten enthüllt.

Jetzt waren auch die letzten Zweifel ausgeräumt. Der Bioarchitekt wußte endlich, wer sich hinter der Flamme verbarg.

„Wir bekommen Besuch", kündigte ihm sein Auftraggeber an.

Thorofeyn stutzte. Hatte er richtig gehört? Bisher hatte er allein und vollkommen isoliert gearbeitet, und nun sollte jemand in sein Labor eindringen? Es konnte nicht sein!

„Besuch?"

„Nur einige folgsame Kinder. Du wirst sie zur Gegenstation schicken."

„Wieso? Das verstehe ich nicht."

„Das ist auch nicht nötig. Tu einfach das, was ich dir sage, und alles ist in Ordnung."

Die Türen öffneten sich, und er blickte auf einen breiten Gang hinaus. Zunächst war nichts zu sehen, dann tauchte wie aus dem Nichts heraus plötzlich eine Gruppe von etwa zwanzig Kindern auf und betrat das Labor. Es waren Jungen und Mädchen, von denen die jüngsten etwa vier oder fünf Jahre und die ältesten zwischen vierzehn und fünfzehn Jahre alt waren. Sie verhielten sich still, und auf ihren Gesichtern lag ungewöhnlicher Ernst. Ihre Augen waren in eine unbestimmbare Ferne gerichtet.

Thorofeyn erkannte, daß die Kinder im Schutz eines unsichtbar machenden Deflektorfeldes das Institut Biothek betreten hatten. Mit ihnen war anscheinend etwas nicht in Ordnung, er wagte jedoch nicht, gegen die grüne Flamme aufzubegehren. Tief, viel zu tief war er in die Ereignisse verstrickt, und es gab kein Zurück mehr für ihn.

Mit bebenden Händen bereitete er den Transmitter vor, und als der Energiebogen stand, schickte er die Kinder hindurch.

Als das letzte Kind das Labor verlassen hatte, erlosch die grüne Flamme.

Arkmit Thorofeyn wechselte in einen Nebenraum über, riß sich die Kleider vom Leib und stellte sich in der Naßzelle unter die Dusche. Er wählte eiskaltes Wasser. Zunächst löste er damit einen Schock aus, so daß er kaum atmen konnte, dann aber tat ihm die

Kälte so gut, daß er lange unter der Dusche blieb, wobei er das Gefühl hatte, überhaupt nicht mehr richtig abzukühlen.

Es war ungeheuerlich, aber ein Irrtum schien ausgeschlossen zu sein. Aus der grünen Flamme sprach der Eigentümer von großen Syntronik-Herstellern, die nicht nur Hard-, sondern auch Software lieferten.

Die Stimme gehörte ganz eindeutig Jarvis Pictorain, dem vielleicht mächtigsten Industriemagnaten des Solsystems!

Was hatte dieser Mann mit den Kindern vor?

9.

Zärtlich glitt die Hand von Assyn-T'ria über ihre Schulter und stahl sich in Richtung ihres Brustansatzes voran. Die Krallen kamen aus den Fingerspitzen hervor und piekste der Anwältin zart ins Fleisch. Clarthyen Oqunn schreckte aus ihren Studien auf, griff nach der Hand der Kartanin und schob sie sanft zur Seite.

„Nicht. Bitte!"

Assyn-T'ria glitt neben sie. Die Kartanin rückte so nah heran, daß die Menaterin die Wärme ihrer Schenkel spürte.

„Deine Gedanken sind ständig bei Luz Korexxon", warf ihr die Kartanin vorwurfsvoll vor. „Mir gegenüber bist du kalt und abweisend."

Die Menaterin blickte sie ernst an, und dabei wurden die waagerechten Pupillen ihrer bernsteinfarbenen Augen ganz schmal.

„Assyn", sagte sie weich und einfühlsam. „Du bist mir eine liebe Freundin, ist das nicht genug?"

„Du könntest es ausprobieren und vergleichen", schlug die Kartanin vor. Sie trug ein seidiges, weißes Kleid, das ihren Körper wie ein schwereloser Schleier umhüllte. Da sie bei der Auswahl ihrer Dessous extrem sparsam gewesen war, schien es, als genüge schon ein leiser Windhauch, um sie nackt dastehen zu lassen.

„Nein. Ich mag nicht", wies Clarthyen sie zurück.

Assyn-T'ria sprang enttäuscht auf.

„Ich hasse Korexxon!" fauchte sie, wobei sie ihre Zähne wie eine Katze entblößte. Sie machte keinen Hehl aus ihrer Eifersucht auf den Bioinformatiker. „Der Mann ist widerlich – wie alle Männer. Was fasziniert dich an ihm? Weshalb fühlst du dich zu ihm hingezogen? Er hat Schwierigkeiten, aus denen du dich besser heraushältst."

Clarthyen schüttelte ernst den Kopf. Da sie allein in dem öffentlichen Info-Raum des amerikanischen Pressezentrums in Los Angeles waren, sah sie keinen Grund, die Kartanin zu bitten, ihre Stimme zu dämpfen. Niemand hörte ihnen zu.

„Ich habe wichtige Zusammenhänge aufgedeckt“, versetzte sie, „und ich bin sicher, daß ich mich nicht in Luz getäuscht habe. Die Staatsanwaltschaft kann die Anklage gegen ihn nicht aufrechterhalten.“

„Arme Clarthyen“, seufzte Assyn-T'ria. „Dir ist wirklich nicht zu helfen. Begreifst du denn nicht, daß Korexxon sich an die Behörden wenden muß, wenn er mit solchen Problemen zu tun hat? Es gibt genügend Institutionen, bei denen er Hilfe finden könnte. Warum mußt du dich um Dinge kümmern, die dich nichts angehen?“

„Weil ich Luz liebe!“

Assyn-T'ria richtete sich auf, dehnte und streckte sich um und schritt auf ihren langen Beinen schritt. Dabei bewegte sie sich geschmeidig wie eine Katze, und das steigerte ihre erotische Ausstrahlung so sehr, wie die Anwältin es noch nie erlebt hatte. Ihr Kleid raschelte leise.

Die Menaterin blickte ihr forschend nach, bis sich die Tür hinter ihr geschlossen hatte. Sie machte sich Sorgen.

Sie ist schon beinahe krankhaft eifersüchtig! Das macht sie unberechenbar und gefährlich!

Würde Assyn-T'ria jedoch so weit gehen, Korexxon ein Bein zu stellen? War sie fähig, eine Intrige gegen ihn zu spinnen, um ihn von ihrer Seite zu vertreiben, oder hatte sie es womöglich schon getan?

Sie beschloß, auf der Hut zu sein und sehr sorgfältig auf alles zu achten, was sie der Kartanin gegenüber sagte. Sie wollte ihr nicht unbedacht eine Information geben, die Korexxon schaden konnte.

Sie wandte sich erneut dem Syntron zu, dem sie die Namen einer Reihe von Persönlichkeiten vorgelegt hatte. Sie wollte alles wissen, was es im Zusammenhang mit diesen Namen zu ermitteln gab, Einblick in alle Lebensläufe mit ihren Erfolgen und Krisen haben, und sie wollte vor allem herausfinden, wo Verbindungen und Gemeinsamkeiten bestanden.

Die ersten Resultate lagen bereits vor, und sie stimmten mit denen überein, die sie aus dem Tagebuch von Korexxon erarbeitet hatte. Somit zeigte sich nun, daß ihre anfänglich recht kritische Haltung gegenüber dem Tagebuch unberechtigt gewesen war.

Die Ergebnisse der Recherche waren verblüffend für Clarthyen, denn sie führten weit in die Vergangenheit zurück.

Doch nicht nur das. Alle Fäden liefen bei einer zentralen Persönlichkeit zusammen.

Bei Jarvis Pictorain!

Vor exakt 40 Jahren war Pictorain in die psychiatrische Spezialklinik OCCIPITAL auf dem Jupitermond Callisto eingewiesen worden. Aufgrund von Gehirnschädigungen hatte er unter schweren psychischen Störungen gelitten. Sage und schreibe 37 Jahre lang war der Industriemagnat dort in Behandlung geblieben.

37 Jahre!

Die Anwältin konnte es kaum glauben, und sie überprüfte diese Zahl mehrere Male, bis sie sicher war, daß sie stimmte.

37 Jahre! Eine ungewöhnlich lange und kaum glaubliche Zeit angesichts der Möglichkeiten und der Erfolge der modernen Medizin.

Vergeblich bemühte sie sich, einiges über die Hintergründe der Behandlungszeit herauszufinden. Es gab keine nähere Begründung. Entweder war Jarvis Pictorain wirklich schwer, beinahe unheilbar krank gewesen und schließlich nur durch ein medizinisches Wunder genesen, oder er war das Opfer einer Intrige geworden. Anders ließ sich ihrer Ansicht nach ein so langer stationärer Aufenthalt nicht erklären.

Sie beendete ihre Arbeiten im Pressezentrum, flog nach New York zurück und suchte eine befreundete Ärztin auf, um mit ihr über diese Frage zu sprechen.

Arimys Andra de Molkom war eine alte Frau von beinahe zweihundert Jahren. Sie praktizierte nicht mehr, stand mit ihrer ärztlichen Kunst aber für einen exklusiven Kreis von Privatpatienten noch immer zur Verfügung. Sie wohnte in einem bescheidenen Haus nördlich von Long Island, nur wenige Kilometer von Clarthyen entfernt.

Sie war klein, zierlich, hatte schlohweißes Haar, das sie straff nach hinten kämmte und im Nacken mit einem zur Schnecke gedrehten Zopf zusammenhielt. Ihre grauen Augen waren ruhig und klar wie ein Bergsee. Ein Lächeln ging über ihr durchgeistigtes Gesicht, als Clarthyen ihr von ihren Recherchen berichtete und von den sich daraus ergebenden Resultaten sprach.

„Die Frage läßt sich nicht so einfach beantworten, ob Pictorain berechtigterweise so lange im Krankenhaus war oder nicht", sagte sie. „Um das beurteilen zu können, müßte ich sehr viel mehr wissen. Vor allem müßte ich Einblick in die Krankenakte haben."

„Aber wir können nahezu alle Krankheiten heilen", wandte die Anwältin ein.

„Dieser Eindruck könnte in der Tat entstehen", gab die alte Ärztin zu. „Die Syntromeds regeln alles! Aber das ist ein Irrtum. Auf dem diagnostischen Sektor sind die Fortschritte in der Medizin geradezu überwältigend. Durch invasive, den Patienten schonende Techniken gelingt der Einblick in jedes Organ des Menschen. Auf dem therapeutischen Sektor haben die technologisch-apparativen Entwicklungen phänomenale Möglichkeiten eröffnet. Pathophysiologische Erkenntnisse und medikamentöse Errungenschaften geben dem medizinischen Laien das Gefühl, jede Krankheit sei problemlos zu heilen."

„Aber so ist es nicht?"

„Leider – nein!" Arimys lächelte verständnisvoll. „Die Technik hat uns dazu verführt, einen verhängnisvollen Weg zu beschreiten, auf dem geistige Aspekte von Gesundheit und Krankheit verkümmern, die Spezialisierung mit der entsprechenden Horizontverengung extreme Ausmaße erreicht hat und auf dem die Vorherrschaft von patriarchalischen Normen, das heißt von Ratio und Intellekt, gegenüber Gefühl und Irrationalität erdrückend geworden ist."

„Ja, das verstehe ich. Aber was hat das mit OCCIPITAL zu tun?" fragte die Anwältin.

„Ich möchte zusammenfassen, daß die Apparatemedizin mittlerweile ein überbordendes und unkontrollierbares Eigenleben führt und zum technischen Imperativ geworden ist. Krankenhäuser sind einmal die *Herbergen Gottes* gewesen, aber unter dem Zwang des technischen Imperativs haben sie sich zu *Medosyn Centers* entwickelt – komplizierten, anonymen, apparativ-technischen, syntrongesteuerten labor-, chemie- und medikamentenbezogenen Dienstleistungszentren, in denen die eminent wichtigen geistig-zwischenmenschlichen Beziehungen den Nullpunkt erreicht haben und in denen das Wort vom ärztlichen Ethos nur eine leere Hülle geworden ist."

„Und du meinst, Jarvis Pictorain sei ein Opfer dieser übersteigerten Apparatemedizin geworden, in der Menschen keine Rolle mehr spielen, sondern nur noch als biologische Maschinen gesehen und behandelt werden?"

„Genau das! Ich sehe, du hast mich verstanden."

„Ein Mann aus einer der reichsten Familien des Solsystems als Gefangener einer nicht ausreichend kontrollierten Syntronik? Gilt denn für die Syntronik nicht das Gebot des *Nil nocere,* dem Patienten nicht schaden?"

„Ein zweischneidiges Schwert. Ist der Patient erst einmal als unheilbar eingestuft worden, kann die Syntronik zu dem Schluß kommen, daß sogar eine Behandlung – wegen der unvermeidlichen Nebenwirkungen – dem Patienten schaden kann. Danach gerät der Patient möglicherweise in einen Teufelskreis, aus dem er nicht mehr herauskommt."

„Ich danke dir", sagte Clarthyen herzlich, als sie sich wenig später verabschiedete. „Du hast mich sehr nachdenklich gemacht."

„Gut", befand die alte Ärztin. „Und da du von OCCIPITAL gesprochen hast – mir ist zu Ohren gekommen, daß man dort versucht, chirurgische Eingriffe mit Hilfe von Transmittertechnik zu ersetzen. Das ist für mich die absolute Übersteigerung der Apparatemedizin, der Gipfel der Verachtung gegenüber humanen Empfindungen."

Clarthyen verzichtete auf ein Taxi und ging zu Fuß am Strand des Atlantiks entlang nach Norden, um sich noch einmal durch den Kopf gehen zu lassen, was die alte Ärztin gesagt hatte. Ihr kam es vor, als habe sie eine Botschaft aus einer längst vergangenen Zeit erhalten.

Es war nicht weit bis zu ihrem Haus. Sie hoffte, spätestens in einer Stunde dort zu sein. Sie nutzte die Gelegenheit, um für eine Weile dem allzu hektischen Rhythmus der Großstadt zu entkommen.

Wurde denn niemand auf sie aufmerksam? Fiel keinem auf, welche Anspannung zwischen ihm und seiner mit einer Bombe präparierten Tochter herrschte?

Luz Korexxon hätte schreien mögen. Er hatte die Anonymität der Menge gesucht, und jetzt wünschte er sich Anteilnahme.

Unbändiger Haß gegen denjenigen, der Ancarin mißbrauchte, brandete in ihm auf, und er wünschte sich, daß er ihn dafür bestrafen könnte. Doch zugleich war ihm klar, daß es dazu nicht mehr kommen würde.

Worauf wartete Ancarin?

Sie war so nah bei ihm, daß er den Auswirkungen der explodierenden Bombe nicht entkommen konnte. Bei einem Fluchtversuch konnte er sich möglicherweise einige Schritte von ihr entfernen. Dadurch würden die Verletzungen nicht gar so groß werden wie bei den anderen Sprengstoffopfern – gleichwohl würden sie tödlich sein.

„Gib auf!“ forderte seine Tochter. „Wenn du nicht willst, daß ich ende wie Samantha, dann untersuche nicht länger, sondern beuge dich. Gib alle Daten über die Biochips frei, die du entwickelt hast.“

Korexxon blickte das Mädchen an. Er hörte die Stimme, doch die einzelnen Worte erreichten ihn nicht.

Worauf wartete seine Tochter? Warum zündete sie nicht?

„Die wissenschaftlichen Unterlagen. Die mußt du vor allem übergeben. Du wirst mit ihnen durch den Transmitter gehen und sie in der Gegenstation ablegen. Dann wirst du durch den Transmitter zum Ausgangspunkt zurückkehren.“

Erst allmählich erfaßte er, was sie gesagt hatte. Er hatte das Gefühl, daß nicht sie sprach, sondern daß ein anderer sich ihrer bediente. Sie war nichts weiter als eine Puppe, durch deren Mund man ihm verkündet hatte, daß die Bombe jetzt noch nicht explodieren würde, sondern daß ihm eine Gnadenfrist blieb.

Seinem unbekannten Gegner war es trotz größter Mühen noch immer nicht gelungen, die Abwehrsperre des Syntrons zu durchbrechen und zu den gesuchten Informationen vorzudringen!

Mit einer derartigen Wende hatte er nicht gerechnet. Der Bioinformatiker brauchte einige Zeit, die Lähmung abzuschütteln, die ihn durch das überraschende Erscheinen seiner Tochter befallen hatte.

Er liebte Ancarin. Sie war bereits jetzt eine erstaunliche Persönlichkeit. Er war um keinen Preis bereit, sie zu opfern.

„Einverstanden", sagte er daher. „Ich werde alles herausgeben. Auch die Informationen. Aber nur unter einer Bedingung."

„Welcher?"

„Ancarin darf nichts geschehen. Ich will sie heil und gesund zurück." Er sprach zu dem Mädchen vor ihm, als habe er es nicht mit ihr, sondern mit dem Unbekannten zu tun.

Während er auf eine Antwort seines rätselhaften Gegenspielers wartete, spürte er, daß er beobachtet wurde. Er blickte zur Seite und entdeckte einige uniformierte Polizisten, die sich ihm näherten. Fatalerweise versperrten sie ihm den Weg zum nächsten Transmitter.

„Wir reden später weiter!" rief er Ancarin zu, und dabei hoffte er, daß seine Worte den Unbekannten erreichten. „Und vergiß nicht: Ich will meine Tochter unversehrt zurück!"

Er nutzte eine Lücke in der Menge, um sich blitzschnell von dem Mädchen zu entfernen, die Straße zu überqueren und in eine schmale Straße zu flüchten.

Doch er kam nicht weit. Als er schon glaubte, in das Verkehrssystem abtauchen zu können, das sich unterhalb der Stadt befand, sprang Rampak Handerparss plötzlich auf ihn zu. Im letzten Moment bemerkte er den Ertruser und schlüpfte mit einer geschickten Körpertäuschung unter dessen Händen hinweg. Dann schnellte er sich mit einem Hechtsprung auf den Rücken einer epsalischen Frau, die nervös und hektisch einem Taxistand zustrebte.

Die Umweltangepaßte hatte eine fast quadratische Gestalt. Sie war etwa 1,60 Meter hoch und kaum weniger breit. Und sie war ungemein kräftig. Vor Schreck aufschreiend, tat sie, was er erwartet hatte. Sie rannte wie von tausend Furien gehetzt los, doch zu seinem Leidwesen wurde sie sich schon nach wenigen Schritten ihrer Last bewußt und schüttelte sie mit einer kurzen Bewegung ab.

Korexxon flog in hohem Bogen in einen Blumenbusch, der kunstvoll über einer meterbreiten Schale arrangiert worden war.

Während es um ihn herum krachte, Stengel brachen, Blütenblätter über ihn herabregneten und einige Wespen aus den Blumen emporschossen, bereitete er sich auf den nächsten Sprung vor, mit dem er sich auf eine abwärts führende Antigrav-Gleite retten wollte.

Doch es war schon zu spät.

O.T. pflückte ihn aus den Blumen. Korexxon schlug verzweifelt mit Armen und Beinen um sich, konnte sich jedoch aus den Armen des Polizeioffiziers nicht befreien.

„Benimm dich endlich, du Idiot!“ herrschte O.T. ihn an und drückte ihm den Brustkorb so fest zusammen, daß ihm buchstäblich die Luft wegblieb. „Ich habe nicht vor, dich zu verhaften. Du hast nichts vor mir zu befürchten.“

Noch aber gab Korexxon nicht auf. Trotz seiner Atemnot kämpfte er weiter, und dabei löste sich die mühsam angelegte Maske von seinem Gesicht.

„Schluß jetzt!“ forderte Ancarin energisch.

Sie war ihnen gefolgt und stand nun plötzlich neben ihnen.

O.T. blickte sie verwundert an und gab den Bioinformatiker frei. Korexxon hätte fliehen können, doch er blieb wie angewurzelt stehen.

„Hört auf zu kämpfen!“ befahl das Mädchen.

„Endlich wirst du vernünftig“, sagte der Ertruser zu dem Wissenschaftler. „Ich werde dich nicht verhaften. Ich will nur mit dir reden.“

Er war überraschend freundlich. Mit eindringlichen Worten beschwor er Korexxon, ihm zu vertrauen. Dabei schob er ihn mit sanfter Gewalt weiter, weil einige allzu neugierige Passanten stehengeblieben waren und ihnen zusahen. Ancarin blieb an der Seite ihres Vaters.

Etwa hundert Meter von dem verwüsteten Blumenarrangement entfernt blieben sie stehen.

„Ich habe etwas herausgefunden, Luz“, erläuterte O.T. sein Verhalten. In der ihm eigenen Art senkte der Ertruser den Kopf. Ein flüchtiges Lächeln glitt über seine Lippen. „Mir ist jetzt klar, daß du seinerzeit unrecht aus dem Polizeidienst entlassen worden bist.“

„Ach ja?“ Korexxon traute dem Frieden nicht. „Wieso hast du mich eigentlich erkannt?“

„Die Polizei hat Individualtaster und noch einige andere Möglichkeiten. Ihnen gegenüber ist deine Maskerade ziemlich kindisch.“

Korexxon wurde sich erneut bewußt, daß er sich auf ein Spiel eingelassen hatte, dessen Spielregeln er nicht beherrschte. In dieser Hinsicht war ihm vor allem O.T. weit überlegen.

„Was ist mit dem Staatsanwalt?“ fragte er.

„Für nähere Erklärungen haben wir keine Zeit“, wehrte der Ertruser ab. „Vorläufig muß dir genügen, daß O'Gnawlly damals in ganz anderer Weise mit dem Fall zu tun gehabt hat, als bisher bekannt war. Nachdem ich das erfahren hatte, habe ich meine Einstellung zu dir geändert.“

„Wie schön“, gab Korexxon spöttelnd zurück. So schnell war er nicht zu überzeugen. Sie hatten einander vor Beginn der Chip-Ereignisse seit vielen Jahren nicht mehr gesehen. O.T. war ihm feindselig begegnet und hatte ihn spüren lassen, daß er ihn nicht mochte. Und nun sollte er sich um 180 Grad gedreht haben? Alles sollte vergessen sein? Er mochte nicht glauben, daß der Ertruser so rasch vom Saulus zum Paulus geworden war. „Ich frage mich, ob es dir etwas hilft, denn meine Tochter Ancarin steht direkt neben dir, und sie ist ebenso mit einer Bombe präpariert, wie Samantha es war."

Mit einiger Genugtuung beobachtete er, wie O.T. zusammenfuhr und sich zur Flucht wenden wollte. Doch er ließ es nicht zu, und seine Hand krallte sich in seine Uniform. Er hielt den kräftemäßig weit überlegenen Umweltangepaßten fest.

„Das hat keinen Sinn!" schrie er ihn an. „Hör lieber zu, was sie uns zu sagen hat."

Der Ertruser hätte ihn ohne jede Anstrengung abschütteln können, doch er blieb stehen und musterte das Mädchen, bleich und sichtlich beeindruckt. O.T. schwitzte. Die bedrohliche Nähe der Bombe setzte ihm zu. Nachdem er das erkannt hatte, eröffnete der Forscher ihm, welche Forderungen sein unbekannter Gegner durch Ancarin hatte überbringen lassen.

„Ich gebe auf", schloß er.

„Das kann ich verstehen", knurrte Handerparss, der sich nur langsam erholte. Voller Unbehagen beobachtete der zweieinhalb Meter große Mann das grazile Mädchen, dem gegenüber ihm die gewaltigen Kräfte, die ungewöhnliche Reaktionsfähigkeit und die Schnelligkeit des Ertrusers überhaupt nichts halfen. „Und ich werde dich nicht daran hindern, das Material zu übergeben."

Sie blickte ihn eigentümlich lächelnd an. „Du bist brav", lobte sie ihn. „Wenn du unartig wärst, müßte ich dich umarmen!"

Korexxon sah, daß sie mit dieser Bemerkung Wirkung erzielte, denn der Polizist wurde noch um eine Nuance blasser.

„Ich gehe jetzt", kündigte sie an und forderte: „Niemand darf mir folgen. Niemand – wir wollen doch kein Unglück."

„Du kannst unbesorgt sein, Ancarin", sagte Korexxon sanft und freundlich zu seiner Tochter. „Ich möchte, daß alles gut wird, damit ich dich heil und gesund zu deiner Mutter zurückbringen kann."

Es schien, als habe sie ihn verstanden.

Mit einem erlösten Lächeln nickte sie ihm zu, drehte sich um und ging davon. Ihr blondes Haar teilte sich im Nacken und gab für einen kurzen Moment den Blick auf eine frischvernarbte Schnittwunde frei. Ancarin war mit einem Biochip präpariert worden.

Ohne Hast verschwand das Mädchen in der Menge.

10.

Schon an der Haustür empfing Clarthyen Oqunn den Bioinformatiker und seinen ertrusischen Begleiter mit einer negativen Nachricht. Es hatte einen weiteren Anschlag gegeben. Dieses Mal war ein kleiner Junge als Bombenträger eingesetzt worden. Er war jedoch explodiert, bevor er sein Opfer erreicht hatte.

„Das Opfer sollte ein Beamter der Galaktischen Siedlungsbehörde sein", schloß die Anwältin ihren Bericht. „Er ist nur verletzt worden, als der Junge sich ihm näherte. Es scheint nichts zu geben, was der Junge und das Opfer miteinander gemein haben – ausgenommen, daß der Beamte dem Pictorain-Konzern eine Konzession für einen fernen Planeten verweigert hat und daß der Junge der Sohn einer Syntronikerin ist, die für Pictorain arbeitet."

Sie war so entsetzt von dem neuen Anschlag, daß sie O.T. zunächst gar nicht zur Kenntnis nahm. Erst nachdem sie losgeworden war, was sie bedrückte, wurde sie sich seiner bewußt, und sie blickte ihn argwöhnisch an. Handerparss beruhigte sie und betonte, daß Korexxon nichts von ihm zu befürchten habe. Zögernd beschloß sie, ihm zu vertrauen, und sie bat nicht nur den Bioinformatiker, sondern auch den Ertruser ins Haus.

Während sie eintraten, berichtete Korexxon von seiner Begegnung mit Ancarin. Betroffen setzte Clarthyen sich in einen Sessel. Sie schien sich nicht mehr auf den Beinen halten zu können. Ihm erschien ihre Reaktion übertrieben, doch er begriff schnell, weshalb die Nachricht sie so beeindruckte.

Die Anwältin hatte Angst vor ihrem unbekannten Gegenspieler, dessen Konturen sich deutlich abzuzeichnen begannen.

„Das habe ich befürchtet", flüsterte sie. Bleich und erschüttert legte sie die Hände vors Gesicht. „Es mußte ja so kommen! Wir haben es mit einer Macht zu tun, die uns unvorstellbar weit überlegen ist. Wir sind nichts gegen sie. Überhaupt nichts. Wir haben nicht die geringste Chance."

„Wie bitte?" Der Bioinformatiker blickte sie überrascht an. „Was weißt du, was wir noch nicht wissen?"

„Ich bin sicher, daß Pictorain derjenige ist, der die Fäden zieht“, sagte sie. Sie war sichtlich bemüht, sich nicht anmerken zu lassen, was sie angesichts eines solchen Gegners empfand. Sie erhob sich und ging zur Bar, um Getränke für ihre Besucher zu holen. „Du hast ja keine Vorstellung davon, über welche Machtfülle dieser Mann verfügt. Es ist unglaublich.“

„Pictorain? Du willst wirklich behaupten, daß Jarvis Pictorain der Verbrecher ist, der Samantha und die anderen ermordet hat?“

„Davon bin ich überzeugt“, bestätigte Clarthyen Oqunn. „Du hättest selbst darauf kommen können, wenn du in deinem Tagebuch herumgestöbert hättest und dabei vierzig Jahre in die Vergangenheit gegangen wärst. Damals ist Pictorain in die Psychiatrie von OCCIPITAL eingewiesen worden.“

„Vor vierzig Jahren?“ Korexxon lächelte zweifelnd. „Wenn ich mich recht erinnere, habe ich damals gerade damit begonnen, ein syntronisches Tagebuch anzulegen. Was sollte das mit Pictorain zu tun haben?“

„Das verstehe ich auch nicht!“ O.T. nahm das Getränk entgegen, das sie ihm reichte. Seine Hand war etwa doppelt so groß wie die von Clarthyen, und das Glas verschwand nahezu darin.

„Die näheren Umstände habe ich noch nicht geklärt. Ich weiß auch nicht, woran Pictorain gelitten hat“, antwortete sie. „Ich habe versucht, Auskünfte vom damaligen Chefarzt der Klinik oder von einem der anderen Ärzte zu erhalten. Es ist mir nicht gelungen. Die Ärzte berufen sich auf ihre Schweigepflicht. Und von Janette Rattray habe ich auch nichts erfahren.“

„Der Tochter von Pictorain.“ O.T. kannte sich in der Familie der Mächtigen aus. „Sie ist ehrgeizig und rücksichtslos. Mit eiserner Hand hat sie in den letzten Jahrzehnten den Familienclan geleitet, bis Pictorain vor drei Jahren entlassen wurde und die absolute Machtposition im Pictorain-Konzern und angeblich auch in der Familie zurückeroberte.“

„Richtig“, bestätigte die Anwältin. „Von NATHAN habe ich erfahren, daß Pictorain sich durch Verträge und Bestimmungen abgesichert hat, um zu verhindern, daß seine Tochter jemals wieder an die Macht zurückkehren kann. Das Vertragswerk ist lückenlos."

„Und wenn er ermordet wird?" fragte Korexxon.

„Genau dieser Fall hätte besonders negative Auswirkungen für seine Tochter. Wenn er eines gewaltsamen Todes sterben sollte, hat sie überhaupt keine Aussicht, jemals wieder Macht und Einfluß zu gewinnen."

„Eine feine Familie, die an so was denkt", sagte Korexxon. „Aber wenn es um soviel Geld und Macht geht, ist das wohl so. Ich frage mich nur, was das alles mit uns zu tun hat. Pictorain geht uns nichts an. Wieso mißbraucht so ein Mann Samantha, Ancarin und andere Kinder als Bombenträger? Das ergibt doch keinen Sinn."

Clarthyen antwortete nicht, sondern erteilte ihrem Syntron einige Befehle. Daraufhin erschienen die Namen der Bombenträger und ihrer Opfer im dreidimensionalen Holowürfel.

„Die drei getöteten Männer waren jeweils über 120 Jahre alt", teilte die Syntronik mit. „Ihnen ist gemeinsam, daß sie während ihres Lebens mehrfach ihren Beruf gewechselt haben."

„Das ist nichts Besonderes", stellte O. T. fest. „In einer Gesellschaft, in der die Menschen bis zu 240 Jahre alt werden, bleibt kaum jemand länger als einige Jahrzehnte in seinem Beruf."

„Eikenboom war vor vierzig Jahren praktizierender Psychiatrie-Professor und hat an den Universitäten von Montreal, Brazzaville und Shanghai gelehrt", fuhr der Syntron fort.

Korexxon horchte auf. Plötzlich fiel ihm wieder ein, woher er das Opfer von Samantha gekannt hatte. Eikenboom war für kurze Zeit einer seiner Professoren an der Universität von Montreal gewesen.

„Es gibt weitere Verbindungen zwischen den Bombenopfern und dem Krankenhaus OCCIPITAL", sagte Clarthyen. „Zum Beispiel hat Eliz Loran dort vor 21 Jahren als Krankenschwester gearbeitet. Sie mußte sich vermutlich auch mit dem Patienten Pictorain auseinandersetzen."

„Und bei den anderen ist es ebenfalls so?" staunte O. T.

„Allerdings“, bestätigte die Frau. „Bei einigen fehlt mir noch die Bestätigung, aber alle scheinen in irgendeiner Weise damit zu tun gehabt zu haben, daß Jarvis Pictorain in die psychiatrische Anstalt eingewiesen wurde und 37 Jahre lang dort bleiben – und leiden – mußte.“

„Kompliment“, lobte Handerparss. Er fuhr sich mit gespreizten Fingern durch das Haar, das er wie fast alle Ertruser in der Form des Irokesen-Kamms trug. „Es war sicherlich nicht ganz leicht, diese Zusammenhänge aufzudecken.“

„Zumal im OCCIPITAL eingebrochen worden ist, wobei die Forschungsergebnisse der sogenannten Transmitter-Therapie und die Unterlagen von vielen Patienten gestohlen worden sind“, fügte sie hinzu.

Korexxon schüttelte verwirrt den Kopf. Er sah die großen Zusammenhänge noch nicht. Er ging zur Bar, um sich ein leichtes Bier zu holen.

„Ich kann das alles nicht nachvollziehen“, gab er zu. „*Was habe ich denn damit zu tun?* Ich war damals gerade 23 Jahre alt.“

„Und was hat du zu der Zeit getan?“

„Steht das nicht in meinem Tagebuch?“

„Allerdings, aber vielleicht erinnerst du dich daran? Du könntest es uns sagen.“

Korexxon brauchte nicht lange nachzudenken. Mit 23 Jahren hatte er Medizin und Biologie studiert. Für seinen Professor Eikenboom hatte er mehrfach aus äußerst umfangreichen Gutachten Extrakte herausgefiltert, die höchstens eine Seite lang sein durften. Sie hatten die Richter, denen das Gutachten bei Gericht vorgelegt worden war, in die Lage versetzt, mit einem Blick zu erkennen, um was es ging.

Clarthyen triumphierte. Genau das hatte die Anwältin auch herausgefunden. Korexxon hatte vor 40 Jahren eine derartige Zusammenfassung eines Gutachtens über Jarvis Pictorain angefertigt.

„Du weißt es nicht mehr“, sagte sie, „aber du kannst es in deinem Tagebuch nacharbeiten. Pictorain ist es bekannt. Er muß darauf gestoßen sein, als er oder seine Helfer in deinen Notizen herumgestöbert haben. Das ist der Grund für seine Rache."

„Das würde bedeuten, daß Pictorain mit indirekt angesetzten Schlägen operiert", versetzte der Ertruser. „Er mißbraucht die Kinder jener, an denen er sich rächen will, indem er sie als Bombenträger auf seine Opfer ansetzt."

„Richtig", bestätigte die Anwältin. „Er will nicht nur töten, er will, daß seine Opfer leiden, so, wie er 37 Jahre lang gelitten hat, bevor er sie tötet. Deshalb hat er Eliz Loran gewarnt, indem er ankündigte, daß sie bald nur noch eine Tochter haben wird."

Luz Korexxon trank das Bier. Seine Abneigung gegen den Industriemagnaten wuchs ins Unermeßliche. Jetzt bedauerte er, daß die Spinne im Büro des Mächtigen bei ihrem Angriff nicht erfolgreich gewesen war. Der Tod Pictorains hätte das Problem gelöst.

„Wie mir scheint, ist dieser Mann nicht ganz grundlos in die psychiatrische Klinik eingewiesen und dort so lange behandelt worden", bemerkte er. „Mich nimmt er aufs Korn, weil ich vor vierzig Jahren getan habe, was mein Professor mir aufgetragen hat. Er schlägt in meinem Umfeld zu und hat mich bisher nur verschont, weil er die wissenschaftlichen Unterlagen für die Biochips haben will."

„Nicht nur deswegen", behauptete der Ertruser.

„Wie meinst du das?" wollte Korexxon wissen. „Weshalb sollte er sich sonst bei mir zurückhalten, anstatt mich so hart anzupacken, wie es eigentlich zu erwarten gewesen wäre?"

„Weil dir das Image anhaftet, kein Kämpfer zu sein", erinnerte ihn Handerparss. „Und das ist dein einziger Vorteil ihm gegenüber. Er unterschätzt dich."

„Dann gehst du davon aus, daß er hundertprozentig über mich informiert ist?"

„Natürlich!" O.T. lächelte. „Er weiß alles. Über jeden von uns. Für ihn ist diese ganze Geschichte wie ein Schachspiel, bei dem man die Figuren nach Belieben operieren läßt, um sie aus dem Spiel zu nehmen, wenn sie nicht mehr benötigt werden. Er weiß genau, wie er die einzelnen Figuren einschätzen muß – nur bei dir hat er sich geirrt."

Korexxon blickte Clarthyen und O. T. fragend an. Bisher hatte er sich zuwenig Gedanken über seine Position gemacht, und er war auf keinen Fall davon ausgegangen, daß Pictorain ihn als Schwächling einstufte. Nun mußte er zugeben, daß die Ansicht des Ertrusers nicht ganz von der Hand zu weisen war.

„Wie geht es weiter? Genügt das alles, um Pictorain vor Gericht zu bringen und abzuurteilen?"

„Natürlich nicht", erwiderte Handerparss. Er lächelte ob der Frage, die ihm naiv vorkam. Als Polizist hatte er eine juristische Grundausbildung genossen und wußte daher sehr viel besser Bescheid als der Wissenschaftler. „Clarthyen hat die Hintergründe aufgedeckt, aber damit ist noch nichts gewonnen. Damit stürzt man noch keinen Mann wie Pictorain. Er ist einer der reichsten Männer des Solsystems, vielleicht sogar der ganzen Liga Freier Terraner."

„Richtig. Sein Vermögen wird auf Billionen geschätzt", unterstrich die Anwältin.

„Dieser Mann wird seine Rache bis zum Ende durchziehen, danach wird er unvorstellbare Geschäfte mit dem Biochip machen", fuhr O. T. fort. „Die Staatsanwaltschaft wird nichts gegen ihn ausrichten. Clarthyen hat Indizien zusammengetragen, aber keine Beweise. Außerdem wird Pictorain durch ein ganzes Heer der besten Anwälte des Solsystems geschützt. Diese Elite von Spezialisten nutzt jede Chance, die unser Rechtssystem bietet. Und dabei steht ihr ein Staatsanwalt namens Morton O'Gnawlly gegenüber, der selbst Dreck am Stecken hat und der ein größeres Interesse daran hat, Luz auf einen Strafplaneten zu schicken, als Pictorain in die Arme zu fallen."

Korexxon ging auf die Terrasse des Hauses hinaus und ließ sich den frischen Wind ins Gesicht wehen, der aus dem Osten über den Atlantik kam. Er war aufgewühlt. Alles in ihm lehnte sich dagegen auf, daß ein Mensch ungestraft schalten und walten konnte, wie es ihm beliebte, schwerste Verbrechen verübte, und der aufgrund seines Reichtums, seiner Macht und der Raffinesse, mit der er seine Vorhaben realisierte, unangreifbar war.

Die Vorstellung, daß ein solcher Mann eine Sphäre der Macht erreicht hatte, die ihn über alle andere Menschen erhob und über das Gesetz erhaben erscheinen ließ, war ihm zutiefst zuwider, und geradezu verzweifelt suchte er nach einer Möglichkeit, ihm in die Arme zu fallen, einen Teil seiner Macht zu entreißen und ihn damit der Gerechtigkeit zugänglich zu machen.

„Derartig asoziale Erscheinungen wären zu Zeiten des Solaren oder des Neuen Einsteinschen Imperiums nicht möglich gewesen. Das ist wie ein Rücksturz zur Erde des Mittelalters. Bananenrepublik freier Terraner.“

Korexxon zog sich ins Nebenzimmer zurück, wo er sich an einen Syntron setzte, um etwas Ablenkung zu finden. Doch er war so voller Haß gegen Jarvis Pictorain, daß er zunächst keinen klaren Gedanken fassen konnte.

Erst als er sich seinem Tagebuch zuwandte, gelang es ihm, sich ausreichend zu konzentrieren, so daß er abschalten konnte, nicht mehr ständig an die Bedrohung durch Jarvis Pictorain dachte und einen Teil seiner inneren Ruhe zurückgewann. Nun konnte er damit beginnen, seine Situation aus nüchterner Distanz zu betrachten und die nächsten Schritte zu überdenken.

Er stand vor einem Problem, das unlösbar schien. Auf der einen Seite sah er keine andere Möglichkeit, Ancarin zu helfen, als aufzugeben und die Biochips mit dem gesamten wissenschaftlichen Material auszuliefern.

Auf der anderen Seite war er sicher, daß seine Biochips die Bombenträger steuerten und daß durch ihre Auslieferung weitere Morde wahrscheinlich würden.

Es mußten Chips der A-Generation sein, denn bei den Chips der B-Generation war das Risiko zu groß, daß sie versagten und ihre Träger töteten, bevor diese den Anschlag ausüben konnten.

Er wollte auf keinen Fall dafür verantwortlich sein, daß der Rachefeldzug fortgesetzt werden konnte. Doch wie sollte er es verhindern und gleichzeitig Ancarin retten?

Und das war noch nicht alles, was er zu bedenken hatte. Konnte er sich darauf verlassen, daß Ancarin wirklich freigelassen wurde, wenn er die Forderungen erfüllte?

Er selbst hatte bisher nur überlebt, weil er im Besitz der Biochips und der wissenschaftlichen Informationen war. Gab er dieses Faustpfand nun auf, war sein Leben keine Galaxsesterze mehr wert.

Als er später ins Wohnzimmer zurückkehrte und mit Clarthyen und dem Polizeioffizier darüber sprach, riet ihm Handerparss, das wissenschaftliche Material nicht herauszugeben.

„Wir haben Zeit, Jarvis Pictorain aber nicht. Wenn der Chip tatsächlich um so unzuverlässiger wird, je länger Ancarin ihn in sich trägt, dann läuft dem Commander die Zeit davon."

„Darüber brauchen wir gar nicht erst zu reden", unterbrach Korexxon den Polizisten. „Ich spiele nicht mit dem Leben von Ancarin. Ich will sie lebend und gesund zurück, und das so schnell wie möglich."

„Du gehst ein hohes Risiko ein", warnte Clarthyen ihn.

„Ich weiß, aber es interessiert mich nicht. Nach Abschluß der Aktion werde ich nachstoßen und den Kampf gegen Pictorain aufnehmen. Mit allen Mitteln!"

„Und du glaubst wirklich, daß du eine Chance hast?" zweifelte die Anwältin.

„Ja, ich habe lange nachgedacht, und ich bin überzeugt, daß ich eine habe", versetzte er. „Alles deutet darauf hin, daß der mächtige Pictorain nach wie vor geisteskrank ist und auf keinen Fall hätte entlassen werden dürfen."

„Das ist wohl richtig", bestätigte O. T. „Ein gesundes Hirn wird solche Taten auf keinen Fall veranlassen. Der Mann gehört wieder in die Anstalt."

„Und deshalb glaube ich daran, daß er angreifbar ist. Er hat Schwachpunkte, und er macht Fehler, die ein gesunder Mensch nicht machen würde." Korexxon blickte die beiden beschwörend an. „Und da müssen wir ansetzen."

O.T. gab ihm recht. Pictorain gehörte in psychiatrische Behandlung. Dennoch hielt er seine Entscheidung für falsch. Er riet ihm, zunächst nur die Chips, nicht aber das wissenschaftliche Begleitmaterial gegen Ancarin herauszugeben. Erst wenn das Mädchen freigelassen worden war, sollte Korexxon die wissenschaftlichen Formeln und die Beschreibung des Herstellungsverfahrens für die Biochips ausliefern.

„Pictorain muß befürchten, daß Ancarin verrät, wer sie mit dem Chip versehen hat und wo das geschehen ist“, sagte er. „Deshalb kann ich mir nicht vorstellen, daß er sich an unsere Vereinbarung hält, solange wir keinen Druck auf ihn ausüben.“

Ein öffentlicher Taxi-Roboter landete vor dem Haus und signalisierte mit einem gelben Licht, daß er eine Lieferung zu überbringen hatte. Clarthyen ging hinaus und nahm einen Brief von der Maschine an, die danach sogleich wieder startete.

Während sie ins Haus zurückkehrte, öffnete sie das Schreiben und las vor.

Der Absender forderte, daß Korexxon mit den Chips und den wissenschaftlichen Unterlagen noch an diesem Tag und zu einer festgelegten Stunde durch einen bestimmten Transmitter New Yorks gehen sollte, der über Fernsteuerung auf sein Ziel eingestellt wurde. Sobald er mit der Sendung eingetroffen war, sollte Ancarin aus einem anderen Teil der Erde per Transmitter nach New York kommen und in die Freiheit entlassen werden. Er habe dann sofort durch den Transmitter zurückzukehren. In der Transmitterstation sollte er sich mit dem Wort *Samantha* identifizieren, falls sich dies als notwendig erweisen sollte.

„Samantha!“ rief Korexxon. „Unter diesen Umständen spiele ich nicht mit. Auf keinen Fall.“

„Beruhige dich“, bat sie ihn. „Verstehst du denn nicht? Das Kennwort ist eine Provokation, eine bewußte Herabsetzung, mit der man dich dazu verleiten will, emotional zu handeln und unvorsichtig zu werden.“

„Der Übergabemodus scheint perfekt zu sein“, urteilte O.T. Gelassen ging er über den Gefühlsausbruch von Korexxon hinweg. „Er hat nur eine Schwachstelle.“

„Welche?“ fragte Clarthyen, die sich zu dem Bioinformatiker gesetzt hatte und seine Hand hielt. Sie lehnte sich sanft an ihn. „Ich sehe keine.“

„Man kann die Transmitterdaten später abfragen und so den Weg verfolgen, den die Chips und die Infos gegangen sind!“

„Darüber wird sich Pictorain seine Gedanken gemacht haben“, sagte der Wissenschaftler. „Ich denke, daß er Helfer hat, die seine Strategie unterstützen und jeden einzelnen Schritt absichern. Die kennen alle Faktoren in diesem Spiel, so daß sie vorausberechnen können, was geschieht.“

„Ja, das fürchte ich auch“, stimmte die Anwältin ihm zu. „Und noch etwas stört mich. Wieso soll Luz die Chips und die Unterlagen selbst übergeben? Es genügt doch, wenn er sie mit dem Transmitter versendet.“

„Darüber muß ich noch nachdenken“, versetzte der Polizist.

„Jedenfalls steht fest, daß es eine Unbekannte gibt und daß die Gegenseite nichts davon weiß!“

Clarthyen und O.T. blickten den Bioinformatiker überrascht an. Ihnen war keine Unbekannte bewußt.

„Wie meinst du das?“ fragte sie.

Korexxon ließ sich Zeit mit seiner Antwort. Bevor er auf ihre Frage einging, machte er noch einmal deutlich, wie schwach sie im Verhältnis zu Pictorain waren.

„Deshalb muß ich meine Fähigkeiten ausweiten“, führte er aus. „Ich muß zu einem Gegenspieler für ihn werden, den er nicht mehr ausrechnen kann.“

„Aber das ist unmöglich“, protestierte sie.

„Das ist es nicht – wenn ich mir einen A-Chip einpflanze“, entgegnete Korexxon. „Und genau das werde ich tun!“

„Nein!“ Clarthyen sprang entsetzt auf. „Das kannst du nicht machen. Du weißt genau, daß sich die Chips der A-Generation selbständig machen und eigenständig weiterentwickeln. Du setzt dich einem ... einem Ding aus, das dich gegen deinen Willen vollkommen verändern könnte, dich vielleicht in ein Monster verwandelt!“

„Chipman, der Superheld?“ O. T. schüttelte den Kopf. „Damit müßtest du gegen zwei Gegner kämpfen: Pictorain und dein herrschsüchtiges Implantat.“

11.

„Ich brauche einen Medosyn, der nicht an NATHAN angeschlossen ist", sagte Luz Korexxon, „weil ich auf jeden Fall verhindern möchte, daß eine Information durchsickert. Ich weiß, es ist unwahrscheinlich, daß Pictorain etwas erfährt, möchte aber jedes Risiko ausschließen."

„Ich habe eine Hausapotheke", erinnerte sich Clarthyen Oqunn. „Die könnte ich dir anbieten. Es ist ein Medosyn mit beschränkten Möglichkeiten, weil ihm nicht das ganze Wissen zur Verfügung steht, sondern nur die in ihm gespeicherten Daten."

„Das könnte genügen." Er ging mit ihr in einen der Gesundheitspflege dienenden Raum des Hauses, in dem es alle Einrichtungen gab, die zu einem modernen Haushalt gehörten. Das schloß die *Hausapotheke* ein, einen Medosyn, der auch kleinere Operationen ausführen konnte.

Korexxon bat die Anwältin, ihm die Schachtel mit den Biochips zu holen, und wandte sich dem Gerät zu, um den Syntron genau über die bevorstehende Aufgabe zu instruieren.

Clarthyen mußte das Haus verlassen. Sie hatte alles, was Korexxon ihr anvertraut hatte, in einem vielfach gesicherten Sonderfach bei einer Bank hinterlegt.

Nun endlich hatte der Wissenschaftler die Gelegenheit, auf die er schon so lange gewartet hatte. Er wollte sich ausführlich mit O.T. aussprechen, dem er noch immer nicht voll vertraute. Er wollte genau wissen, weshalb Handerparss die Seiten gewechselt hatte und nunmehr bereit war, ihm sogar gegen die Staatsanwaltschaft zu helfen.

O.T. erklärte ihm, daß ihn die Art und Weise erschreckt habe, in der O'Gnawlly Korexxon nach dem Tod von Samantha verhört hatte. Danach hatte er eine überaus heftige Auseinandersetzung mit dem Staatsanwalt gehabt. Diese wiederum hatte ihn zu einem eingehenden Aktenstudium veranlaßt, und dabei hatte er entdeckt, daß O'Gnawlly mit einer Reihe von schmutzigen Tricks zu

Korexxons unehrenhafter Entlassung aus dem Polizeidienst beigetragen hatte.

„Es wäre korrekter gewesen, O'Gnawlly zu feuern", meinte der Ertruser, „auf keinen Fall aber dich."

Doch das allein hatte noch nicht den Ausschlag für den Frontenwechsel gegeben. O.T. hatte darüber hinaus Hinweise darauf gefunden, daß der überaus ehrgeizige Staatsanwalt korrupt war und einen Lebensstil pflegte, der allein aus dem Einkommen seines Amtes nicht zu finanzieren war.

„Ich arbeite daran", schloß er seinen Bericht, „und früher oder später wird es mir gelingen, O'Gnawlly aus dem Amt zu kippen und vor Gericht zu bringen."

Bald darauf kehrte Clarthyen zurück. Mittlerweile war alles für den Eingriff vorbereitet.

„Du solltest es dir noch einmal überlegen", riet sie ihm. „Es ist zu gefährlich."

Korexxon lächelte nur, antwortete jedoch nicht, sondern legte sich mit entblößtem Nacken unter den Medosyn mit seinen metallenen Greifarmen und dem Laserskalpell.

„Wenn es dir recht ist, bleibe ich hier", sagte sie.

„Ich bin froh darüber." Er gab dem Medosyn ein Zeichen, und Clarthyen verfolgte, wie das Gerät um Korexxon herum ein transparentes Folienzelt aufbaute, das Innere sterilisierte, den Nacken des Mannes betäubte und gleich darauf aufschnitt. Die Operationswunde war kaum anderthalb Zentimeter lang, reichte jedoch tief in den Nacken hinein bis an die Wirbelsäule.

Danach war nicht mehr viel zu sehen. Die Instrumente arbeiteten sich zügig an den Rückenmarkskanal heran, setzten den Biochip ein, verschlossen und verklebten die Wunde wieder, um sie danach mit einer infektionsresistenten Folie zu überdecken.

Die ganze Operation hatte noch nicht einmal eine Stunde in Anspruch genommen.

Der Medosyn löste das Zelt auf und saugte das Folienmaterial in sich hinein, um es einzuschmelzen und irgendwann später neu zu verwenden.

Luz Korexxon erhob sich. Der Bioinformatiker war bleich, und seine Pupillen waren unnatürlich geweitet.

Clarthyen hatte jede Phase der Operation verfolgt. Sie ging nun zu ihm und legte ihm die Hände an die Wangen.

„Wie fühlst du dich?“

„Als ob mir jemand eine Axt ins Genick geschlagen hätte“, antwortete er. „Ich brauche frische Luft!“

Sie ging mit ihm vor die Tür und an den Strand, wo sie stehenblieben und auf den Atlantik hinausblickten. Lange verharrten sie schweigend am Wasser. Sie beobachteten das Spiel der Wellen und die jagenden Möwen, die sich vom Wind tragen ließen, lange auf der Stelle schwebten und in die Tiefe spähten, um dann plötzlich scheinbar schwerelos über das Wasser zu gleiten und kleine Fische zu erbeuten.

O.T. war taktvoll genug, sie lange allein zu lassen und nicht zu stören. Schließlich aber ging er zu ihnen und machte sie darauf aufmerksam, daß die Zeit drängte.

„Wir müssen das Material und die Chips ausliefern“, sagte der Ertruser. „In genau einer Stunde mußt du mit ihnen in den Transmitter gehen. Gleich darauf ist Ancarin hoffentlich frei, und du bringst sie mit.“

Sie kehrten ins Haus zurück.

„Wir müssen vorsichtig sein“, sagte die Anwältin. „Die Polizei sucht dich noch immer.“

Sie beschloß, ihre Recherchen fortzusetzen, während die beiden Männer den Transmitter aufsuchten und Ancarin abholten.

„Willst du deine ehemalige Frau informieren?“ fragte O.T. auf dem Flug zu dem vereinbarten Transmitter.

„Auf keinen Fall. Sie erfährt erst etwas, wenn ich ihr Ancarin bringe“, entschied der Bioinformatiker, „sonst schaltet sie sich womöglich in die Aktion ein und richtet Schaden an.“

Der Ertruser blickte ihn forschend an. „Spürst du etwas von dem Chip?“

„Nein. Mir ist ein bißchen schwindelig. Das ist alles.“

Ein Licht leuchtete am Armaturenbrett auf. Es war ein Signal für wichtige Meldungen. Korexxon schaltete den Syntron auf Nachrichten.

Die örtlichen Informationssender teilten mit, daß es in Singapore einen weiteren Anschlag gegeben hatte, bei dem eine junge Frau einen Anwalt bei einer öffentlichen Veranstaltung umarmt hatte und mit ihm explodiert war.

Als Korexxon wieder ausschaltete, fiel ihm auf, daß O.T. ihn eigenartig musterte.

„Was ist los?" fragte er.

„Hast du es nicht gemerkt? Du hast unglaublich reagiert. Das Licht hat kaum aufgeleuchtet, als du die Meldung schon abgefordert hast. Du hast gehandelt, bevor ich begriffen habe."

„Das hat nichts zu bedeuten", entgegnete der Wissenschaftler. „Du hast nur gerade in eine andere Richtung gesehen."

„Es gibt dir nicht zu denken, daß du schneller warst als ein Ertruser?"

Korexxon lächelte. „Mach dich nicht verrückt", ermahnte er den Polizeioffizier. „Es war Zufall. Ich glaube nicht, daß es mit dem Chip zusammenhängt."

Verblüfft blickte er auf seine Hand, die schattengleich hochgeschossen war und die plötzlich auf ihn zufahrende Faust des Umweltangepaßten abgeblockt hatte. Seine Reaktionszeit war so kurz gewesen, daß ihm erst nachträglich bewußt geworden war, wie O.T. einen Faustschlag gegen ihn angetäuscht und er die nötige Abwehrbewegung gemacht hatte.

„Ein dummes Spielchen", sagte er, „und eine instinktive Reaktion. Nichts Besonderes."

„Eine Reaktion, wie ich sie bei einem Terraner noch nicht erlebt habe!"

Korexxon zuckte nur mit den Achseln. Er war nicht bereit, sich schon jetzt mit dem Einfluß zu befassen, den der Biochip möglicherweise auf ihn ausübte. Er konzentrierte sich voll und ganz auf den bevorstehenden Austausch.

Der Transmitter stand an der Südspitze von Manhattan in einem gläsernen Pavillon. Er wurde vor allem von Geschäftsleuten frequentiert, die eine schnelle Verbindung zwischen den großen Dienstleistungszentralen der Erde und des Solsystems brauchten.

„Das paßt zu Jarvis", stellte O.T. fest. „Er kennt den Transmitter, weil er in der Nähe des Pictorain-Kosmos steht."

Der Taxi-Gleiter landete etwa fünfhundert Meter vom Pavillon entfernt, und Korexxon stieg aus. Mit wenigen Schritten erreichte er einen breiten Boulevard, der dirckt zur Südspitze führte. Auf ihm promenierten Vertreter vieler galaktischer Völker. Zwei junge Arkonidinnen flochten sich mechanische Schmetterlinge ins lange, weiße Haar, Korexxon sah für einen Augenblick ihre rotschimmernde Iris; hagere Aras marschierten in einer Reihe hintereinander und pfiffen gemeinsam einen Swing, drei Cheborparner hatten einen plastischen Stadtplan New Yorks in der Luft entfaltet; er schwebte, leicht vom Wind bewegt, während sein integrierter Reiseführer gestikulierend zwischen den Modellgebäuden, die meist ein wenig niedriger waren als er selbst, auf und ab schritt; der Trichter des Kristallpalastes erstreckte sich bis in die Augenhöhe der drei Touristen vom Pspopta. Korexxon hörte den Reiseführer trotz der beträchtlichen Entfernung. Ein Haluter überragte die Menge und lutschte an einem verschwindend kleinen Fruchteis.

Luz Korexxon blickte auf sein Chronometer. Er hatte noch genügend Zeit, so daß er langsam und ohne auffällige Hast durch die Straßen gehen und sich dem Pavillon nähern konnte.

Zehn Minuten vor dem verabredeten Zeitpunkt erreichte er den Platz, auf dem der Pavillon mit dem Transmitter stand. Auch hier wimmelte es von Besuchern, so daß er genügend Deckung fand, um nahe an das gläserne Gebäude heranzugehen.

Bei einer Gruppe von Gebetshändlern blieb er stehen. Er konnte den Transmitter sehen, aus dem in schnellem Wechsel Reisende hervorkamen und in den anschließend andere hineingingen, um sich an ein fernes Ziel schicken zu lassen. Die Händler unterbreiteten ihm Ablaßbriefe, Schlafopfer für die Rote Kreatur der Industriespionage und digitale Mantras der Maschinengötter Coxsain & Taunton; Korexxon nahm eines der wispernden Medaillons prüfend in die Hand und blickte sich dabei um.

Er entdeckte zwei Polizisten in Zivil, die im Eingang zu einem Geschäftshaus standen und sich bemühten, unauffällig zu bleiben. Er kannte sie von früher, und er zog sich in die Deckung eines Wolkenbrunnens zurück, weil er fürchtete, von ihnen identifiziert zu werden.

Zwei Minuten vor der verabredeten Zeit betrat er den Pavillon. Zugleich bemerkte er, daß sich der Taxi-Gleiter mit O. T. aus den Häuserschluchten heranschob und etwa zehn Meter über dem Boden neben einer holographischen Darstellung des Solsystems verharrte.

Eine junge Frau kam Korexxon entgegen. Ein kleines Emblem an ihrem Hütchen zeigte an, daß sie als Managerin im Pavillon tätig war. Sie war bereits informiert.

„Ich habe ein Bild von dir gesehen. Es sieht dir nicht sehr ähnlich", begrüßte sie ihn.

„Kennwort: Samantha", sagte er. „Genügt das?"

„Vollkommen."

Die Managerin führte ihn zum Transmitter.

Wie von Geisterhand gesteuert, erschienen über dem Transportgerät einige Zahlen und Symbole in einem Holowürfel. Korexxon sah sie; plötzlich verschwammen sie vor seinen Augen und wurden unscharf. Er verspürte ein unangenehmes Pochen in seinem Nacken, und wie mit Spinnenfingern schien sich etwas durch seinen Kopf zu tasten.

Erbittert preßte er die Lippen zusammen. Ausgerechnet jetzt mußte der Biochip seine Machtansprüche anmelden!

Er stemmte sich ihm entgegen und versuchte, ihn zurückzudrängen, doch ein stechender Schmerz in seinem Kopf beeinträchtigte seine Konzentration.

„Was ist mit dir?" fragte die Managerin. „Stimmt etwas nicht?"

Stimmt etwas nicht? Diese Worte hallten in ihm wider.

Seine Blicke richteten sich auf die Zahlen und Symbole, und für einen kurzen Moment sah er sie gestochen scharf, wenngleich sie weit von ihm entfernt waren.

„Es ist alles in Ordnung“, antwortete er und fuhr sich mit dem Ärmel über die verschwitzte Stirn.

Nichts ist in Ordnung!

Der Chip streckte seine Fühler aus, versuchte die Macht über ihn zu gewinnen. Korexxon spürte, wie die Angst in ihm hochkroch, und er mußte daran denken, was O.T. gesagt hatte. Der Ertruser hatte ihn davor gewarnt, daß es seine Kräfte überstieg, gegen zwei Gegner gleichzeitig kämpfen zu müssen.

Er hat recht! Es ist nicht zu schaffen!

„Können wir weitergehen?“ fragte die Managerin. „Es tut mir leid, aber das Transmittersystem der Erde ist überlastet. Wir können uns keine unnötige Wartezeit leisten.“

„Ja, natürlich.“

Der Bioinformatiker bäumte sich gegen die aufstrebende Macht des Chips auf, und es gelang ihm jetzt überraschend leicht, sie niederzukämpfen.

„Der Transmitter ist bereit. Geh hinein!“

Plötzlich schien das Transportfeld transparent zu werden. Überraschenderweise eröffnete sich ihm ein völlig neues Blickfeld. Ihm war, als schrumpfe er auf Siganesengröße von wenigen Zentimetern und gleite in die Syntronik des Transmitters hinein. Dabei erkannte er, daß die Programmierung anders war, als sie sein sollte. Er konnte nicht entdecken, was sie verändert hatte, aber er erfaßte, daß die Manipulation ihn betraf.

„Also bitte!“

Die Worte schienen von sehr weit herzukommen, erreichten ihn, erzeugten ein vielfaches Echo in seinem Inneren.

Er schreckte auf und warf das Päckchen mit den Biochips und den wissenschaftlichen Informationen in das Transportfeld, während er selbst nicht folgte.

Die Managerin blickte ihn streng an. „Du hast Angst vor einem Transmitter? Dann hättest du uns die kostbare Zeit nicht stehlen sollen. Auf vielen Stationen stehen die Menschen Schlange und warten darauf, endlich weiterzukommen."

„Es tut mir leid", stammelte er, „aber es ging um das Päckchen. Nicht um mich."

Sie blickte kurz auf ihr Armbandgerät. „Du wartest auf eine Sendung?"

„In der Tat."

„Ich gebe dir zwei Minuten. Mehr kann ich nicht für dich tun."

Er sah ihr an, daß sie sich mit größter Mühe zu diesem Entgegenkommen durchgerungen hatte. Offenbar empfand sie Mitleid mit einem Mann, der sich einer so alltäglichen und so zuverlässigen Einrichtung wie einem Transmitter nicht anzuvertrauen wagte.

Von diesem Moment an löste Korexxon seine Blicke nicht mehr von dem schwarzen Energiefeld unter dem grünen Energiebogen. Um keinen Preis der Welt wollte er verpassen, wenn Ancarin aus dem schwarzen Transportfeld hervortrat.

Er wartete. Doch Ancarin kam nicht. Niemand kam.

Dann explodierte der Transmitter. Das schwarze Abstrahlfeld erstarrte, vereiste, zerbarst wie ein dunkler Spiegel. Die Energiesplitter jagten nach allen Seiten in den Raum, implodierten aber sofort in einem düsteren Feuerwerk von Blitzen.

Während im Pavillon schon eine Sirene zu heulen begann, flogen Korexxon, die Managerin und die übrigen Transmitterpassagiere, vom Druck sich explosionsartig ausbreitender Luft hinweggeschleudert, bis an die Außenwände des Pavillons. Korexxon schlug auf, blieb einen Moment benommen liegen und raffte sich wieder auf, um ins Freie zu flüchten. Niemand hielt ihn auf, denn aller Aufmerksamkeit richtete sich auf den Pavillon.

Doch dann reagierte die Managerin. „Eine Bombe!" kreischte sie. „Er hat den Transmitter gesprengt!"

Es war eine völlig unsinnige Behauptung. Wer einen Transmitter mit einer Bombe vernichten wollte, durfte diese auf keinen Fall in den grünen Energiebogen werfen, sondern mußte sie daneben an den Syntron und die Energieversorgung legen.

Doch daran dachte weder die Managerin noch einige andere, die sich in der Nähe aufhielten. Sie deuteten auf den flüchtenden Wissenschaftler und beschuldigten ihn der Tat.

Luz Korexxon rannte durch die Menge, bis sich ihm eine Reihe von Männern entgegenstellte. Zögernd blieb er stehen und blickte sich um. Es schien keinen Ausweg zu geben. Doch plötzlich flogen die Männer wie von Geisterhand bewegt auseinander, und dann tauchte das grinsende Gesicht von O. T. aus der Menge auf.

„Wie lange willst du eigentlich noch warten?" fragte der riesige Ertruser. Er zog Korexxon mit sich zu dem in der Nähe geparkten Gleitertaxi. „Eine Polizeistreife hat mich verjagt. Ich durfte leider nicht in der Nähe des Transmitters bleiben."

„Ancarin kommt nicht", rief der Wissenschaftler, während er in die Fahrkabine sprang. „Dieser gottverdammte Dreckskerl läßt sie nicht frei. Er hat uns betrogen. Jetzt hat er alles Material, das er wollte, und Ancarin als Trumpfkarte obendrein."

„Das wird er bereuen", drohte der Polizist, während er zu dem Bioinformatiker in die Taxe sprang. Er startete die Maschine und befahl ihr, zur Küste zu fliegen. „Wir holen deine Tochter heraus. Darauf kannst du dich verlassen."

„Ein klares Wort", entgegnete Korexxon. „Das hätte Pictorain nicht mit mir machen dürfen!"

„Ich wollte dem Transmitter die Daten entnehmen, um herauszufinden, wohin die Unterlagen und die Chips gesendet worden sind", berichtete der Polizist, „aber Pictorain ist mir zuvorgekommen. Er hat das Ding vernichtet, damit keine Spur bleibt, die zu ihm führt. Ich hätte damit rechnen müssen."

„Es wird weitere Anschläge geben", erkannte der Wissenschaftler. „Und jetzt hat Pictorain auch die A-Chips. Alles wird noch sehr viel schlimmer werden als zuvor."

Mitten in der Nacht spürte Korexxon den Chip erneut. Er fuhr aus dem Schlaf auf, und er hatte das Gefühl, daß sich ihm eine stählerne Klammer um den Hinterkopf gelegt hatte. Ihm war, als spürte er Finger, die sich von seinem Nacken aus auf der einen Seite in den Kopf und auf der anderen in seinen Brustkorb ausstreckten, um nach seinem Herzen zu tasten.

Als er aufstand, wurde ihm so übel, daß er sich nicht auf den Beinen halten konnte und sich sofort wieder hinlegen mußte.

„Was ist los?“ fragte Clarthyen schlaftrunken. Sie rückte ein wenig näher an ihn heran, so daß er die Wärme ihres unbekleideten Körpers spürte.

„Nichts weiter“, antwortete er leise. „Du brauchst dir keine Sorgen zu machen.“

Wenig später atmete sie ruhig und gleichmäßig. Sie war wieder eingeschlafen. Doch er konnte nicht mehr schlafen. Ihm war, als habe sich eine fremde Persönlichkeit bei ihm eingenistet, die nun in ihm herumwühlte und sich zu orientieren suchte.

Der Bioinformatiker entspannte sich und wehrte sich geistig gegen den Gast, um ihn in seine Schranken zu weisen. Erst als nach vielen Stunden der Morgen dämmerte, hatte er den Eindruck, daß es ihm gelungen war. Vorerst.

Er schlief kurz wieder ein, und als er aufwachte, war Clarthyen schon aufgestanden. Er ging aufs Klo, zog sich an und trat ins Frühstückszimmer, wo er eigentlich erwartete, seine Lebenspartnerin zu sehen.

Doch Clarthyen saß in ihrem Arbeitszimmer vor dem Syntron-Terminal, und die Kartanin war bei ihr. Mit unverhohlener Abneigung blickte Assyn-T’ria ihn an. Als der Bioinformatiker sich über Clarthyen beugte, um sie zu küssen, trat die Kartanin zur Seite. Ihre Oberlippe zog sich nach oben und entblößte die nadelspitzen Eckzähne.

Assyn-T’ria war nackt bis auf ein winziges Dreieck über ihrem Schoß. Der Stoff darüber war mit dem Abbild des Kopfes einer Raubkatze versehen, die drohend ihren Rachen öffnete und ihre messerscharfen Zähne zeigte – eine eindeutige Drohung für jeden Mann, der eventuell mit dem Gedanken spielte, dort einzudringen.

Korexxon blickte sie an. Er konnte sich nicht für sie begeistern, mußte jedoch zugeben, daß sie eine Figur hatte, die geeignet war, die Lust eines Mannes zu erregen. Wenn man auf Felidinnen stand ...

Sie zog die Oberlippe noch einmal hoch, und dann verließ sie den Raum.

„Vertraust du ihr?“ fragte er, während er beobachtete, wie Assyn-T’ria wenig später zu einem Taxi-Gleiter ging und startete. Sie hatte sich angezogen, trug einen feuerroten, hautengen Anzug und einen weißen, hüftlangen Umhang dazu.

„Sie ist eifersüchtig und unberechenbar, aber nicht hinterhältig.“ Die Anwältin löste das silbrig-blau schimmernde Haar von ihrem Hals und strich es zurück, so daß es ihr weit in den Rücken hinab fiel. Dann drehte sie es geschickt zusammen, damit sie es sich wieder um den Hals legen und vorn mit einer Spange fixieren konnte. „Sie wird dich nicht verraten. Sie weiß genau, daß sie danach bei mir verloren hätte. Und darauf läßt sie es nicht ankommen.“

„Mir läuft es kalt über den Rücken, wenn sie mich ansieht“, gab er zu. „Hoffentlich ist sie nicht diejenige, die meine Masken auffliegen läßt und Pictorain verrät, wo ich mich gerade aufhalte! Wir wollen hoffen, daß die Polizei hier nicht unversehens auftaucht – weil sie ihr einen Tip gegeben hat.“

„So was macht sie nicht.“ Clarthyen schien nicht im geringsten an der Kartanin zu zweifeln. „Da traue ich eher schon O. T. zu, daß er mit falschen Karten spielt.“

„Ich habe mich mit ihm ausgesprochen. Was zwischen uns war, haben wir ausgeräumt. Wir sind wieder die Freunde, die wir früher waren.“

„Und du glaubst ihm?“ Sie schüttelte lächelnd den Kopf. „Entschuldige, Luz, aber manchmal bist du wirklich naiv!“

Während sie miteinander redeten, hatte sie ihren Syntron im Auge behalten. Nun richtete sie sich überrascht auf, denn plötzlich lief eine Reihe von Namen durch den Holowürfel.

„Was ist das?“ rief sie. „Ich habe ihm nicht gesagt, daß er das tun soll.“

Korexxon fuhr sich mit dem Handrücken über den Mund. „Ich weiß nicht“, sagte er unsicher.

Sie fuhr herum. „Doch! Du weißt es genau. Du hast es veranlaßt. Wer sonst?"

Korexxon schüttelte ratlos den Kopf. Er setzte sich neben sie. Der Durchlauf war beendet, und nun war nur noch der Name von Morton O'Gnawlly zu sehen. Dazu erschien der kommentierende Text, den der Bioinformatiker schon vor vielen Jahren seinem Tagebuch eingegeben hatte. Den Text hatte Korexxon damals gesprochen, jetzt erschien er aber in einer Buchstabenfolge.

„Ich habe an O'Gnawlly gedacht", gab er zu. „Ich habe mich gefragt, ob Assyn-T'ria mit ihm gesprochen hat. Und da ging es los. Der Syntron begann zu arbeiten ..."

„Und dann?"

„Dann wollte ich, daß er aufhört. Er hat es getan. Er kann offenbar Gedanken lesen."

„Er kann nicht mehr, als er vorher konnte. Es geht von dir aus. Du hast deine Fähigkeiten erweitert!"

Korexxon erhob sich. Nachdenklich ging er hinaus, um im Frühstückszimmer ein wenig zu trinken und zu essen. Clarthyen folgte ihm. In der Tür blieb sie stehen. Ihre Augen waren dunkel, und die waagerechten Pupillenschlitze hatten sich fast vollständig geschlossen.

„Es ist der Chip in dir", stellte sie fest. „Mit seiner Hilfe kannst du den Syntron beeinflussen. Allein durch Gedankenkraft."

„Das mag sein", gab er unwillig zu.

Sie kam zu ihm, griff nach den Aufschlägen seines Morgenmantels und zog ihn zu sich heran.

„Wir müssen das Ding wieder entfernen", sagte sie beschwörend. „Wer weiß, was sich noch alles entwickelt! Zunächst mag das mit dem Syntron ja vorteilhaft sein, aber ich möchte, daß du der Mann bleibst, den ich liebe. Ich will keinen Mann, der sich so verändert, daß ich Angst vor ihm haben muß."

„Angst? Vor mir? Das brauchst du nicht", beteuerte er. „Ich habe mich voll unter Kontrolle. Sobald alles vorbei ist, kommt der Chip wieder raus. Versprochen. Außerdem ist es mit dem Syntron nicht so wild, wie es aussieht. Ich habe ihn beeinflußt, mag sein, aber es geschah unwissentlich und unbewußt. Ich habe es eben wieder versucht, gezielt, aber es hat nicht geklappt."

Die Anwältin ließ ihn los. „Es ist mir unheimlich, Luz", gestand sie leise. „Bitte, laß nicht zu, daß der Chip uns voneinander entfremdet. Bitte!"

Er zog sie an sich und küßte sie. „Niemals", versprach er. „Du kannst dich darauf verlassen."

Korexxon wandte sich seinem Frühstück zu. Sie hatte schon etwas zu sich genommen und wollte nichts mehr essen, doch sie setzte sich zu ihm, um mit ihm zu reden.

„Wie geht es weiter?" fragte sie.

Er war froh, daß sie ein anderes Thema anschlug, und er ging bereitwillig darauf ein. Während der Nacht hatte es immer wieder Pausen in seinem Kampf gegen den Biochip gegeben, in denen er wach gelegen und nachgedacht hatte. So hatte er nun keine Mühe, ihr eine Antwort zu geben.

„Aus meinem Tagebuch kennst du die Namen von mehreren Männern und Frauen, die vor vierzig Jahren damit zu tun hatten, daß Pictorain in die Anstalt eingewiesen und dort behandelt wurde. Sie alle und ihre Kinder könnten bedroht sein. Deshalb müssen wir sie warnen. Pictorain darf es nicht so leicht haben wie bisher, sich seine Opfer zu holen."

„Du hast recht. Das übernehme ich. Es wird einige Zeit in Anspruch nehmen."

„Aber wir haben nicht alle Namen", stellte er fest, während er sich anschickte, den Raum zu verlassen und sich anzuziehen. „Wir haben nur diejenigen, die in meinem Tagebuch stehen. Der Kreis der Betroffenen ist jedoch sehr viel größer. Deshalb müssen wir zum Jupitermond Callisto und zum OCCIPITAL. Dort wird man uns weitere Namen nennen können."

„Falls man uns empfängt!" gab sie zu bedenken.

Er lächelte, beugte sich über sie und küßte sie sanft auf die Wange.

„Aber, mein Kätzchen!" sagte er. „Dazu haben wir doch eine glänzende Anwältin. Sie ist ganz sicher in der Lage, uns einen

Termin beim Chefarzt zu besorgen. Oder bist du anderer Ansicht?“

Sie blickte ihn an und lachte. Ihre Augen funkelten wie pures Gold.

„Ich denke, wir können uns noch heute nach Callisto abstrahlen lassen“, antwortete sie. „Die berühmte Anwältin wird jedenfalls alles tun, um das zu erreichen.“

12.

OCCIPITAL lag unter einer flachen Kuppel aus Formenergie, die einen Durchmesser von fast fünf Kilometern hatte. Zahlreiche Gebäude gruppierten sich um den Hauptbau mit den Kranken- und Behandlungsräumen. Sie waren eingebettet in eine Parklandschaft. Künstliche Sonnen hingen über der Anlage und tauchten sie in ein warmes Licht. Gravo-Paks sorgten für eine Schwerkraft von einem Gravo, so daß der Körper schon bald das Gefühl verlor, nicht auf der Erde zu sein.

Allein der Blick zum Himmel, der durch die Energiekuppel nur wenig beeinträchtigt wurde, war völlig anders als auf dem dritten Planeten des Solsystems, denn hier füllte Jupiter nahezu siebzig Prozent des Himmelsgewölbes aus. Der größte Planet des Sonnensystems hatte den elffachen Durchmesser der Erde, und da er sich in weniger als zehn Stunden um seine Achse drehte – also in rasender Geschwindigkeit rotierte –, war er stark abgeplattet. Die Oberfläche war unter einer dichten Wolkendecke verborgen, die aufgrund der unvorstellbar hohen Windgeschwindigkeiten auf dem Planeten eine streifige Struktur aufwies.

Ein Roboter empfing Korexxon und seine Begleiterin in der Transmitterstation und führte sie wortlos zu einem Bungalow, der am Ufer eines kleinen Teichs lag. Papageien und Sittiche kauerten auf den Zweigen der Bäume und blickten neugierig auf die Besucher herab.

Am Eingang des Bungalows wartete eine kleine, rothaarige Frau auf sie. Abweisend stand sie in der Tür, musterte sie streng und ließ keinen Zweifel daran aufkommen, daß sie nicht willkommen waren.

„Doktor Onark hat leider noch zu tun“, eröffnete sie ihnen. „Er bittet euch, morgen in aller Frühe ...“

„Zu spät für uns“, unterbrach Clarthyen sie lächelnd. „Wir müssen rasch zurück; ich denke, wir lassen die Angelegenheit dann gerichtlich klären. Danke jedenfalls für deine Mühe.“

Clarthyen hatte nichts gegen Dr. Onark in der Hand, mit dem sie ihn hätte bloßstellen können, doch der Bluff wirkte. Die Rothaarige erbleichte und flüchtete geradezu in das Innere des Bungalows. Sekunden später kam sie wieder daraus hervor, schob sich an Korexxon und Clarthyen vorbei und eilte zum Krankenhaus hinüber, während Dr. Lakote Onark in der Tür erschien und seine Besucher mit einem unsicher wirkenden Lächeln ins Haus bat.

„Soviel lieben Besuch sind wir hier draußen nicht gewohnt", entschuldigte er das Verhalten der rothaarigen Frau. „Vor noch nicht einmal einer Stunde war schon jemand hier, der ebenfalls über Jarvis Pictorain sprechen wollte."

„Tatsächlich? Wer?" Die Anwältin ging an dem Psychiater vorbei und setzte sich unaufgefordert in einen der Sessel. Der Raum war modern, jedoch nicht mit überwiegend kalten Materialien eingerichtet und hatte eine angenehm freundliche Atmosphäre.

Ein Roboter in Butlerlivree servierte Tee. Eine Standuhr mit zwei Zifferblättern zeigte Callisto-Zeit und Terrania-Standard.

„Staatsanwalt Morton O'Gnawlly", antwortete er.

Überrascht blickten Clarthyen und Korexxon sich an. Damit hatten sie nicht gerechnet. Offenbar untersuchte der Staatsanwalt den Fall doch nicht so einseitig, wie sie befürchtet hatten.

„Du bist Luz Korexxon", stellte der Chefarzt fest, nachdem er dem Wissenschaftler prüfend ins Gesicht gesehen hatte. „Die Polizei fahndet nach dir. O'Gnawlly sagt, daß du einen Transmitter gesprengt hast."

„Ich reise nicht mit Terroristen", erklärte ihm die Anwältin. Sie hielt sich nicht mehr mit den Vorwürfen auf, die gegen Korexxon erhoben wurden, sondern unterrichtete Onark von den Verdachtsmomenten, die sich gegen Jarvis Pictorain ergeben hatten. Sie war so überzeugend, daß der Arzt darauf verzichtete, Jupitpol zu verständigen.

„Was wollt ihr von mir?" fragte er.

„Wir müssen alles über den Patienten Pictorain wissen", antwortete sie.

„Verfluchter Abadak", murmelte er und bat sich eine Bedenkzeit aus. Er verließ den Raum nicht, stellte sich jedoch ans Fenster, wandte ihnen dabei den Rücken zu und blickte auf den Teich hinaus. Er schwankte leicht, als ob er getrunken hätte, fing sich jedoch nach einiger Zeit.

Clarthyen hatte sich eingehend über ihn informiert und Korexxon alles gesagt, was sie herausgefunden hatte.

Dr. Onark war ein Opfer der Bestimmungen, die sein Urgroßvater in seinem Testament hinterlassen hatte. Danach durfte niemand, der an seinem reichen Erbe teilhaben wollte, genetische Manipulationen an sich vornehmen lassen. Er war der Ansicht gewesen, daß sich die Unsterblichkeit des Menschen in seinen Genen manifestierte. Die Unsterblichkeit der Seele, von der die Religionen sprachen, ließ sich nicht beweisen, wohl aber jene der Gene, die sich seit Urzeiten von Generation zu Generation fortpflanzten. Sie zu verändern bedeutete aus der Sicht des Urgroßvaters von Onark, sich an der Schöpfung zu vergehen.

Onark hatte mit einer Kreislaufschwäche zu kämpfen, die sich besonders dann bemerkbar machte, wenn er gelegen und geruht hatte. Danach taumelte er oft unkontrolliert wie ein Betrunkener und brauchte einige Minuten, um seinen Kreislauf zu stabilisieren.

Mit einer Gen-Manipulation hätte man diese Schwäche mühelos beseitigen können, doch dann hätte Onark auf sehr viel Geld verzichten müssen. Also nahm er die Schwäche hin, verfluchte seinen Urgroßvater Abadak aber bei jeder sich bietenden Gelegenheit.

„Also gut", sagte er, als er sich seinen Besuchern wieder zuwandte. Er hatte einen tiefbraunen Teint, blaue Augen und schütteres, schwarzes Haar mit grauen Schläfen. Seine Stirn zog sich so hoch hinauf, daß es nicht übertrieben war, von einer Halbglatze zu sprechen. „Ich erzähle euch alles, was nicht unter die ärztliche Schweigepflicht fällt."

„Das genügt uns", entgegnete Clarthyen.

Nun entwickelte sich ein langes Gespräch, bei dem der Psychiater schließlich preisgab, daß Jarvis Pictorain häufig Auseinandersetzungen mit dem Personal der Klinik gehabt hatte. Anlaß war meist ein kleiner, weißer Vogel gewesen, den Pictorain ständig um sich gehabt, den er sehr geliebt und den er Unkas gerufen hatte.

„Ich selbst habe es nicht erlebt, aber ich habe es aus den Aufzeichnungen“, erzählte der Arzt. „Der Vogel ist schließlich durch ein Versehen unserer Mitarbeiterin Eliz Loran eingegangen. Für Pictorain war der Tod des Tieres eine Tragödie. Unser Assistenzarzt Karek Darkisk, ein Ertruser, hat Pictorain ermöglicht, den Vogel aus der Klinik in einen versteckten Winkel des Parks zu bringen. Dort hat Pictorain den Vogel begraben.“

„Und was ist das Besondere daran?“ fragte Korexxon. „Ich verstehe den Zusammenhang nicht ganz.“

„Darkisk hat Pictorain häufig nach draußen begleitet. Er hat es vor allem immer dann getan, wenn der Aufenthalt in der Klinik unerträglich für Pictorain geworden war. Dann hat der Patient Ruhe und Entspannung bei einer Hütte im Wald gesucht, die er Unkas' Grab nannte.“ Der Arzt ging nicht auf die Frage des Bioinformatikers ein.

„Und warum ist Pictorain schließlich entlassen worden?“ erkundigte Clarthyen sich.

Dr. Onark ließ sich sehr viel Zeit mit seiner Antwort. Wieder stellte er sich ans Fenster, rührte im Tee und überlegte, und als er endlich Auskunft gab, war er sehr vorsichtig, wägte jedes Wort ab, um nichts zu sagen, was später womöglich zu einer Schadensersatzklage führen konnte. Er erklärte, daß er vor drei Jahren zum Leiter der Klinik ernannt worden war und sich danach mit jedem einzelnen Patienten ausgiebig befaßt habe. Bei Pictorain sei er zu der Überzeugung gekommen, daß er längst geheilt sei, und er habe ihn als eine seiner ersten Anordnungen als Chefarzt entlassen.

Er deutete an, daß er das Verhalten seines verstorbenen Vorgängers – Pictorain länger als notwendig in der Klinik zu behalten – für einen schweren Fehler hielt, und er ließ vorsichtig durchblicken, daß es in dieser Hinsicht intern noch einiges zu klären gab.

Clarthyen war nahe daran, ihm vorzuwerfen, daß er einen schweren Fehler bei seiner Diagnose gemacht habe, da Pictorain sich nicht wie ein normaler Mensch verhalte, sondern wie ein Geisteskranker, und einen Mordanschlag nach dem anderen verübe. Doch sie biß sich auf die Lippen und schwieg, weil sie fürchtete, daß Dr. Onark sich danach nicht mehr weiter zu Pictorain äußern würde.

Ihr fiel eine Zeichnung an der Wand auf. Sie ähnelte verblüffend den Amuletten, die von den mit Bomben präparierten Kindern getragen wurden – dem *Schmetterling*. Sie machte Korexxon darauf aufmerksam.

„Was ist das?" fragte er, wobei er Dr. Lakote Onark angespannt beobachtete.

Das Bild schien ihm ein wichtiges Indiz zu sein. Verbarg der Psychiater etwas vor ihnen? Hatte er womöglich mit dem Fall zu tun?

Ausgeschlossen war es nicht, befand der Wissenschaftler. Im OCCIPITAL fanden Transmitterversuche statt, über die man lange Zeit den Mantel des Schweigens gehängt hatte. Erst in letzter Zeit war einiges darüber in den wissenschaftlichen Publikationen veröffentlicht worden. Die Experimente hatten vor allem die Proteste jener hervorgerufen, die im Menschen mehr sahen als eine Maschine, die sich aus einer bestimmten Anzahl von austauschbaren biologischen Bausteinen zusammensetzte.

Doch welches Motiv sollte er dafür haben?

„Diese Zeichnung gehört zu einem Zyklus von Rorschach-Bildern, die wir psychisch Kranken vorlegen", erläuterte er, „und von denen sie sagen müssen, was sie darin erkennen. Für dich ist es ein Schmetterling, für andere aber keineswegs. Wir können aus den Antworten unsere Schlüsse für die Diagnose ziehen."

Korexxon wechselte einen kurzen Blick mit Clarthyen. „Was ist mit der Hütte im Wald?" fragte er. „Können wir sie sehen?"

„Das ist nicht möglich“, antwortete der Arzt. „Jarvis Pictorain hat jenen Teil des Parks gekauft, in dem sich die Hütte befindet, und als Privatbesitz deklariert. In den vergangenen drei Jahren ist er einige Male dort gewesen. Ich weiß nicht, was er dort gesucht hat.“

Die rothaarige Frau kam herein und ging zum Arbeitstisch von Dr. Onark, um dort einige Papiere abzeichnen zu lassen. Korexxon beobachtete sie, und er hatte den Eindruck, daß sie die Ohren spitzte, um sich nichts entgehen zu lassen, was im Raum besprochen wurde. Er stellte eine weitere Frage zur Hütte, erwähnte den Begriff Unkas' Grab und fügte dann hinzu, das alles sei nicht so wichtig, und er habe nun genügend erfahren.

„Es sollte mich freuen, wenn ich euch wirklich geholfen habe“, sagte der Klinikleiter, erhob sich und ging zur Tür, um damit deutlich zu machen, daß die Unterredung beendet war und daß er nun keine Zeit mehr für seine Besucher hatte. „Jarvis Pictorain wurde als geheilt entlassen, und ich glaube nicht, daß er einen Rückfall erlitten hat.“

„Dürfen wir uns im Park noch ein wenig umsehen?“ fragte Clarthyen.

Der Arzt hatte nichts dagegen einzuwenden.

„Der Bereich um Unkas' Grab herum ist privates Gelände. Respektiert das bitte“, forderte er. „Pictorain hat es entsprechend gesichert, damit sich niemand darauf verirrt.“

Während der Arzt in die Klinikräume eilte, schlenderten Korexxon und die Anwältin durch die Parkanlagen. Es war ein eigenartiges Gefühl für sie, den sich mächtig wölbenden Jupiter über sich zu sehen, da der Eindruck entstand, daß er sich Callisto näherte und auf sie herabstürzen werde.

Die beiden Monde Europa und Ganymed zeichneten sich deutlich gegen den tiefschwarzen Hintergrund ab, der übersät war mit Sternen. Da es so gut wie keine Luftbrechung gab, erschien jeder einzelne Lichtpunkt klar umrissen. Drei Raumschiffe glitten von Io kommend über sie hinweg. Zwei Kugelraumer eskortierten einen Quattro-Diskus, der wohl vom Forum Raglund kam. Mit solcher Klarheit und Deutlichkeit hatte Korexxon Raumschiffe, die sich im Weltraum bewegten, von der Erde aus niemals beobachten können. Ungetrübter Himmel, Sichtverbesserung durch den Chip, oder hatte der freundliche Dr. Onark ihm etwas Gutes in den Tee getan?

Korexxon konnte sogar beleuchtete Sichtluken und vereinzelte Aufbauten an den Raumschiffen ausmachen. Die vielfarbig leuchtenden Gasstreifen des Planeten Jupiter, die Raumschiffe im Vordergrund und die Sterne im Hintergrund verliehen ein nie zuvor gekanntes Gefühl der Tiefe des Weltraums.

„Was hältst du von Doktor Onark?“ fragte Clarthyen, nachdem die Raumschiffe hinter dem stark gekrümmten Horizont des Jupiter-mondes verschwunden waren.

„Er ist nicht aufrichtig“, erwiderte er spontan. „Er verbirgt etwas vor uns.“

„Das Gefühl habe ich auch.“

Hin und wieder begegneten ihnen Frauen und Männer, die in der Klinik arbeiteten. Einige führten Patienten aus, redeten mit ihnen und machten sie auf die Schönheiten der künstlich angelegten Parklandschaft mit ihren vielen Blumen und den zahllosen Vögeln aufmerksam.

Clarthyen blieb vor einem metallenen Schild stehen, das mitten auf einem Kiesweg angebracht worden war. „Zutritt verboten! Privatgelände!“

„Gehen wir weiter?“ fragte sie.

„Klar“, sagte er. „Ich will Unkas’ Grab sehen.“

*

„Er ist auf dem Weg zu Unkas’ Grab“, berichtete Dr. Lakote Onark.

Seine Hände zitterten leicht unter der Anspannung, unter der er stand. Obwohl im Holo-Display nichts als eine grüne Fläche zu sehen war, richtete er seine Blicke dorthin.

„Wie lange wird er dort bleiben?“ Die Frage kam kurz und knapp.

„Das kann niemand wissen. Er wird bald auf Hindernisse stoßen. Wenn er sie überwindet, bleibt er für einige Stunden dort.“

„Ausgezeichnet.“

„Sie sind mit dem Transmitter gekommen.“

„Womit sonst?“ Die geheimnisvolle Persönlichkeit, die sich hinter dem Grün verbarg, lachte fröhlich.

„Natürlich.“ Dr. Onark schluckte mühsam. „Ich wollte damit nur sagen, daß ich seine Transmitterdaten gespeichert habe und dir überspielen kann.“

„Prima.“

„Sobald du die Daten hast, kannst du sie mit den Daten abstimmen, die ich dir ebenfalls übergeben habe. In ihnen ist die energetische Struktur von Korexxon enthalten, wie sie vor 38 Jahren von einem Transmitter aufgezeichnet worden ist.“

„Und was ist so wichtig daran?“

„Damals war Korexxon schwer erkrankt. Er hatte einen malignen Gehirntumor, der erst im allerletzten Moment entfernt werden konnte. Er wäre beinahe daran gestorben.“

„Ich verstehe.“

„Wenn du die Transmitterdaten von damals in die von heute integrierst, wird er auf der Erde mit dem Tumor aus dem Transmitter treten.“

„Wieviel Zeit bleibt ihm dann noch?“

„Ich habe in den Unterlagen nachgesehen. Damals wußte er von dem Tumor und konnte sich rechtzeitig behandeln lassen. Dieses Mal weiß er nichts davon. Außerdem ist das Tumorimplantat überaktiviert. Nach einigen Stunden wird selbst unsere moderne Medizin Korexxon nicht mehr helfen können.“

„Ausgezeichnete Arbeit, Doktor!“

„Danach will ich endlich meine Ruhe!“

„Wer will das nicht? Ich halte mein Wort. Niemand wird erfahren, daß du deine dir anvertraute Patientin Calast Cül so lieb gehabt hast, daß sie an lauter Liebe gestorben ist. Oder hat die

Polizei deinen mysteriösen Einbrecher mittlerweile erwischt? Weiß sie, was wir beide wissen, daß es noch eine andere Möglichkeit gibt?"

„Es gibt immer andere Möglichkeiten."

Die Stimme aus dem Grün wurde ein wenig heller, und ein unbeschwertes Lachen klang aus den Lautsprechern. Aus dem Grün bildete sich der Kopf einer Menschenfrau. Sie hatte weiche Gesichtszüge, und ihre Augen waren blicklos. Wirr hing ihr das Haar ins Gesicht. Der Arzt preßte die bebenden Lippen zusammen. In der Holographie erkannte er das Gesicht einer Patientin, die ihm zum Opfer gefallen war.

„Weißt du, Lakote, es kommt mir sehr entgegen, daß die Menschen sexuell so verschwiegen sind. Sie fürchten sich davor, daß ihre kleinen Geheimnisse aufgedeckt werden! Ich könnte kaum jemanden dazu überreden, mir einen Freundschaftsdienst zu erweisen, wenn alle sexuellen Spielarten als natürlich angesehen werden würden – was sie ja auch sind. Die Natur hat diese Anlagen geschaffen, also können sie nicht unnatürlich sein! Das wäre ein Widerspruch in sich! Allerdings – dieses äußerst eigenwillige Doktorspiel mit Calast Cül, diese vaginale Schmerztherapie ..."

„Es reicht!"

„Schon gut, mein Freund. Ich brauche zwei Stunden für meine Vorbereitungen. Hast du verstanden? Korexxon darf auf keinen Fall vor Ablauf von zwei Stunden zur Erde zurückkehren."

„Ich werde ihn aufhalten", versprach der Psychiater. „Du kannst dich auf mich verlassen, wenn ..."

„Aber klar doch", versprach die Stimme aus dem Grün. „Danach werde ich dich in Ruhe lassen, und niemand wird je erfahren, wie du deine Patientinnen gelegentlich behandelst. Also, Schwamm drüber, gib mir, was ich will, mein Schatz, und danach kannst du deine kleinen geilen Spielchen treiben, ohne daß ich hinschaue. Viel Spaß dabei! Und vergiß nicht: wenigstens zwei Stunden!"

Das Grün erlosch.

„Das Ding hat recht“, vernahm Dr. Lakote eine spöttisch klingende Stimme hinter sich. Erschrocken fuhr er herum, und dann wich die Farbe aus seinem Gesicht. Vor ihm stand seine rothaarige Assistentin Araiya-Na. „Auch deine Vorlieben sind ganz natürlich. Trotzdem sollte so etwas selbstverständlich nicht der Öffentlichkeit bekannt werden!“

„Wie kommst du hier herein?“ stammelte er.

„Spielt das eine Rolle?“ Lächelnd setzte sie sich ihm gegenüber und schlug die Beine aufreizend langsam übereinander, wobei sie ihm einen tiefen Blick unter ihren kurzen Rock gönnte. „Wir wollten doch schon lange über eine deutliche Verbesserung meiner Position reden. Richtig?“

„Ich erinnere mich nicht daran.“

„Macht nichts“, gab sie sich großzügig. „Fangen wir eben jetzt damit an ...“

„Verfluchter Abadak!“

„Aber wieso denn? Der Alte wollte keine Gen-Manipulation, und damit hat er ja auch recht, denn die ist *unnatürlich.* Die Anlagen, die du hast, sind ganz *natürlich,* auch wenn wir beide sie nicht mögen. Irgendwie ist alles verdreht, nicht wahr?“

Sie lachte ihm ins Gesicht; er starrte auf ihre Beine und wußte, daß er ihre Position verbessern würde.

„Wir haben Zeit genug“, sagte Korexxon. „Wir können in aller Ruhe vorgehen.“

Sie ignorierten das Metallschild und betraten den Kiesweg, der in einen Wald aus relativ jungen Bäumen führte. Die größten unter ihnen erreichten eine Höhe von wenigen Metern. Büsche und Farne bildeten ein dichtes Unterholz, so daß der Boden an nur wenigen Stellen zu sehen war. Ein Schwarm von buntgefiederten Papageien fiel in den Wald ein und verschwand im Geäst der Bäume.

Der Wissenschaftler und die junge Frau an seiner Seite kamen dagegen nicht so weit. Schon nach wenigen Schritten versperrte ihnen ein unsichtbares Prallfeld den Weg. Clarthyen traf so überraschend auf das Hindernis, daß sie beinahe gefallen wäre. Der Bioinformatiker fing sie auf.

„Hoppla!"

Sie schüttelte verärgert den Kopf. „Scheiße! Wir sind am Ende und haben diese Hütte noch nicht einmal gesehen."

„Abwarten!" Er streckte die Arme aus, und seine Hände glitten an dem Energiefeld hoch. Er tastete sich höher und höher, stellte sich schließlich gar auf die Zehenspitzen, konnte jedoch nirgendwo eine Lücke entdecken.

„Was soll das?" fragte sie. „Laß uns lieber umkehren. Wir kommen ja doch nicht weiter."

Er bückte sich, nahm eine Handvoll Kies auf und warf die Steinchen gegen das Energiefeld. Sie prallten davon ab, doch als er den Versuch wiederholte und höher warf, flogen sie über das unsichtbare Hindernis hinweg.

„Die Wand ist nur etwa drei Meter hoch", stellte er fest. „Ich wußte es. Die Vögel sind darüber hinweggeflogen."

„Immer noch zu hoch für uns."

Er lächelte still und schritt am Prallfeld entlang, bis er einen Baum erreichte, dessen Äste über das Hindernis hinwegragten. Er kletterte in die Höhe, glitt auf dem Ast entlang und überquerte die unsichtbare Mauer.

„Pictorain ist bekanntlich ein sehr sparsamer Mann. Er verschwendet nicht mehr Energie als unbedingt nötig, um die Patienten der Psychiatrie von seinem Heiligtum fernzuhalten. Nun komm schon!"

Sie stieg in den Baum und folgte ihm. Der Ast bog sich unter der Last der beiden weit hinab, so daß sie sich gefahrlos auf der anderen Seite der Energiemauer auf den Boden hinabfallen lassen konnten.

„Na also", lächelte Korexxon, während sie durch das Unterholz gingen. „Es gibt doch immer wieder einen Weg ..."

Sie faßten sich bei den Händen, er ging voraus. Weitere Hindernisse schienen sie nicht aufzuhalten. Sie drangen weiter und weiter in den Wald vor, wichen allzu dichtem Gestrüpp, sumpfigen Stellen, Felsen oder einem kleinen Weiher aus, hatten das Gefühl, ihr Ziel schon bald zu erreichen – und standen plötzlich wieder vor dem Kiesweg, über den sie gekommen waren.

„Was ist das?" fragte Clarthyen verblüfft. „Wir sind nicht im Kreis gelaufen. Das weiß ich genau. Ich habe darauf geachtet."

„Wir haben uns getäuscht", stellte er fest. „Dieses Mal passen wir besser auf."

Sie wandten sich um und gingen erneut in den Wald. Dabei blickten sie immer wieder zum Himmel hinauf, wo Jupiter als riesige Kugel hing und sie zu erdrücken drohte. Sie orientierten sich an dem roten Fleck, der den Riesenplaneten charakterisierte, und vergewisserten sich auf diese Weise, daß sie nicht vom Kurs abwichen.

Dennoch standen sie bald darauf wieder an derselben Stelle auf dem Kiesweg. Sie konnten das Schild sehen, auf dem *Privat* stand. Dahinter erhoben sich die Gebäude der Klinik.

„Seine Tricks sind perfekt. Er führt uns ständig in die Irre", sagte Korexxon. „Wahrscheinlich täuscht er uns mit Hilfe von holographischen Projektionen. Ohne entsprechende technische Ausrüstung kommen wir nicht weiter – oder wir müssen jeden einzelnen Baum abtasten, um zu prüfen, ob er echt ist oder nur ein Trugbild."

Sie blickte auf ihr Chronometer. „Wir versuchen es seit beinahe anderthalb Stunden. Ich bin dafür, daß wir abbrechen."

Sie schritten den Kiesweg entlang, und sie konnten die unsichtbare Mauer passieren, ohne auf den geringsten Widerstand zu stoßen. Sie stellte nur in einer Richtung ein Hindernis dar.

Als sie sich der Kuppel mit dem Transmitter näherten, kam ihnen Dr. Lakote Onark entgegen. Sein Gesicht war gerötet, und er wich ihren Blicken aus. Korexxon spürte den Händedruck von Clarthyen, und er wußte, daß sie sich ebenso wie er fragte, warum der Chefarzt so nervös war.

„Habt ihr noch etwas Zeit?" fragte der Psychiater. „Natürlich unterliege ich der ärztlichen Schweigepflicht, aber ich denke, daß ich euch doch noch einiges über Pictorain verraten kann. Ich habe mir seine Akte angesehen und ..."

„Nein", unterbrach ihn der Bioinformatiker.

Er sah den grünen Energiebogen des Transmitters vor sich, und zugleich spürte er den Biochip in seinem Nacken. Ihm war, als öffnete sich ihm ein Fenster, durch das er in eine surrealistisch gestaltete Welt sehen konnte. Mitten in einer bizarren Landschaft mit traumatisch verformten Bäumen, Blumen und Tieren bewegte sich der Transmitter wie auf einem unsichtbaren Antigravkissen. Zunächst hatte er den Eindruck, daß sich der grüne Energiebogen immer weiter von ihm entfernte, dann aber erkannte er, daß er sich getäuscht hatte. Der Transmitter schloß sich. Er wurde immer kleiner, und er drohte ganz zu verschwinden.

Einem spontanen Gedanken folgend, packte Korexxon die Hand seiner Lebensgefährtin fester, und während Dr. Onarks Stimme lauter und schriller wurde, rannte er mit ihr auf den Transmitter zu. Zahlen und Symbole zeigten ihm an, daß er noch immer auf eine Gegenstation in Boston justiert war. Von dort waren sie gestartet.

„So bleibt doch!" schrie der Psychiater hinter ihnen. „Nur noch ein paar Minuten! Darauf kommt es doch wirklich nicht an ...!"

Sie stürzten sich in den grünen Energiebogen, verwandelten sich in einer kaum noch meßbar kurzen Zeit in Energie und wurden als hyperphysikalische Impulswellen an die Erde abgestrahlt, um dort von Hochgeschwindigkeitssyntroniken in Fleisch und Blut zurückverwandelt zu werden.

Hand in Hand traten sie aus dem Transmitterfeld hervor.

13.

Er wurde erst aufmerksam, als Clarthyen schneller und lauter atmete als zuvor, und er sah ihren Schatten, der im Licht der untergehenden Sonne rot erschien und sich eigentümlich an der Wand der Dachterrasse bewegte. Ein Vogel war über ihrem Kopf.

Korexxon sprang auf, ergriff ein Kissen und eilte durch die Tür nach draußen, wo die Anwältin ihre Arme schützend über den Kopf hielt und den angreifenden Vogel abzuwehren versuchte. Es war ein kleiner, weißer Vogel mit dunklen Augen.

Mit einer kraftvollen Bewegung schleuderte er das Kissen gegen das flatternde Etwas, traf es und warf es gegen die Wand. Es fiel auf den Boden herab, wobei es wild mit den Flügeln schlug und die Balance wiederzugewinnen suchte.

Korexxon trat zu. Er hörte es krachen, und er spürte, wie der winzige Körper unter dem Druck nachgab. Für einen kurzen Moment glaubte er, ein lebendes Wesen zerquetscht zu haben, doch als er den Fuß zurückzog, sah er Blitze aus dem weißen Gefieder zucken, und syntronische Bauteile fielen aus einem Spalt in der Brust heraus.

Der weiße Vogel war ein Roboter gewesen. Er hatte nichts anderes erwartet. Er legte den Arm um Clarthyen und zog sie sanft an sich. Sie zitterte am ganzen Körper.

„Wir sind in einer Wohnung, die mir nicht gehört und in der ich vorher noch nie war“, sagte sie. „Wieso ist der Vogel hier? Wieso wußte er, wo wir sind? Jemand muß es verraten haben. Aber wer? Wir haben es niemandem erzählt.“

Korexxon schloß die Tür. „Jemand muß uns vom Transmitter hierher gefolgt sein.“

„Wer? Die Polizei? Die Leute von Pictorain?“

„Ich tippe auf Pictorain.“

„Du hast recht. Wenn die Polizei wüßte, wo du bist, würde sie dich nicht mit weißen Vögelchen jagen, sondern verhaften.“

„Vielleicht versucht sie es ja. Sie könnte zu uns unterwegs sein.“ Ihm wurde bewußt, daß sie einen Fehler gemacht hatten.

„Wir haben die Wohnung über Syntron angemietet. Das hat uns verraten. Wir verschwinden. Sofort.“

Sie erkannte, daß er die einzig mögliche Antwort gegeben hatte. Der Umgang mit dem allgegenwärtigen Syntron war ihnen so selbstverständlich geworden wie das Atmen. Auf Schritt und Tritt wurden sie vom Syntron begleitet und waren durch ihn stets mit NATHAN verbunden. Wenn jemand wie Pictorain Zugang zu den gesperrten Speichereinheiten gefunden hatte, obwohl dies sonst als absolut unmöglich angesehen wurde, dann war davon auszugehen, daß er sie auch über Syntron überwachen konnte. Sobald sie irgendwo mit einem dieser Geräte Kontakt aufnahmen, ging vermutlich ein Signal an ihn, das ihm verriet, wo sie sich zur Zeit gerade aufhielten.

Totales Umdenken war gefordert. Sie mußten versuchen, die Syntrons vor allem dort zu meiden, wo sie mit NATHAN verbunden waren.

Sie räumten die wenigen Dinge zusammen, die ihnen gehörten, und verließen die Wohnung. Mittlerweile war die Sonne untergegangen, überall leuchtete Licht im Inneren der Häuser auf, und an den Fassaden zankten sich die Lichtreklamen. Blitzend, rhythmisch flackernd tastete sich die Helligkeit bis in die letzten Winkel vor, duldete keine dunklen Ecken, holte selbst die wenigen Abfälle ein, die von emsig umhereilenden Mini-Robotern eingesammelt und zu winzigen Würfeln zusammengepreßt wurden, gönnte keinem Liebespärchen den verdienten Schatten.

Korexxon und die Anwältin sanken im Antigravschacht bis ins Erdgeschoß des Hochhauses hinab und sahen sich dem Lichtermeer in den Straßenschluchten gegenüber.

Als sie durch die Tür hinausgehen wollte, griff er nach ihrem Arm, hielt sie fest und drehte sie zur Seite. Mit zwei, drei Schritten war er hinter einer Säule, blieb dort kurz wartend stehen, um sie dann zum Antigravlift zu führen. Zusammen mit ihr sank er weiter in die Tiefe.

„Was ist los?“ wisperte sie.

„Assyn-T’ria. Sie war da draußen.“

„Bist du sicher?“

„Absolut.“

„Es gibt erstaunlich viele Kartanin auf der Erde. Allein in New York haben sie drei Clubs, in denen sie sich treffen.“

„Assyn-T’ria würde ich unter Tausenden auf Anhieb herausfinden.“

Ihre Blicke verrieten Zweifel.

„Sie schwenkt den Arsch wie keine andere!“ fügte er hinzu.

„Ja, wenn das so ist!“ Clarthyen verdrehte die Augen. „Wieso interessiert dich eigentlich ihr Arsch?“

„Er ist hübscher als ihr Gesicht. Und im Gegensatz dazu hat er zwei ganz reizende Grübchen!“

„Du spinnst. Assyn-T’ria ist eine ausgesprochen schöne Frau.“ Sie lachte, denn sie wußte, daß er sie mit seiner Bemerkung nur provozieren wollte. Doch sie war nicht eifersüchtig, und sie wußte, daß er sich nicht ernsthaft für die Kartanin interessierte.

Sie verließen den Schacht und schoben sich durch die Menschenmenge, die sich in einer unterirdischen Passage mit zahlreichen Gourmet-Ständen drängte. Es gab nicht nur kulinarische Köstlichkeiten aus allen Teilen der Galaxis zu kaufen, man konnte sie auch an Ort und Stelle probieren.

„Halb New York scheint sich hier zum Fressen und Saufen versammelt zu haben“, stöhnte er.

„Gut für uns“, meinte sie. „Unter diesen Umständen achtet kaum jemand auf uns.“

An einem Stand, an dem es meyrothische Muscheln gab, blieb er stehen. Er konnte dem Duft der Köstlichkeit nicht widerstehen und wollte bereits eine Bestellung aufgeben. Sie hielt ihn zurück.

„So was sollte einem ehemaligen Polizisten wirklich nicht passieren“, tadelte sie ihn. „Wenn du zahlst, wissen die Syntrons sofort, wo du bist, und keine zwei Minuten später ist der Bezirk abgesperrt. Danach dauert es höchstens noch vier Minuten, bis du hinter Gittern gelandet bist.“

„Du hast recht. Es ist zu lange her, daß ich bei der Polizei war. Ich habe fast alles vergessen, was ich dort gelernt habe“, stöhnte er und ging mit einem entsagenden Blick auf die Muscheln weiter. „Verdammt, wann ist dieser Alptraum endlich vorbei?“

Der Bioinformatiker blieb erneut stehen.

„Findest du es nicht seltsam, daß Assyn-T'ria in der Nähe der Wohnung war?“ fragte er.

„Und ob! Mich wundert, daß du so lange gebraucht hast, bis es dir aufgefallen ist. Aber wahrscheinlich waren deine Gedanken die ganze Zeit über bei ihrem schwungvollen Hintern!“

„Bei nächster Gelegenheit werde ich ihr mal kräftig dreintreten“, kündigte er an. „Vielleicht hört sie dann auf, uns nachzuspionieren.“

Clarthyen schüttelte nachdenklich den Kopf. „Sie spioniert nicht“, behauptete sie. „Ich kenne sie genau, und ich bin sicher, daß ich mich nicht in ihr täusche. Ihre Anwesenheit muß einen anderen Grund gehabt haben.“

„Bei aller Freundschaft – das kann ich mir nun wirklich nicht vorstellen!“

„Luz! Assyn-T'ria ist eine wundervolle Freundin. Ich vertraue ihr voll und ganz. Ich habe sie einige Male auf die Probe gestellt und weiß, daß ich mich auf sie verlassen kann. Vielleicht wäre es besser gewesen, sie ganz offen zu fragen.“

Sie erreichten eine Station der Röhrenbahn, waren versucht, damit für einige Zeit aus der Stadt zu verschwinden, und zuckten dann doch zurück, weil sie das Transportmittel nur mit Hilfe eines syntronischen Chips hätten benutzen können. Der Stationssyntron hätte ihre Anwesenheit registriert und möglicherweise sofort an die Polizei weitergemeldet.

Korexxon fluchte anhaltend. „Ich habe irgendwo gehört, daß es früher einmal anonymes Geld gegeben hat“, sagte er. „Man kann es sich kaum vorstellen, aber es soll tatsächlich so gewesen sein, daß man etwas bezahlen konnte, ohne gleichzeitig seine Identität preiszugeben.“

„Machst du Witze? Das muß in der Steinzeit gewesen sein.“

Sie verließen die Ladenstraße und schwebten in einem Antigravschacht nach oben. Über Laufbänder wechselten sie zu anderen Gebäuden über, bis sie die kleine Wohnung im Herzen von Manhattan erreichten, in der sie sich schon einmal aufgehalten hatten.

Während Clarthyen die Naßzelle aufsuchte, um zu duschen, setzte er sich an den Syntron, um an seinem Tagebuch zu arbeiten. Dazu wählte er ein Gerät aus, das nicht NATHAN angeschlossen war, sondern isoliert in der Wohnung stand. So vermied er, von der Polizei aufgespürt zu werden.

Nachdem er eine Weile tatenlos vor dem Gerät gesessen und in sich hineingehorcht hatte, ohne Anzeichen für eine Aktivität des eingepflanzten Chips zu bemerken, konzentrierte er sich ganz auf seine Aufgabe, so als gäbe es in seiner Situation nichts Besseres zu tun, als Notizen in seinem Tagebuch zu erstellen. Diesmal benutzte er sogar die altmodische Handschrift, was solchen Notizen eine ganz persönliche Note gab.

Anschließend schob er die Speichereinheit in das Gerät, auf der er alles verzeichnet hatte, was er in den vergangenen Jahren notiert hatte, und arbeitete ganze Passagen um, so als seien die Ereignisse anders verlaufen, als er sie geschildert hatte.

Er ließ durchblicken, daß er sich am Ende wähnte, und dann hielt er eine Reihe von Gedanken fest, die deutlich machten, daß er verzweifelt nach einem Ausweg suchte. Er verwarf alle wieder und kam zu dem Ergebnis, daß ihm nur noch eine einzige Möglichkeit blieb.

Er wollte unter allen Umständen zu Unkas' Grab vordringen, um es zu öffnen. Er unterstrich, dort sei mit hoher Wahrscheinlichkeit wichtiges Material über Pictorain zu finden. Dann erwähnte er, daß er damit rechne, in eine Falle zu tappen, vielleicht gar bei einer Explosion umzukommen, doch in einer philosophisch anmutenden Passage sagte er aus, das sei ihm immer noch lieber, als weiterhin von Pictorain gehetzt und schließlich doch ermordet zu werden. So habe er wenigstens eine winzige Chance gegen den weit überlegenen, ja, unbesiegbar erscheinenden Gegner.

Er schrieb es in der Absicht, Pictorain zu provozieren. Er wußte jetzt, was ihm der Vogel Unkas bedeutet hatte, als er noch Patient von OCCIPITAL gewesen war, und er ging davon aus, daß dem Industriemagnaten das Grab des Vogels gewissermaßen heilig war. Wenn er ankündigte, daß er es öffnen würde, mußte Pictorain sich in extremer Weise herausgefordert fühlen. Korexxon hoffte, daß der Industriemagnat sich wehren und daß er vor allem ohne sein Heer von Leibwächtern erscheinen würde. Das allerdings hielt er nicht in seinem Tagebuch fest.

Nachdem er die Eintragungen abgeschlossen hatte, markierte er Auszüge aus dem Tagebuch, ließ sie ausdrucken und übergab sie Clarthyen, die ihr Duschbad längst beendet und sich bereits ins Bett gelegt hatte.

„Was soll ich damit?" fragte sie und rückte ein wenig zur Seite, um ihm Platz zu machen. Er legte sich zu ihr.

„Ich möchte, daß du dich mit Pictorain in Verbindung setzt und ihm anbietest, daß ich mit allen Beweisen aus dem Solsystem verschwinde und niemals zurückkehren werde. Wenn der Alte mir garantiert, daß ich ungehindert abreisen kann, verzichte ich darauf, Unkas' Grab zu öffnen."

„Können wir uns später darüber unterhalten?" Sie kroch in seine Arme.

„Wann?"

„Später. Ich komme frisch aus der Dusche!"

„Wie schade! Dann riechst du nach Süßwasser. Könntest du nicht ein paar Runden durch die Wohnung joggen, damit du wenigstens ein bißchen salzig schmeckst?"

Sie lachte. „Bring du mich doch ins Schwitzen."

Seine Hand glitt über ihre nackte Taille. Ihre Haut fühlte sich seidig weich an.

Aus dem Nichts heraus entstand eine grüne Gestalt mitten in seinem Labor. Sie war weiblich, schlank und unbekleidet, und sie hatte zunächst kein Gesicht. Doch während Dr. Onark sich ihr noch zuwandte, wuchs ihr rotes Haar auf dem Kopf und auf dem Schoß, und zwei Augen bildeten sich, die ihn spöttisch ansahen. Ein lächelnder Mund formte sich.

„Hallo, Lakote!“, sagte er mit der Stimme seiner Assistentin.

Der Psychiater drehte sich um und beugte sich über den Monitor, an dem er gearbeitet hatte. Er war entschlossen, sich die Holographie nicht anzusehen. Doch er mühte sich vergeblich. Das Bild im Holo-Display des Syntrons wechselte, und Araiya-Na erschien. Sie lächelte nicht mehr. Ihre Augen hatten sich verengt, und ihre Stimme klang scharf und verweisend. Doch er wußte, daß nicht sie sich an ihn wandte, sondern der Unbekannte, der ihn schon seit einiger Zeit erpreßte und der buchstäblich alles über ihn zu wissen schien. Jetzt gab er ihm zu verstehen, daß er sogar über Araiya-Na Bescheid wußte.

„Wenn ich mit dir reden will, dann wende dich nicht ab!“

Lakote Onark spürte, wie sich ihm das Innerste zusammenkrampfte. Ließ ihn der Unheimliche denn nie in Ruhe? Mußte er ihn quälen und obendrein noch verhöhnen, indem er ihm das Bild jener Frau vorgaukelte, die er aus tiefstem Herzen haßte?

Er hatte sich bemüht, Korexxon aufzuhalten. Es war ihm nicht gelungen, doch das konnte ihm die grüne Stimme kaum zum Vorwurf machen.

„Was willst du?“

„Die Änderung im Transmitterprogramm muß rückgängig gemacht werden.“

„Warum? Kommt Korexxon nicht noch einmal nach Callisto?“

„Darum geht es doch gar nicht!“

Ich verstehe! Onark fiel es wie Schuppen von den Augen. *Du selbst machst dich auf den Weg hierher, und du hast Angst, daß ich dir einen Tumor ins Gehirn pflanzen könnte, um mich ein für allemal von dir zu befreien. Das wäre keine schlechte Idee!*

„Um was geht es dann?“

„Das Programm wird geändert. Ich muß wissen, was zu tun ist, damit dieses maligne Geschwür verschwindet.“

„Aber es ist nur auf Korexxon programmiert. Für alle anderen ist es vollkommen gefahrlos, den Transmitter zu benutzen."

Der Mann hinter der grünen Stimme glaubte ihm nicht. Die Stimme wiederholte ihre Forderung, und der Psychiater fügte sich. In diesem Fall tat er es gern, denn längst hatte er bereut, was er getan hatte. Mit Hilfe des Syntrons übermittelte er eine Reihe von Informationen, mit denen die Transmitterverbindung gereinigt werden konnte.

Als es geschafft war, fühlte er sich geradezu erleichtert.

Mit der Einprogrammierung des Tumors hatte er gegen jede ärztliche Ethik verstoßen. Nun hatte er getan, was in seiner Macht stand, um wenigstens diesen Fehler rückgängig zu machen. Die grüne Stimme hatte ihm die Verantwortung abgenommen.

„Ich kann nicht mehr", japste Clarthyen. „Das war das Kamasutra vorwärts und rückwärts. Was ist los mit dir? So warst du noch nie!"

Sie streckte alle viere von sich. Feine Schweißrinnsale flossen über ihren Körper.

„Ich dachte, es macht dich glücklich."

Sie richtete sich auf und blickte ihn ernst an. „Das schon, Liebling, aber ich mache mir vor allem Sorgen."

„Warum?"

„Es ist nicht natürlich, daß ein Mann solch ein Stehvermögen hat. Außerdem kenne ich dich. So habe ich dich noch nie erlebt."

Er grinste. „Ist doch nicht schlecht. Oder?"

„Du weißt, was ich meine. Dieser Chip macht einen Marathon-Mann aus dir. Das hält kein Mensch auf die Dauer durch. Glaubst du, ich möchte, daß du zusammenklappst?"

Korexxon fühlte einen Stich im Nacken. Ein glühender Dorn schien sich von dorther in seinen Kopf zu bohren und mitten in sein Schmerzzentrum zu stoßen. Gepeinigt schrie er auf, preßte die Hände an den Kopf, atmete mit weit geöffnetem Mund und wälzte sich, wie von Krämpfen geschüttelt, von einer Seite auf die andere.

Clarthyen legte sich über ihn und umklammerte ihn. „Was ist mit dir?“ rief sie. „Luz, antworte doch. Was ist los?“

„Mein Kopf“, röchelte er. „Ich glaube ... er explodiert!“

Er riß die Augen auf, konnte sie aber nicht sehen. Verzweifelt tastete er nach ihr, umklammerte sie, spürte ihre Wärme und ihre zärtlichen Hände, die seinen Kopf streichelten.

„Es wird wieder gut“, flüsterte sie. „Bestimmt ist es gleich vorbei. Keine Angst. Du schaffst es.“

Der Krampf flaute ab. Nur noch einige Male zitterten und stießen seine Beine, als würden die Nerven von Stromstößen stimuliert.

Minuten später lag er vollkommen erschöpft im Bett, und sie trocknete ihm den Schweiß von der Stirn.

„Ist es vorbei?“ fragte sie ängstlich.

„Keine Angst“, antwortete er schwer atmend. „Ende der Superpotenz. Vorläufig hast du Ruhe vor mir.“

Sie ging auf seinen scherzhaften Ton ein. „Ich dachte, der Medosyn hat dir den Chip in den Nacken gepflanzt. Ich hatte ja keine Ahnung, daß du die Operationsnarbe zwischen den Beinen hast.“

Korexxon schob seine Hände in den Nacken. Er tastete die Stelle ab, an der ihm der Medosyn den Biochip eingesetzt hatte. „Ich wollte, es wäre so“, versetzte er. „Das Mistding hätte mich beinahe umgebracht.“

„Es muß raus“, sagte sie. „Es hat keinen Sinn, daß du es noch länger behältst. Es ist zu gefährlich für dich.“

„Noch nicht.“ Er stieg aus dem Bett, und dabei fühlte er sich so schwach, daß er sich kaum auf den Beinen halten konnte. „Ich bin noch nicht am Ziel.“

„Aber es bringt dich um, Luz!“

„Na und? Wenn ich den Chip drin lasse, löscht der Chip mich aus. Wenn ich ihn herausnehme, liquidiert Jarvis Pictorain mich. Mir bleibt keine andere Wahl. Er ist das größere Problem, und mit dem Chip habe ich eine kleine Chance gegen ihn. Ich werde sie nutzen. Danach sehen wir weiter."

„Und was ist, wenn der Chip gerade dann rebelliert, wenn du Pictorain gegenüberstehst und du einen Anfall wie diesen eben hast?"

Er antwortete nicht, sondern schleppte sich in die Naßzelle und stellte sich unter die Dusche. Sie folgte ihm, sah ihm zögernd zu und gesellte sich dann entschlossen zu ihm, um ihn mit sanften Händen abzuseifen.

14.

„Du siehst nicht gerade aus wie der frische Morgen“, stellte Rampak Handerparss fest. Der Ertruser kam in die Wohnung, als Clarthyen schon längst nicht mehr da war. Sie hatte ihn auf Umwegen darüber informiert, wo er Korexxon finden konnte.

„Wir haben nicht mehr viel Zeit“, knurrte der Bioinformatiker. „Der verdammte Chip bereitet mir zunehmend Ärger.“

„Ich verstehe.“ Da es für O. T. kein geeignetes Sitzmöbel in der Wohnung gab, hockte er sich kurzerhand auf den Boden und stützte die Hände auf die muskulösen Oberschenkel. Selbst in dieser Körperhaltung war er noch so groß, daß sich seine Augen beinahe in der gleichen Höhe wie die Korexxons befanden. „Aber es wird auch so knapp genug.“

„Weshalb?“

„O’Gnawlly ist geradezu versessen darauf, dich aufzuspüren. Er hat eine hohe Belohnung auf dich ausgesetzt. Aber das ist noch nicht alles.“

„Mir genügt es.“

„Ich habe mich ein wenig mit meinem Syntron befaßt.“

„Du meinst, den in deinem Office?“

„Klar. Und dabei habe ich etwas Beunruhigendes festgestellt.“ Indem er Korexxon half und damit den Interessen von Morton O’Gnawlly zuwiderhandelte, bewegte der Polizist sich auf einem schmalen und gefährlichen Grat. Wenn es nicht gelang, den Bioinformatiker zu entlasten, mußte er unter Umständen mit schwerwiegenden Konsequenzen rechnen. Darüber war er sich im klaren, war jedoch nicht bereit, über die ihm von seiten der Staatsanwaltschaft drohenden Gefahren zu sprechen. „Wenigstens zwei Gruppen versuchen, in den Hauptsyntron einzudringen und an die Informationen heranzukommen, die du darin gespeichert hast.“

„Zwei Gruppen? Bist du sicher? Nicht nur eine?“

„Allerdings. Die eine dürfte von Pictorain eingesetzt worden sein, und wenn es stimmt, was ich erfahren habe, ist sie drauf und dran, den Syntron zu knacken. O'Gnawlly ist darauf aufmerksam geworden, und er versucht jetzt, es zu verhindern."

„Und die andere Gruppe?"

O.T. zuckte mit den Achseln. „Ich habe keine Ahnung. Vielleicht sogar eine von O'Gnawlly eingesetzte Einheit von Spezialisten. Ich habe versucht, in dieser Richtung zu recherchieren, bin aber auf eine Mauer des Schweigens gestoßen."

Korexxon verfügte über kein ausgeprägt technisches Verständnis, und daher wußte er nicht, wie die syntronischen Netze auf der Erde und in der bewohnten Galaxis im Innersten funktionierten – er konnte sie nur nutzen. Vorstellbar für ihn war jedoch, daß es syntronische Agenten im Netz gab, die augenblicklich Alarm schlugen, wenn sich irgend jemand in illegaler Weise daran zu schaffen machte und auf verbotenen Wegen Zugang zu abgesicherten Informationen suchte.

„Ich kann dazu nichts sagen", gestand er. „Ich kann auch nichts unternehmen. Ich habe alles getan, um die Daten zu löschen, aber es ist mir nicht gelungen. Ich habe keinen Zugriff darauf. Ich kann nur hoffen, daß es uns gelingt, Pictorain in den Arm zu fallen, so daß er seine Angriffe auf die Daten abbrechen muß, aber dann bleibt immer noch die zweite Gruppe, und solange wir nicht wissen, wer dahintersteckt, können wir nichts gegen sie ausrichten."

O.T. nickte. Er war der gleichen Ansicht.

„Wir müssen nach Callisto", sagte er. „Du hast mir beschrieben, was in OCCIPITAL geschehen ist, und ich nehme die Vorgänge ernst. Vielleicht ist der Transmitter dort manipuliert worden, und Pictorain erledigt dich, wenn du ihn benutzt. Er könnte dich als energetische Impulswelle in die Tiefen des Universums jagen, wo du dich dann irgendwann in nichts auflöst. Ich bin sicher, daß auf diese Weise schon Menschen aus dem Weg geräumt worden sind, von denen man nie wieder eine Spur gefunden hat."

„Wer weiß? Vielleicht würde ich mich als Impulswelle ganz gut fühlen." Korexxon versuchte zu lächeln, doch es wollte ihm nicht gelingen. Er bekam seine Lippen nicht unter Kontrolle, und zugleich hatte er das Gefühl, als ob sich von seinem Nacken her hauchdünne Fäden nach vorn über sein Gesicht schoben und die Muskeln seiner Wangen und seiner Lippen lähmten. Die Fäden schienen eisig kalt zu sein, und er empfand sie als Teile eines fremden Wesens.

„Was ist los?" fragte O. T.

„Nichts", schwindelte er. „Können wir aufbrechen? Hast du alles vorbereitet?"

Der Ertruser deutete auf den Koffer, den er an der Tür abgestellt hatte. „Da ist alles drin, was wir brauchen."

„Worauf warten wir dann noch?"

Die beiden Männer verließen die Wohnung.

„Da ist noch etwas, was ich dir sagen wollte", bemerkte O. T. beiläufig, als sie in einem Gleiter nach Montreal flogen, um den Transmitterstationen New Yorks auszuweichen. „Ich habe mich mit Pictorain beschäftigt. Seit er aus der Klinik entlassen wurde, hat er keinen Transmitter mehr benutzt. Und während seiner Zeit in OCCIPITAL natürlich auch nicht. Er hat eine panische Angst davor, einem Transmitterunfall zum Opfer zu fallen. Daher fliegt er notfalls lieber mit dem Raumschiff, selbst wenn es ihn sehr viel seiner kostbaren Zeit kostet."

„Wie ich sagte – der Mann wurde zu früh entlassen. Sie hätten ihn in OCCIPITAL behalten sollen. Er hat nun mal eine Macke."

„Oder er hat überzeugende Gründe, sich vor Transmittern zu fürchten. Er könnte ähnliche Manipulationen festgestellt haben wie du."

„Unwahrscheinlich", tat der Wissenschaftler diese Überlegung ab, „es sei denn, daß er Angst davor hat, sich in seiner eigenen Falle zu fangen."

Sie ließen sich von einem der großen Transmitter in Montreal zur Station auf Ganymed versetzen, dem zweitgrößten Jupitermond. Dort gelang es dem Ertruser mit einiger Mühe, einen Raumgleiter zu mieten, mit dem sie nach Callisto fliegen konnten. O. T. landete nicht in der Nähe der Klinikgebäude von OCCIPITAL, sondern weit davon entfernt am Ende des Waldes, in dessen Mitte sich Unkas' Grab befand. Mit Hilfe seines technischen Instrumentariums schuf er eine Strukturlücke im Energieschirm, durch die sie in die künstliche Welt von OCCIPITAL eindringen konnten, ohne daß irgendwo ein Alarm ausgelöst wurde.

„Meinst du wirklich, daß uns niemand bemerkt hat?" fragte Korexxon zweifelnd, als sie den Wald betraten. Da sie sich innerhalb der Energiekuppel befanden, benötigten sie keine Schutzanzüge.

O.T. lachte in der für ihn typischen Weise, indem er den Kopf nach vorn neigte, anstatt ihn in den Nacken zu legen, wie es Terraner bei einem befreienden Lachen taten. Es schien fast, als wollte er seine Heiterkeit vor dem Terraner verbergen. „OCCIPITAL ist keine militärische Einrichtung, sondern eine psychiatrische Klinik. Man hat hier keine Sicherheitseinrichtungen oder Ortungsgeräte, die ein Eindringen in das Gebiet verhindern, sondern höchstens Sperren, die jeden psychisch Kranken aufhalten, der ausbrechen will."

Der Ertruser schloß die Strukturlücke, und dann schritt er entschlossen in den Wald hinein, wobei er sich mit einem syntronischen Kompaß orientierte. Er justierte das Gerät so, daß es einen schnurgeraden Kurs zur gegenüberliegenden Seite des Waldes anzeigte und bei jeder Abweichung davon ein warnendes Signal gab. Er ließ sich nicht von Holographien irritieren, die ihnen Bäume, Büsche oder Felsen vorgaukelten, so daß es schien, als sei ihnen der Weg versperrt, sondern ging mitten durch sie hindurch. Wenn es echte Büsche waren, trampelte er sie mit seinen Füßen nieder. Korexxon folgte ihm dichtauf, obwohl die sich aufrichtenden Zweige immer wieder gegen ihn schnellten.

„Kannst du nicht etwas mehr Rücksicht nehmen?" fragte er.

„Du kannst ja mehr Abstand halten", empfahl ihm sein riesiger Begleiter und lachte leise. „Allerdings kann es dir dann passieren, daß du mich aus den Augen verlierst."

Korexxon fluchte, was eigentlich gar nicht seine Art war, und er konterte, indem er laut auflachte, als der Ertruser frontal gegen einen Baumstamm rannte und sich eine blutige Schramme auf der Stirn holte.

„Man sollte sich nicht immer nur auf die Instrumente verlassen“, lästerte er. „Manchmal ...“

Der Bioinformatiker kam nicht weiter. Ein Traktorstrahl packte ihn und riß ihn in die Höhe. Bevor er recht begriff, wie ihm geschah, war er bereits mehr als zwanzig Meter von dem Umweltangepaßten entfernt und flog hoch über dem Boden durch das Geäst der Bäume. Zweige peitschten ihm ins Gesicht, und als er schützend die Arme vor den Kopf hob, verlor er jegliche Orientierung.

Plötzlich krachte es, die Kraft des Traktorstrahls erlosch, und Korexxon fiel in die Tiefe. Unwillkürlich riß er die Arme zur Seite, um zu sehen, was geschah. Er prallte in die Krone eines Baumes, überschlug sich und versuchte vergeblich, Halt an den Ästen zu finden. In seiner Panik schrie er laut auf, und zugleich spürte er den Chip in seinem Nacken. Rasende Schmerzen überzogen seinen Rücken und raubten ihm die Sinne.

Als er schon glaubte, auf den Boden zu stürzen, landete er in den Armen des Ertrusers, der ihn federnd auffing und auf die Füße stellte.

„Ich sagte doch, du sollst hinter mir bleiben“, grinste er. „Und das Fliegen solltest du den Vögeln überlassen.“

Korexxon sackte zu Boden. Er war kaum noch in der Lage zu atmen, weil er überall am Körper Prellungen hatte. Ihm schien, als habe er sich bei dem Sturz durch das Geäst sämtliche Rippen gebrochen.

„Ich habe den Traktorstrahler gerade noch rechtzeitig entdeckt“, erläuterte O. T. „Ich habe ihn zerstört, sonst hätte es dich bis zur Klinik hinübergeschleudert. Vermutlich hätte man dich dort gleich für die Behandlung kassiert.“

„So, wie ich mich fühle, bin ich reif für die Klinik!“

„Das gibt sich.“ Der Ertruser war nicht zu erschüttern. „Und wenn nicht – ich habe ein schönes Plätzchen für dich. Unkas’ Grab ist ganz in der Nähe.“

„Mistkerl!“

Korexxon stand auf und atmete einige Male tief durch. Die Schmerzen flauten langsam ab. Er ging einige Schritte weiter, doch der Umweltangepaßte war nicht damit einverstanden, daß er die Führung übernahm. Er legte ihm die Hand auf die Schulter, hielt ihn zurück und schob sich an ihm vorbei.

„Auf deine Augen verlassen wir uns lieber nicht“, sagte er.

„Und was mache ich, wenn du in eine Traktorfalle gerätst?“

„Gar nichts. Ich habe einen Gravo-Pak am Gürtel. Ich kann mir selbst helfen.“

Er blieb stehen und hob eine Hand, um Korexxon auf die Hütte aufmerksam zu machen, die er im dichten Grün entdeckt hatte.

„Wir sind am Ziel!“

Unkas' Grab lag idyllisch am Ufer eines von Entenflott überzogenen Teichs, überschattet von den Zweigen einiger Bäume und von Efeu überwuchert. Es war eine kleine, aus vorgefertigten Teilen hergestellte Hütte mit einem vergitterten Fenster und einer festen Tür. In ihren Farben war sie ihrer Umgebung so gut angepaßt, daß man sie leicht übersehen konnte.

Plötzlich raschelte es im Unterholz. Erschrocken fuhr Korexxon herum, und dabei reagierte er mit Hilfe des Biochips viel schneller als Handerparss – doch nicht schnell genug. Er sah gerade noch, wie aus flirrenden und irisierenden Energiefeldern ein riesiger Körper hervorkam, an ihm vorbeiflog und sich auf O. T. stürzte. Zugleich schien der Wald sich zu verdrehen, so daß sich das Unterste nach oben kehrte, und Jupiter wurde zum langgestreckten Oval. Ein Fuß streifte ihn und schleuderte ihn zur Seite. Er verlor den Boden unter den Füßen und fand sich plötzlich irgendwo im Farn wieder. Es krachte im Geäst, und die Luft erzitterte unter den Schlägen, die zwei brüllende und stöhnende Giganten gegeneinander austeilten.

Als er aus dem Farn hervorkroch und sich aufrichtete, sah er Handerparss und einen anderen, füllig wirkenden Ertruser am Ufer des Teichs miteinander kämpfen. Die beiden Umweltangepaßten hieben mit Fäusten aufeinander ein, wobei es mal dem einen, mal dem anderen gelang, die Deckung seines Gegners zu durchbrechen.

Korexxon verfolgte, wie O.T. mehrere wuchtige Treffer am Kopf seines Kontrahenten erzielte und diesen ins Wanken brachte. Als es schon so schien, daß er als Sieger aus dem Kampf hervorgehen würde, warf sich der andere auf ihn, umklammerte ihn mit beiden Armen und stürzte mit ihm ins Wasser. Beide tauchten unter. Schäumend spritzten Wasser, Algen und Schlamm hoch. Immer wieder stießen Füße in die Höhe, doch keiner der beiden kam mit dem Kopf nach oben, um Luft schnappen zu können.

Von dem Wunsch erfüllt, in den Kampf einzugreifen und ihn zugunsten von O.T. zu entscheiden, eilte der Bioinformatiker an den Teich und nahm den Energiestrahler in die Hand, den der Polizist ihm gegeben hatte. Doch er konnte nichts tun. Die beiden Kontrahenten waren mit Schlamm und Pflanzenfetzen bedeckt, so daß er sie kaum voneinander unterscheiden konnte, und sie bewegten sich so schnell, daß er nicht sicher sein konnte, den richtigen zu treffen.

Wieder und wieder tauchten beide unter, bis sie schließlich nicht mehr an die Oberfläche kamen. Das Wasser gurgelte, als sich Strudel bildeten, noch einmal stieß ein Fuß in die Höhe, um dann langsam zu versinken. Danach wurde es ruhig.

Korexxon verfolgte, wie die Wasseroberfläche sich allmählich glättete, nur noch unterbrochen von ein paar aufsteigenden Luftblasen, bis sich schließlich gar nichts mehr regte. Entsetzt suchte er nach Lebenszeichen, und als sie ausblieben, kam er zwangsläufig zu dem Schluß, daß die beiden Kämpfer sich gegenseitig umgebracht hatten.

Minuten verstrichen, und nun wich Korexxon langsam vom Ufer zurück, als fürchte er, daß der Tod aus dem Wasser heraus auch nach ihm greifen werde. Er fühlte sich hilflos ohne O.T.

Während er sich fragte, wie es nun weitergehen sollte, schien das Wasser plötzlich zu explodieren. Eine Fontäne schoß mit Urgewalt in die Höhe, und in ihr richtete sich ein Ertruser auf. Er war über und über mit Schlamm bedeckt, so daß der Wissenschaftler nicht erkennen konnte, wer es war. Unter größten Mühen kämpfte der Umweltangepaßte sich zum Ufer vor, wobei er die regungslose Gestalt seines Gegners hinter sich herzog.

Korexxon wich noch weiter zurück.

Der Riese erreichte das Ufer, stieg hinauf, zog den anderen ebenfalls hinauf und ließ sich ächzend auf die Knie sinken. Dann strich er sich mit der linken Hand über das Gesicht, um Schlamm und Wasser zu entfernen. Er war füllig und hatte einen deutlichen Bauchansatz.

Es war nicht O.T.

Der Sieger des Titanenkampfes wälzte Handerparss herum, bog ihm die Arme auf den Rücken zurück und legte ihm geschickt Fesseln an die Hand- und Fußgelenke. Dann schlug er ihm krachend die Hand auf den Rücken, bis ein Wasserschwall aus dem Mund von O.T. hervorschoß und der Besiegte laut stöhnend zu atmen begann.

Der fremde Ertruser blickte den Bioinformatiker an, und dieser war nicht in der Lage, die Waffe zu heben und gegen ihn zu richten. Eine unerklärliche Lähmung hatte seine Arme erfaßt, und wiederum hatte er das Gefühl, als ob sich eiskalte Spinnenfäden von seinem Nacken her über sein Gesicht schoben, dieses Mal dort jedoch nicht haltmachten, sondern über seinen Hals und die Schultern hinweg bis in die Arme vordrangen.

Es war ein Fehler, den Biochip einzupflanzen! Damit habe ich mich selbst geschwächt!

Das Laub teilte sich, und Jarvis Pictorain trat ins Freie. Er hielt einen Energiestrahler in der Hand. Keine Regung zeigte sich in seinem Gesicht, als er ihn auf Korexxon richtete und ihn aufforderte, seine Waffe fallen zu lassen.

Der Wissenschaftler zögerte nur kurz und gehorchte. Neben seinen Füßen prallte der Strahler auf den Boden. Der Kampf war entschieden. Jetzt hing alles Weitere von Pictorain ab.

Als Staatsanwalt Morton O'Gnawlly den Raum betrat, stand Clarthyen Oqunn am Fenster, das einen Ausbruch von Gefangenen vollkommen unmöglich machte. Gelangweilt wandte sie sich dem Ankläger zu.

„Ich hoffe, du kannst mir erklären, weshalb ich hier so lange auf dich warten mußte", fuhr sie ihn an, wobei sie aus ihrer Abneigung gegen ihn keinen Hehl machte.

„Das kann ich allerdings." Der korpulente Mann mit den leicht hervorquellenden Augen und den wulstigen Lippen setzte sich in einen der Antigravsessel, der sanft einige Millimeter unter seinem Gewicht nachgab. Die buschigen Augenbrauen überschatteten seine Augen, so daß diese fast dahinter verschwanden. An den Händen trug der deutlich über zwei Meter große Mann die protzigen Ringe, die er so liebte. In mehreren Taschen seiner blauen Lederjacke steckten syntronische Speicherelemente in schützenden Hüllen.

„Also?"

„Nur nicht so aufmüpfig, meine liebe Clarthyen."

„Wenn es sich um eine dienstliche Angelegenheit handelt, dann komm endlich zur Sache. Falls es um private Dinge geht, ist das Gespräch zu Ende."

„Mich interessieren nur dienstliche Dinge!" Er schob sich eine dicke Zigarre zwischen die Lippen und wälzte sie lange darin hin und her, um sie zu befeuchten.

Doch er verzichtete darauf, sie anzuzünden, und Clarthyen war froh darüber. Obwohl die gesundheitsschädlichen Stoffe restlos aus dem Tabak entfernt wurden, war Rauchen verpönt und galt als ungehörige Belästigung anderer. Sie war entschlossen, das Gespräch sofort abzubrechen, wenn er dennoch um sich paffen würde.

„Es ist deine Aufgabe als Anwältin, Luz Korexxon zu verteidigen und entlastendes Material für ihn zu finden", führte der Staatsanwalt aus, und dann wanderten die buschigen Augenbrauen hoch auf die Stirn hinauf. „Du erfüllst deine Aufgabe sehr gut, wie ich erfahren habe, aber du bist auf

Tatsachen gestoßen, die äußerst belastend für einen anderen Verdächtigen sind."

„Bin ich das?"

Er überhörte ihre spöttische Bemerkung. „Deine Pflicht wäre es gewesen, die zuständigen Behörden auf die Resultate deiner Recherchen aufmerksam zu machen. Soll ich dir die entsprechenden Paragraphen zitieren?"

„Nicht nötig. Was willst du?"

„Den Namen."

Sie wußte, daß sie in der Falle saß. O'Gnawlly hatte recht. Sie hätte die Staatsanwaltschaft in Kenntnis setzen müssen. Nun hatte sie ihm eine Trumpfkarte überlassen, die er gegen sie ausspielen konnte.

Der korpulente Mann lächelte und blickte sie lauernd an. Ihr blieb keine andere Wahl.

„Jarvis Pictorain", sagte sie.

Er nickte. „Genau den Namen wollte ich hören! Gut, daß du bei der Wahrheit geblieben bist. Eine Lüge hätte dich deine Lizenz als Anwältin gekostet. Ich will das Material."

„Dagegen ist nichts einzuwenden", antwortete sie und überlegte fieberhaft, ob sie Korexxon nun in noch größere Schwierigkeiten gebracht hatte. Sie traute O'Gnawlly nicht über den Weg, und sie fragte sich, welche Hintergedanken er verfolgte. „Ich gebe es dir noch heute."

„Einverstanden." Er deutete mit der Zigarre auf die Tür. „Du kannst gehen."

Während sie den Raum verließ, zündete er sich die Zigarre an und paffte dicke Wolken um sich. Sie sah es, als sie sich noch einmal umwandte. Er war offensichtlich zufrieden mit dem Ergebnis des Gesprächs. Sie war es nicht. Am liebsten hätte sie Korexxon sofort angerufen, doch sie wußte, daß er auf Callisto war und daß sie ihn nicht stören durfte.

Tief in Gedanken versunken, flog sie mit einem Taxi zu ihrer Wohnung in Manhattan, ließ sich auf dem Dach des Gebäudes absetzen, schwebte im Antigravschacht nach unten und trat ein.

Die Tür öffnete und schloß sich lautlos, und der Teppich dämpfte ihre Schritte. Sie achtete nicht darauf, und sie bemühte sich auch nicht, besonders leise zu sein. Gerade deshalb war sie es.

Als sie den Eingangsraum halb durchquert hatte, konnte sie durch eine offene Tür in den Nebenraum sehen.

Eine Frau saß am Syntron, und im Holowürfel des Monitors waren Eintragungen aus dem privaten Tagebuch von Luz Korexxon zu sehen. Sie stöberte darin herum.

„Was machst du da, Assyn-T'ria?" rief die Anwältin empört.

Die Kartanin fuhr sofort herum. Ihre gelben Katzenaugen wurden ganz eng, ihr sehniger, schlanker Körper spannte sich an.

Der Energiestrahler in Jarvis Pictorains Hand zielte genau auf sein Herz. Hilflos blickte der Wissenschaftler ihn an. Er fragte sich, wie er sich die Auseinandersetzung mit dem *Commander* eigentlich vorgestellt hatte. In ihren Überlegungen waren sie davon ausgegangen, daß O. T. ihm zur Seite stehen und daß seine technische Ausrüstung sie gegen Überraschungen schützen würde. Nun aber hatte Pictorain gekontert, und der Ertruser war ausgeschaltet, so daß er ihm nicht mehr helfen konnte.

Er wartete darauf, daß irgendein Impuls von dem Biochip in seinem Nacken ausgehen oder daß ein genialer Gedanke einen Ausweg anzeigen würde. Vergeblich. Mit hängenden Armen stand er vor Pictorain und seinem riesigen Helfer und wußte nicht, was er jetzt noch unternehmen konnte.

Er hatte gehofft, die Hütte betreten und dort auf Pictorain warten zu können, doch nun war alles ganz anders gekommen. Der *Commander* hatte viel schneller reagiert und gehandelt als erwartet.

Er wollte etwas sagen, doch er konnte nicht. Seine Blicke waren auf den schimmernden Projektor des Energiestrahlers gerichtet, und er wartete auf das tödliche Aufblitzen.

Das war's! dachte er enttäuscht. *Ich habe nichts erreicht.*

O. T. richtete sich ächzend auf. „Na los doch, Pictorain!" sagte er mühsam. „Schieß schon endlich! Worauf wartest du denn noch? Auf einen Mord mehr oder weniger kommt es dir ja wohl nicht an."

Der ertrusische Leibwächter versetzte ihm eine so heftige Ohrfeige, daß sein Kopf zur Seite flog. Korexxon verfolgte es mit Schrecken. Er war sich darüber klar, daß ihm ein derartiger Schlag den Kopf von den Schultern gerissen hätte.

„Kein Wort mehr", befahl der übergewichtige Begleiter Pictorains. „Ich will nichts mehr hören."

Er holte zu einem weiteren Schlag aus, doch der *Commander* befahl ihm mit einer knappen Geste, O.T. in Ruhe zu lassen.

„Mord?" fragte er und ließ die Waffe sinken. „Wieso Mord?"

Erst jetzt fiel Korexxon auf, wie elegant und gepflegt der Industriemagnat aussah. Es schien, als sei er gerade eben erst aus einer wichtigen Sitzung im Pictorain-Kosmos gekommen. Er trug einen meerblauen Anzug aus einem matt schimmernden, fließenden Stoff. Vorn über der Brust öffnete sich ein breiter Spalt. Auf dem leuchtendweißen Stoff seines Hemdes ruhte eine schwere Howalgonium-Kette, die mit einigen kleinen Edelsteinen besetzt war. Ein Chronometer schmückte sein Handgelenk. Es mußte ein Vermögen gekostet haben.

„Wieso Mord?" Pictorain zeigte mit der Waffe an, daß Korexxon sich auf den Boden setzen sollte. Die pechschwarzen Augen richteten sich auf ihn und ließen ihn nicht mehr los. Sie schienen so unbeweglich geworden zu sein wie die Lippen, die auf eigenartige Weise leblos wirkten, als seien sie partiell gelähmt.

„Ich spreche von dem Mord an meiner Tochter Samantha", antwortete der Wissenschaftler, während er dem Befehl des Alten folgte. Jetzt brach es wütend aus ihm hervor, und er wurde immer lauter und heftiger. „Und an Eikenboom. Und ..."

„Was soll das?" unterbrach der *Commander* ihn unwirsch. Er wandte sich an seinen ertrusischen Begleiter, ohne die Blicke von Korexxon zu wenden. Die Einbuchtungen an seinen Schläfen schienen noch tiefer zu sein als gewöhnlich. Ebenso war es mit den Einkerbungen auf seinen Wangen. Sie waren scharf umrissen wie mit einem Messer geschnitten. „Was sind das für Leute, Karek? Sind wir falsch informiert worden? Habe ich es mit Patienten der Klinik zu tun?“

Um zu unterstreichen, was er meinte, tippte er sich mit der Waffe gegen die Stirn.

„Nein. Das sind Luz Korexxon, den du schon kennst, und Polizeioffizier Rampak Handerparss“, antwortete der Ertruser. „Es sind die beiden, die Unkas' Grab öffnen wollen.“

Verwirrt blickte Korexxon von einem zum anderen. Er konnte mit diesen Worten nichts anfangen. Irgend etwas stimmte nicht mit Jarvis Pictorain.

„Korexxon kenne ich. Er hat versucht, mich umzubringen. In die Hütte mit ihnen!“ befahl der Alte barsch.

Sein Helfer gehorchte. Er packte O. T. und Korexxon und stieß sie so heftig voran, daß keiner der beiden sich auf den Beinen halten konnte. Als sie auf die Knie stürzten, packte er sie kurzerhand am Kragen und schleppte sie bis in die Hütte, die nichts enthielt als eine Sitzbank, einen Hocker und einen Tisch mit einigen Stapeln altertümlicher Bücher darauf. Wesentlich mehr Bücher fanden sich an der Rückwand, wo sie drei Regalbretter füllten. Bei allen handelte es sich um Schriften wirtschaftswissenschaftlicher Art. Es waren Schriften, wie sie einer breiten Öffentlichkeit kaum noch bekannt waren und die man sonst nur noch im Museum fand: Karl Marx, John Keynes, der frühe Homer G. Adams.

Jarvis Pictorain folgte ihnen, nahm den Stuhl und setzte sich darauf, während seine Gefangenen ihm gegenüber in der anderen Ecke des Raumes auf dem Boden Platz nehmen mußten. Karek Darkisk lehnte sich mit dem Rücken an die Tür, die er hinter sich geschlossen hatte, und machte auf diese Weise deutlich, daß niemand an ihm vorbeikommen würde.

„Noch einmal!“ sagte Pictorain. „Wieso Mord? Was habe ich mit dem Tod von Samantha zu tun?“

„Heuchler!“ Der Wissenschaftler überwand die Lähmung allmählich, und er verspürte keinen negativen Einfluß des Biochips mehr. In seiner Machtlosigkeit war er ebenso wütend wie verzweifelt. Er wollte Pictorain nicht provozieren, aber die Worte sprudelten nur so aus ihm heraus. „Du hast uns überwältigt. Wir können nichts mehr tun. Bisher hast du keine Skrupel gezeigt, wenn es darum ging, jemanden umzubringen. Weshalb nun plötzlich? Macht es dir Spaß, uns zu quälen, bevor du schießt?"

Sein Gegenüber ließ die Waffe unter seiner Kleidung verschwinden. „Ich habe nicht vor zu schießen", beteuerte er. „Ich möchte nur die Wahrheit wissen. Es tut mir leid, daß Samantha getötet wurde, aber ich trage daran keine Schuld."

Korexxon schürzte verächtlich die Lippen. „Und das soll ich glauben?"

„Allerdings."

„Das ist ein bißchen viel verlangt."

„Wenn ich derjenige wäre, den du offenbar in mir siehst, hätte ich geschossen", versetzte der Industrielle. „Aber der bin ich nicht. Alles, was ich mir vorzuwerfen habe, ist, daß ich meine Zeit aus sentimentalen Gründen hier auf Callisto verschwende, anstatt eine äußerst wichtige Vorstandssitzung in New York zu leiten. Ich versuche nicht, dich zu töten – ich höre dir zu. Also?"

Das war ein überzeugendes Argument. Aber sie schwiegen.

Der *Commander* blickte von einem zum anderen, dann schüttelte er den Kopf und massierte sich die Schläfen, als leide er unter Kopfschmerzen. „Ich bin sicher, daß ein gewaltiges Mißverständnis vorliegt. Der Reihe nach: Ich bin Geschäftsmann. Ich arbeite zwölf bis vierzehn Stunden am Tag im Konzern und habe damit alle Hände voll zu tun. Was mit Samantha und Eikenboom geschehen ist, habe ich nur am Rande mitbekommen. Es gibt so viele Probleme in der Firma, daß ich mich um solche Dinge nicht kümmern kann."

Luz Korexxon spürte ein leises Pochen in seinem Nacken. Er wich den Blicken Pictorains aus, als langweile ihn die Antwort, und machte auf diese Weise deutlich, daß er nicht bereit war, ihm so ohne weiteres zu glauben. Doch nun meldete sich O.T. Er rückte ein wenig näher an die Wand der Hütte heran und setzte sich aufrecht hin, so daß er sich mit dem Rücken anlehnen konnte.

„Laß mich etwas dazu sagen“, bat er, und dann umriß er mit wenigen Worten, was in den letzten Tagen geschehen war. Er sprach von den Vorfällen bei Biothek, vom Beschluß, die Biochips und alle Unterlagen darüber zu vernichten, von den bislang unerklärlichen Manipulationen der Speichereinheit des Syntrons, von dem Überfall auf die Klinik von OCCIPITAL, von den Anfeindungen, die Korexxon von seiten der Staatsanwaltschaft ausgesetzt war, von den Morden an den Kindern, von den Bombenanschlägen, zeigte auf, wen es getroffen hatte und daß alle Spuren nach OCCIPITAL führten, sich hier bündelten und zu Indizienbeweisen gegen Pictorain wurden. Schließlich unterbrach der *Commander* ihn, der bis dahin geduldig zugehört hatte.

„Das reicht!“ sagte er. „Karek, nimm ihm die Fesseln ab. Mir ist jetzt klar, was das alles zu bedeuten hat.“

„Dann solltest du es uns erklären“, forderte Korexxon.

„Es ist ganz einfach“, antwortete der Industrielle. „Bevor wir reden, möchte ich, daß ihr euch umseht. Ihr habt gehofft, auf ein Geheimnis zu stoßen, aber es gibt kein Geheimnis. Überzeugt euch selbst! Dies ist lediglich ein Platz, an dem ein unschuldig im Irrenhaus eingesperrter Mann geistige Erholung gesucht hat. Ich wäre tatsächlich wahnsinnig geworden, wenn ich diesen Platz nicht gehabt und wenn mir nicht ein Freund wie Karek Darkisk zur Seite gestanden hätte.“

„Und warum bist du jetzt auf Callisto?“

„Weil es mir mißfällt, daß jemand an einem Ort herumschnüffelt, der mir sehr viel bedeutet und an dem ich mich auch noch in den letzten Jahren einige Male zurückgezogen habe, wenn ich innere Ruhe finden und ungestört sein wollte. Nun allerdings hat sich die Situation geändert. Es geht um meine Glaubwürdigkeit. Ihr könnt euch ansehen, was ihr wollt. Ich habe nichts dagegen.“

Korexxon und O. T. nutzten das Angebot. Sie durchsuchten die Hütte, blätterten die Bücher durch, und schließlich öffneten sie

Unkas' Grab. Sie fanden das Skelett eines Vogels darin. Es gab nichts, was Pictorain in irgendeiner Weise belastet hätte.

„Das verstehe ich nicht", gestand der Wissenschaftler. „Ich war überzeugt davon, daß wir auf Material stoßen würden, das unseren Verdacht untermauert."

Jarvis Pictorain hatte die Hütte mittlerweile verlassen und sich auf die Bank davor gesetzt. Der Planet Jupiter spiegelte sich in der Wasseroberfläche, doch das Bild löste sich auf, als der *Commander* kleine Steinchen in den Teich warf.

„Ich kann euch alles erklären", sagte er zu Korexxon und O. T. Er blickte sie nicht an, und jedes Wort schien ihn Überwindung zu kosten. „Es gibt nur eine Möglichkeit. Vor genau vierzig Jahren wurde ich in OCCIPITAL als Patient eingeliefert. Diagnose: irreparable Gehirnschädigungen mit den Folgen Schwachsinn und Gewalttätigkeit. 37 Jahre lang mußte ich in der Klinik bleiben. Ich hatte einen schweren Unfall mit einem Gleiter und befand mich im Koma, so daß ich mich nicht gegen die Einlieferung und die sofort beginnende Behandlung wehren konnte."

Er strich sich tastend mit den Fingerspitzen über die Stirn, die von weißen, ausgefransten Flächen bedeckt war, um anzudeuten, daß sie das Relikt dieses Unfalls waren. Sicherlich hätte er sie mühelos beseitigen lassen können, doch sie waren ihm offenbar wichtig, da sie ihn daran erinnerten, was vor 40 Jahren mit ihm geschehen war.

„Als ich in der Klinik zu mir kam, war es schon zu spät." Jetzt lernten sie Pictorain von einer anderen Seite kennen. Bisher hatten sie das Bild eines harten, entschlossenen und rücksichtslosen Mannes von ihm gewonnen, der seine Macht bedingungslos ausübte. Jetzt mußten sie erkennen, daß sie ihm nicht gerecht wurden, wenn sie ihn allein nach diesen Eindrücken beurteilten.

Sichtlich bemüht, sachlich und ruhig zu bleiben, berichtete er von seiner Leidenszeit, als ob nicht er, sondern eine andere Person betroffen sei. Nur selten einmal ließ er durchblicken, was er empfunden hatte; in keinem Fall aber beklagte er sein

Schicksal oder erging sich in Selbstmitleid. Um so nachdrücklicher wirkten seine Worte auf Korexxon und O. T.

„Ich habe in der Klinik von OCCIPITAL keine Therapie erfahren, sondern bin mit Psychopharmaka vollgepumpt worden, bis ich nur noch vor mich hin gedämmert habe, nicht mehr in der Lage war, mich zu artikulieren, meine Umgebung zu erkennen oder Widerstand zu leisten."

Korexxon fiel auf, daß seine Unterlippe leicht bebte. Der Wissenschaftler erfaßte, daß Pictorain hinter einer Fassade der Sachlichkeit Würde zu bewahren versuchte.

„Vieles von dem, was in der Klinik geschehen ist, habe ich vergessen. Die medikamentösen Dosen waren teilweise so hoch, daß ich mich oft wochenlang in einem Zustand befunden habe, der sich irgendwo zwischen Bewußtlosigkeit und Wachsein bewegte. Irgendwann ist Karek Darkisk dann als Assistenzarzt von der Klinik eingestellt worden. Er hat sich meiner angenommen, und von da an ging es bergauf mit mir."

Jarvis Pictorain senkte den Kopf, und die Stimme versagte ihm. Die Erinnerung an das Leid, das er in der Klinik erlitten hatte, drohte ihn zu überwältigen. Die seelischen Wunden, die man ihm beigefügt hatte, waren noch lange nicht verheilt. Leise und manchmal kaum verständlich berichtete er von einer atavistischen Elektrotherapie, die irgendwann an ihm vorgenommen worden war, die ihm aber nicht geholfen, sondern ihn gequält und seinen Zustand nur noch verschlechtert hatte.

„Gegen den Befehl der vorgesetzten Ärzte hat Karek von einem Tag auf den anderen sämtliche Medikamente für mich abgesetzt", fuhr er fort. „Die Folgen waren zunächst schrecklich, da sich schwere Entzugserscheinungen einstellten."

Er stand auf, fuhr sich mit dem Handrücken hastig über die Augen und entfernte sich einige Schritte. Er wandte ihnen den Rücken zu und blickte lange zum Jupiter hinauf. „Der rote Sturm ist der letzte Unsterbliche im Solsystem. Er hört nie mehr auf. Er wird noch um den Planeten rasen, wenn die ganze terranische

Geschichte in Vergessenheit gesunken ist. Manche Dinge hören nie mehr auf."

Der *Commander* setzte sich wieder auf die Bank. „Ihr sollt auch den Rest hören", sagte er und machte nun einen ruhigen und gefaßten Eindruck. „Karek hat diese Hütte gebaut und mir immer wieder mal die Flucht aus der Klinik hierher ermöglicht. Die ruhigen und erholsamen Stunden bei der Hütte haben mir geholfen, allmählich wieder ins Leben zurückzukehren. Ich habe die Medikamentenvergiftung überwunden, aber damit hatte ich es noch lange nicht geschafft."

Er schluckte, als die aufkommende Erinnerung seine Gefühle erneut außer Kontrolle zu bringen drohe. „Im Lauf der Jahre hatte ich verlernt zu sprechen. Karek war mein Lehrer. Er trainierte mit mir, und er sorgte dafür, daß ich mich wieder verständigen konnte. Er hat mich geistig in immer stärkerem Maße gefordert, bis ich wirklich wieder frei wurde. Er hat mich aus einem menschenunwürdigen Zustand gerettet. Aber all das hätte wohl nichts geholfen, wenn der alte Chefarzt nicht erkrankt wäre, so daß die Klinik über viele Wochen hinweg führungslos war, bis er dann starb und durch Doktor Lakote Onark ersetzt wurde. Eine der ersten Amtshandlungen von Onark war, mich zu entlassen. Zu spät bemerkte meine Tochter, Janette Rattray, daß ich frei war, und ihre Gegenmaßnahmen griffen nicht mehr."

Er blickte Korexxon an, und ein leises Lächeln stahl sich über seine Lippen. „Meine Tochter hatte einen Fehler gemacht. Sie hatte nicht aufgepaßt, und ich kehrte nach 37 verlorenen Jahren zur Erde zurück. Ich erfuhr, daß sie für meine Einlieferung in OCCIPITAL verantwortlich war und daß sie die Ärzte bestochen oder massiv unter Druck gesetzt hatte, damit ich dort blieb. Danach nahm ich den Kampf gegen sie auf und konnte sie stürzen."

Aus einer Tasche seines Anzugs holte er ein kleines Päckchen mit Keksen hervor, brach es auf und verzehrte einige davon. Die anderen legte er neben sich auf die Bank.

Er schilderte Janette als eine krankhaft ehrgeizige Frau, die mit buchstäblich jedem Mittel alles aus dem Weg geräumt hatte, was sie bei ihrer Karriere behindert hatte. Vor niemandem und nichts hatte sie haltgemacht, und so hatte sie 37 Jahre lang allein sowohl über das Wirtschaftsimperium wie auch die Familie herrschen können. Doch dabei hatte sie sich zugleich auch zahlreiche Feinde gemacht, und diese waren nach seiner Rückkehr zur Erde zu seinen natürlichen Verbündeten geworden.

„Sie hatte sich so an ihre Macht gewöhnt, daß sie mich dabei schlicht vergaß. An mich wurde sie erst wieder erinnert, als Doktor Onark mich entlassen hatte“, berichtete Pictorain. „Ich verdrängte sie, und meine Anwälte erarbeiteten ein Vertragswerk, in dem genau festgelegt ist, wie die Macht- und Vermögensverhältnisse im Konzern aussehen und wie sie zu gestalten sind, falls ich sterbe oder falls mir sonst irgend etwas geschieht.“

„Ich verstehe“, sagte Korexxon. „Damit willst du verhindern, daß sie dich töten läßt, um dich aus dem Weg zu räumen und selbst wieder die Firmenleitung zu übernehmen.“

„Richtig“, bestätigte der *Commander.* „Ich wollte diesen Passus zunächst nicht, aber meine Anwälte haben mich davon überzeugt, daß Janette sogar bereit wäre, mich töten zu lassen. Heute weiß ich, daß sie recht hatten. Bis zu dieser Begegnung mit euch war ich überzeugt davon, daß ich alle notwendigen Vorkehrungen getroffen habe, um einen weiteren Machtkampf unmöglich zu machen. Jetzt weiß ich, daß es eine Lücke in den Verträgen gibt.“

„Dann glaubst du, daß sie einen Weg gefunden hat, dich zu bekämpfen?“

„Allerdings!“ Jetzt war Pictorain wieder so, wie der Bioinformatiker ihn vor ihrer Begegnung auf Callisto kennengelernt hatte. Beherrscht, kühl und hart. „Aus allem, was geschehen ist, läßt sich nur ein Schluß ziehen: Sie will mir diese Verbrechen in die Schuhe schieben, um zu beweisen, daß ich nicht geheilt, sondern nach wie vor geisteskrank bin. Wenn ihr das gelingt, schicken mich die Behörden in die Klinik zurück, und sie hat die Macht.“

Luz Korexxon fiel es wie Schuppen von den Augen, und er brauchte nicht lange nachzudenken, um zu begreifen, daß er recht hatte. Was in den letzten Tagen geschehen war, ließ sich Schritt für Schritt auf diese Weise erklären. Die Strategie von Janette Rattray war, Jarvis Pictorain als geistesgestörten Rächer darzustellen, und indem sie ihn – Korexxon – unter Druck gesetzt hatte, war er zum ahnungslosen Werkzeug dieser Frau geworden. Unwissentlich hatte er dafür gesorgt, daß sich die Verdachtsmomente gegen Pictorain mehr und mehr verdichteten.

„Ihr Plan wäre vor allem deshalb beinahe aufgegangen", fuhr Pictorain fort, „weil ich überhaupt nicht geahnt habe, was vorging. Ich hätte aufmerksam werden müssen, als du wegen Samantha zu mir kamst, aber ich bin Geschäftsmann, und mein Kosmos ist der Konzern. Alles dreht sich um ihn, und so war ich selbst dann noch ahnungslos, als ich erfuhr, daß du zu Unkas' Grab wolltest. Die Waffe habe ich nur auf dich gerichtet, weil du einen Strahler in der Hand hattest. Hätte ich dich im Kampf getötet, wäre sie am Ziel gewesen."

„Und jetzt?" fragte Korexxon. „Wie geht es weiter?"

„Das ist eine gute Frage!" Der *Commander* zuckte hilflos mit den Achseln. „Ich bin kein Kriminalist. Wie man sich in so einer Situation verhalten muß, weiß ich nicht. Ich habe Geld und Macht. Ich kann über buchstäblich alle Mittel verfügen, doch die helfen mir nichts, solange ich nicht beweisen kann, daß nicht ich die Verbrechen begangen habe, sondern Janette."

Die beiden Ertruser, die sich mittlerweile die Schlammreste abgewaschen hatten, setzten sich zu ihnen.

„Natürlich werde ich meine Anwälte einschalten", kündigte Pictorain an. „Sie werden sich jeden einzelnen Fall vornehmen und nach Material suchen, das mich entlastet und ihre Schuld untermauert. Ich bezweifle jedoch, daß sie den gebotenen Erfolg haben werden. Zudem gehe ich davon aus, daß Janette auf diesen Fall vorbereitet ist und daß sie Presse und Öffentlichkeit für sich zu nutzen weiß."

„Mich interessiert nur eines", beharrte Korexxon. „Ich will meine Tochter Ancarin zurück. Lebend und gesund! Und das bald."

Pictorain stand auf. „Wir gehen zu Doktor Onark", entschied er. „Ich will Einsicht in die Akten haben. Ich muß wissen, wer alles von den hinterhältigen Anschlägen meiner Tochter bedroht wird."

Er setzte sich in Richtung Klinik in Bewegung und forderte die anderen mit energischer Geste auf, ihm zu folgen. Er schritt schnell aus. Karek Darkisk nahm einige Schaltungen an seinem Armbandgerät vor. Danach verschwanden zahlreiche Bäume und Büsche, die nichts als holographische Projektionen gewesen waren, und der Wald erschien licht und hell.

Die Hütte blieb allein zurück. Ein paar Vögel stellten sich ein und pickten an den Keksen, die Pictorain auf der Bank zurückgelassen hatte. Einige andere kamen hinzu und zankten sich lautstark schimpfend mit ihnen um die besten Krümel.

Als auch die letzten Reste verzehrt waren, teilten sich die Büsche, und eine schlanke Kartanin trat daraus hervor. Lauernd näherte sich Assyn-T'ria der Hütte.

15.

„Doktor Onark hat keine Zeit, euch zu empfangen“, erklärte die rothaarige Araiya-Na in einem Besuchsraum der Klinik. „Aber ich kann euch einen Termin geben. In etwa fünf Wochen ...“

„Es reicht“, unterbrach Pictorain sie. „Du weißt, wer ich bin?“

Sie blickte ihn trotzig an. Für sie war er offenbar noch immer der Patient, der keinen Anspruch darauf hatte, als vollwertiger Erwachsener behandelt zu werden. Widerwillig nickte sie.

„Ist dir auch bekannt, wem OCCIPITAL gehört?“

„Das tut nichts zur Sache“, erwiderte sie ebenso unnahbar wie abweisend. „Hier geht es um den Chefarzt, und der ist unabkömmlich.“

Zwei Roboter am Durchgang zum inneren Trakt der Klinik machten deutlich, daß niemand gegen den Willen der Ärzte passieren konnte.

Pictorain ging zum Syntron und erteilte ihm mit gedämpfter Stimme einige Befehle. In Bruchteilen von Sekunden wechselten die Bilder im Holo-Display, das bisher beruhigende Landschaften von der Erde und von exotischen Planeten gezeigt hatte. Dafür erschienen Tabellen und Grafiken.

„Wenn du dir das ansiehst, wirst du mühelos erkennen, wer der Eigentümer von OCCIPITAL ist!“

Zögernd trat die rothaarige Frau vor den Monitor, blickte kurz hin, und nun änderte sich ihre Haltung von einer Sekunde zur anderen. Mit gebrochener Stimme forderte sie die Besucher auf, ihr zu folgen.

„Es ... es tut mir leid“, stammelte sie und eilte voraus, um den Chefarzt zu verständigen. „Das konnte ich nicht wissen.“

„Der Laden gehört dir“, staunte Korexxon, während er neben dem *Commander* über die Flure der Klinik ging. „Das ist allerdings eine Überraschung. Gibt es eigentlich etwas, was dir nicht gehört?“

„Ich habe OCCIPITAL gekauft, weil ich hoffte, die Klinik dadurch unter meine Kontrolle zu bringen“, erläuterte Pictorain.

„Aber wenn Janettes Plan aufgeht, wird mir das wohl nicht gelingen."

Als er zusammen mit Korexxon und den beiden Ertrusern das Chefarztzimmer betrat, erfuhr Dr. Lakote Onark, wessen Angestellter er war. Sein angeschlagener Kreislauf war den Belastungen nicht gewachsen. Er erlitt einen Schwächeanfall und mußte sich setzen. Korexxon beobachtete ihn voller Argwohn. Er empfand die Reaktion des Mediziners als übertrieben.

„Ich habe dafür gesorgt, daß du entlassen wurdest", appellierte Dr. Onark an die Dankbarkeit des *Commanders.* Sein Teint nahm allmählich wieder die normale, dunkelbraune Farbe an. „Ich hoffe, du hast es nicht vergessen."

„Wir wollen uns nicht mit Vorreden aufhalten", wehrte Pictorain ab. „Unsere Zeit ist knapp bemessen. Es geht um alle Personen, die in irgendeiner Weise mit mir zu tun hatten, während ich als Patient in dieser Klinik war. Ich will ihre Namen und die Namen ihrer Angehörigen, besonders ihrer Kinder."

Der Psychiater kramte in einer Schublade herum, bis er ein für ihn geeignetes Medikament gefunden hatte, und schluckte eine Tablette. Danach verbesserte sich sein Befinden erstaunlich schnell.

„Ich würde dir ja gern helfen", beteuerte er, „aber ich kann nicht, denn gerade diese Akten sind bei einem Einbruch bei uns gestohlen worden. Ich habe die Namen nicht."

Korexxon überlegte nicht länger, weshalb der Arzt so eigenartig reagierte. Er dachte an seine Tochter, und er wollte sich nicht länger hinhalten lassen. Er stürzte sich auf Onark und packte ihn am Kragen seines Arztkittels.

„Hör genau zu!" fuhr er ihn an. „Meine Tochter ist entführt worden, und ich fürchte, daß sie sterben muß, wenn ich sie nicht rechtzeitig finde. Ich will alle Informationen, die du mir geben kannst. Ohne Umschweife. Sofort!"

Hilfesuchend wandte sich der Arzt an Pictorain, doch als dieser nicht eingriff, gab er seinen Widerstand auf. „Ich sage alles, was ich weiß", versprach er. „Aber vielleicht kannst du auf der Erde mehr erfahren."

Er schrieb eine Reihe von Namen auf, bat Pictorain um Beistand, indem er ihm eröffnete, daß er erpreßt wurde, und berichtete zunächst zögernd, dann aber immer offener von der grünen Holographie, die bei ihm erschienen war und über die er Anweisungen erhalten hatte.

„Die grüne Flamme hat durchblicken lassen, daß auf der Erde Forschungen biologischer Art parallel durchgeführt werden", erklärte er. „Ich glaube, es geht um Chips, die in unsere Transmitterforschungen einfließen sollen."

„Ich erinnere mich daran", sagte Pictorain. „Bei Transmittertransporten sollen die Chips eingepflanzt werden – nach Absprache mit dem Patienten oder heimlich."

„Natürlich immer nur mit Genehmigung des Patienten!"

„Und wer beschäftigt sich damit?" Korexxon äußerte sich nicht zu dieser Aussage. Er glaubte dem Arzt sogar, daß er an moralisch einwandfreien Lösungen arbeitete, dennoch bestätigten die erwähnten Experimente seine Befürchtungen. Wenn die Biochips mit Hilfe von Transmittern verpflanzt werden konnten, wurde dem Mißbrauch Tür und Tor geöffnet. Die Folgen waren unabsehbar.

„Ich weiß nur, daß es ein Plophoser ist."

Mehr brauchte Korexxon nicht zu wissen. Er dachte sofort an Arkmit Thorofeyn, den einzigen Plophoser im Forschungsteam von Biothek. Ihm traute er einen Verrat zu. Er ließ den Arzt los und stieß ihn in den Sessel zurück.

„Wenn du nicht die Wahrheit gesagt hast, bist du erledigt", drohte er.

„Du kannst dich auf mich verlassen." Der Psychiater wurde nun geradezu unterwürfig. „Um es dir zu beweisen, muß ich dich warnen, den Transmitter von OCCIPITAL zu benutzen. Er ist manipuliert."

Korexxon und Pictorain wechselten einen kurzen Blick miteinander. Sie waren sich schon vorher darüber einig gewesen, daß sie nicht per Transmitter, sondern mit dem Raumschiff des Industriellen zur Erde zurückkehren würden.

Sie verließen die Klinik und flogen mit einem Antigravgleiter bis zu der Stelle, an der ein Beiboot des Raumschiffes parkte.

Als sie außer Sicht waren, löste sich eine schlanke Gestalt aus dem Schatten eines Baumes. Assyn-T'ria blieb für einen kurzen Moment stehen, um das Raumschiff Pictorains zu beobachten, das von Callisto abhob und sich schnell in den Tiefen des Weltalls verlor.

Als sie zur Landung auf der Erde ansetzten, übermittelte der Funker der luxuriös eingerichteten Raumjacht Pictorain eine Nachricht. Er las sie durch, zerknüllte die Folie und ließ sie im Abfallvernichter verschwinden.

„Janette Rattray geht zur Schlußoffensive über", sagte er.

„Was ist passiert?" fragte Korexxon.

„Meine Anwälte teilen mir mit, daß der Staatsanwalt einen Haftbefehl gegen mich ausgestellt und mich zur Fahndung ausgeschrieben hat. Man wirft mir vor, den Tod von mehreren Kindern und erwachsenen Personen schuldhaft verursacht zu haben. Sie werden selbstverständlich Einspruch dagegen erheben, aber sie meinen, daß es schwer für mich wird. Dem Ankläger liegt Beweismaterial vor, das mich in erheblichem Maße belastet. Die Anwälte empfehlen mir, vorläufig nicht zur Erde zurückzukehren, sondern das Solsystem zu meiden, bis sich die Anklagepunkte als haltlos erwiesen haben."

„Wenn du darauf eingehst, haben wir verloren. Das Team Rattray wird die Syntronik knacken, das wissenschaftliche Material über die Biochips an sich bringen, um anschließend bei Transmittertransporten die für sie wichtigen Personen mit Biochips zu versehen und auf diese Weise unter ihre Kontrolle zu bringen."

„Du hast recht. Ich darf ihr das Feld nicht überlassen. Ich weiß, es wird eng, aber wir haben keine andere Wahl. Wir können nur gewinnen, wenn wir ebenfalls angreifen. Als erstes suchen wir

Biothek auf. Vielleicht kann dieser Thorofeyn uns weiterhelfen, den du erwähnt hast."

Begleitet von vier Männern und sechs Frauen der Raumschiffsbesatzung, drangen Jarvis Pictorain, Korexxon und die beiden Ertruser in das Forschungsinstitut Biothek ein. Astoron Gao, der Leiter der Anstalt, leistete keinen Widerstand. Er führte die Gruppe zu dem Trakt, in dem der Plophoser sein Labor eingerichtet hatte. Zugleich folgte er dem Befehl Pictorains und verhielt sich unauffällig, um die Aufmerksamkeit der anderen Mitarbeiter des Instituts nicht auf sich zu lenken.

„Arkmit arbeitet seit Stunden dort", berichtete er. „Ich habe vorhin kurz mit ihm gesprochen. Er hat mir gesagt, daß er bis in die Nacht hinein zu tun hat."

Doch Arkmit Thorofeyn war nicht in seinem Labor. Sie konnten es durch die verschlossenen Glastüren sehen. Er schien die Arbeit mitten in einem Experiment abgebrochen zu haben. Auf den Monitoren der Syntrons wechselten Zahlen und Symbole in schneller Folge. Pictorain gab Karek Darkisk ein Zeichen, und bevor Astoron Gao Einspruch erheben konnte, trat der Ertruser die Tür ein.

„Was macht ihr denn?" rief der Institutsleiter. „Thorofeyn wird seine Gründe dafür haben, daß er abschließt."

Korexxon ging an ihm vorbei und blickte hinter die verschiedenen Labortische. Er befürchtete, daß der Plophoser irgendwo auf dem Boden lag und Hilfe benötigte. Doch das war nicht der Fall. Thorofeyn war nicht mehr im Labor. Auf einem Monitor war der Gang zu sehen, über den sie herangekommen waren. Damit war alles klar für Korexxon. Der Plophoser hatte ihre Ankunft bemerkt und die richtigen Schlüsse daraus gezogen. Danach war er geflüchtet.

„Aber wieso denn?" fragte Gao verwirrt. „Er kann sich doch nicht in Luft aufgelöst haben!"

Korexxon zog die nur angelehnten Türen eines wandhohen Schrankes auf. Dahinter leuchtete der grüne Energiebogen eines aktivierten Transmitters.

„Das erklärt wohl, wo er geblieben ist", versetzte er ruhig. „Unser Freund hat sich mit Hilfe des Transmitters aus dem Staub gemacht."

Unter den Besatzungsmitgliedern, die Pictorain begleiteten und schützten, war eine Syntronikexpertin, Kea Winter, eine noch sehr junge Frau mit klaren, ebenmäßigen Gesichtszügen und lebhaften Augen. Sie untersuchte die Steuerung des Gerätes, und obwohl der Plophoser dafür gesorgt hatte, daß die Programmdaten nach seiner Flucht gelöscht worden waren, gelang es ihr, sie zu rekonstruieren und somit zu klären, welchen Kode die Gegenstation hatte.

Kea gab die Daten in den Syntron des Labors ein und fragte nach den Koordinaten des Empfängers. Es dauerte nur Sekunden, bis die Antwort kam. Danach befand sich die gesuchte Gegenstation vor der nordamerikanischen Küste auf dem Grund des Atlantiks.

„Hat der Pictorain-Konzern eine submarine Station?" fragte Korexxon.

„Soweit ich weiß – nein", antwortete der Industrielle. „Aber vollkommen ausschließen kann ich es nicht. Es ist durchaus möglich, daß Janette irgendwann so eine Station auf dem Meeresgrund eingerichtet hat, ohne daß eine offizielle Information darüber in unseren Unterlagen auftaucht."

Es schien, als hätten sie das Ende der vagen Spur erreicht, die sie erst vor wenigen Stunden ausgemacht hatten.

Sie kannten die Gefahren, die unter diesen Umständen für sie alle bei einem Transmittertransport gegeben waren. Außerdem kam es angesichts der Warnung, die Dr. Onark ausgesprochen hatte, nicht in Frage, Thorofeyn mit dem gleichen Transmitter zur Station zu folgen, den er benutzt hatte. Das Gerät konnte sich als tödliche Falle erweisen. Einen anderen Weg, kurzfristig auf den Grund des Meeres zu kommen, schien es nicht zu geben. Eine Tiefsee-Expedition war von vornherein ausgeschlossen, da sie erst nach tagelanger Vorbereitung begonnen werden konnte. Soviel Zeit hatten sie nicht.

Korexxon, Pictorain und die beiden Ertruser zogen sich auf das Beiboot zurück, mit dem sie vor der Klinik gelandet waren, während die Männer und Frauen der Besatzung Astoron Gao und die Laboratorien bewachten, um zu verhindern, daß irgend jemand die Behörden verständigte.

„Wir haben nur eine Möglichkeit", stellte der Industrielle fest, nachdem er sich von seinem Syntron einige Informationen hatte geben lassen. „Eine von meinen Firmen hat einen Transmitter entwickelt, der in eine Reihe von Einzelteilen zerlegt werden kann. Diese sind in der Lage, sich selbst zu einem funktionsfähigen Transmitter zusammenzubauen."

„Und?" fragte der Bioinformatiker. „Was für einen Vorteil bringt uns das?"

„Das liegt auf der Hand! Wir werden die Einzelteile durch den Transmitter von Thorofeyn zur submarinen Station schikken. Dort wird sich das Gerät zusammenbauen und zum Empfangsgerät für uns werden. Dann gehen wir durch einen meiner Transmitter, so daß wir sicher sein können, heil in der Station anzukommen." Er lächelte verlegen. „Ich habe seit über vierzig Jahren dieses Transportmittel nicht mehr benutzt, und ich habe Angst davor, aber wir werden dennoch diesen Weg beschreiten."

„Du willst mitgehen?"

„Selbstverständlich. Wenn die Kinder da unten sind, dann sind sie der lebende Beweis für Janettes Machenschaften, und diesen Beweis möchte ich sehen."

„Einverstanden", sagte Korexxon nach kurzer Überlegung. „Wenn ich Janette richtig einschätze, ist die submarine Kuppel das ideale Versteck für sie. Ich gehe davon aus, daß sie die Kinder dorthin entführt hat. Leider gibt es ein Problem."

„Und das wäre?" fragte Pictorain.

„Wir können die Einzelteile nicht so ohne weiteres in die Kuppel schicken. Wenn die Entführten da unten sind, werden sie bewacht. Das heißt, es sind Helfer deiner Tochter in der Kuppel. Wenn nun irgendwelche Güter per Transmitter eintreffen, die nicht geordert sind, fallen sie auf, und unser schöner Plan ist geplatzt."

„Du hast recht." Der *Commander* griff sich bestürzt an den Kopf. „Wir haben keine Möglichkeit, unbemerkt in die Kuppel einzudringen."

Bis dahin hatte O.T. schweigend zugehört, auf eigene Vorschläge verzichtet und Pictorain beobachtet. Es mutete ihn wahrscheinlich seltsam an, eine der mächtigsten Persönlichkeiten der Liga Freier Terraner so hilflos zu sehen. Als Kriminalist fühlte er sich in einer solchen Situation herausgefordert und schaltete sich ein.

„Wenn die Kuppel da unten im Meer existiert und wenn dort wenigstens zwanzig Gefangene mit ihren Wachen sind, die über Transmitter versorgt werden, muß es irgendwo Daten darüber geben. Ich meine, einen Syntron, der die Verwaltung organisiert", führte er aus.

„Im Kosmos und den dazugehörigen Firmen ganz bestimmt nicht", erwiderte der Industriemagnat. „Ich habe ein ganzes Heer von Spezialisten an die Geräte gesetzt und alles durchforsten lassen, um mich gegen ein mögliches Störfeuer zu sichern. Uns wäre eine submarine Kuppel direkt vor der Küste Amerikas aufgefallen."

„Daraus kann ich nur einen Schluß ziehen – der Syntron steht im Haus von Janette Rattray", stellte der Ertruser fest. „Wie gelangen wir in ihr Haus, und wo könnte der Syntron dort stehen?"

„Janette hat immer, schon als Kind, Angst vor unerwünschtem Besuch gehabt", entgegnete Pictorain. „Ich kann mir nicht vorstellen, daß es irgend jemandem gelingt, ihr Haus unbemerkt zu betreten und ihren Syntron anzuzapfen."

„Abwarten." O.T. blickte Karek Darkisk fragend an. „Kommst du mit?"

„Ich bin dabei."

„Dann los! Wir machen einen kleinen Umweg zu einem Spezialisten, der mir noch einen Freundschaftsdienst schuldet.

Bei ihm holen wir uns, was wir benötigen, um das Sicherheitssystem der Villa zu überwinden."

Als die beiden Ertruser das Labor verlassen hatten, flimmerte es Korexxon plötzlich vor den Augen, und ein unangenehmer Druck in der Magengegend quälte ihn. Ihm wurde übel, und er atmete betont ruhig und tief zugleich durch. Er sah, daß Pictorain ihn forschend anblickte und dabei unruhig wurde.

„Was ist los?" fragte er, und dabei kam ihm seine Stimme eigentümlich schrill vor. Seine Blicke klärten sich, wenngleich das Flimmern nicht ganz verschwand.

Der *Commander* antwortete, doch kein einziger Laut schien über seine Lippen zu kommen. Der Bioinformatiker spürte einen stechenden Schmerz, der von seinem Nacken ausging, und zugleich fühlte er sich von dem Transmitter angezogen, der *organisch* geworden zu sein schien. Unter dem grünen Energiebogen meinte er, zwei halbgeschlossene, gelblich schimmernde Augen zu sehen und eine Hand, die ihm lockend winkte.

Die Welt um ihn herum versank. Er fühlte sich schwerelos, heitere Leichtigkeit erfüllte ihn.

Eine Hand packte ihn und riß ihn herum. „Luz, was ist mit dir los?"

Er fuhr zusammen und schreckte auf, und mit einemmal stürzten die Geräusche brüllend auf ihn ein. Sie waren so laut, daß er unwillkürlich die Hände gegen die Ohren preßte. Das Blut hämmerte in seinem Kopf.

„Luz!"

Er ließ die Hände sinken, und allmählich normalisierte sich sein Zustand.

„Es geht schon", sagte er keuchend.

„Was ist los mit dir?"

Er sah keinen Grund, vor dem *Commander* zu verheimlichen, daß er sich einen Biochip eingepflanzt hatte. Er sagte es ihm.

„Durch den Chip scheint es eine besondere Affinität zu Transmittern zu geben", fügte er hinzu. „Jedenfalls passierte es, als ich in das Transportfeld blickte."

„Du wolltest hineinsteigen. Wir konnten dich gerade noch davon abhalten.“

Korexxon zog sich bis in den äußersten Winkel des Labors zurück, um sich so weit wie möglich von dem Transmitter zu entfernen. Er setzte sich auf einen Hocker, und seine Beine begannen zu zittern. Er versuchte, es vor den anderen zu verbergen; es mißlang.

„Du mußt den Chip entfernen lassen“, empfahl ihm Pictorain. „Das Risiko ist zu hoch für dich.“

„Nein, noch nicht“, weigerte der Wissenschaftler sich. „Er verbessert meine Reaktionsfähigkeit enorm, und das ist ein Vorteil, auf den ich noch angewiesen sein könnte. Ich will ihn auf jeden Fall nutzen.“

Der C*ommander* erkannte, daß Korexxon nicht bereit war, mit ihm über einen nötigen Eingriff zu reden, und er wandte sich einer anderen Frage zu. „Was ist mit Handerparss? Können wir ihm wirklich vertrauen?“

„Davon bin ich überzeugt.“

„Ist dir eigentlich klar, daß wir alle von ihm abhängig sind? Wenn er der Polizei einen Tip gibt, wo wir sind, braucht sie uns hier nur abzuholen.“

„Das wird er nicht. Ich vertraue ihm.“

Doch tat er das wirklich? Korexxon horchte in sich hinein, und er konnte nicht umhin zuzugeben, daß trotz allem, was geschehen war, leise Zweifel blieben.

„Wir müssen warten“, stellte Jarvis Pictorain unzufrieden fest. „Ich hasse es, wenn ich untätig sein muß, aber in diesem Fall bleibt uns nichts anderes übrig. Wir können nur hoffen, daß O. T. und Karek Erfolg haben und zu uns zurückkehren.“

Sie warteten über fünf Stunden. Mittlerweile war die Sonne längst untergegangen. Mehrere Male versuchte Korexxon über Syntron Clarthyen Oqunn zu erreichen. Er verwendete einen zwischen ihnen vereinbarten Kode, der ihren Armbandsyntron aktivieren sollte, doch die Anwältin meldete sich nicht. Er machte sich Sorgen.

Zugleich wurden die Zweifel an Handerparss stärker. War er nicht Polizist und hatte jahrelang mit Staatsanwalt O'Gnawlly zusammengearbeitet, ohne irgend etwas an dessen Methoden auszusetzen, die ihn nun – angeblich oder tatsächlich – störten? Konnten sie ihm wirklich vertrauen? Oder verfolgte er eigene Pläne?

Korexxon machte sich bewußt, daß es im Zusammenhang mit den Biochips immer noch auch um ein Milliardengeschäft ging. Ließ sich O.T. von der Aussicht auf hohen Gewinn verführen? Hatte er ihn die ganze Zeit über getäuscht?

Er versuchte, die Zweifel zu verdrängen und an den Mann zu glauben, mit dem er so lange befreundet gewesen war und den er nun wiederum als Freund empfand, nachdem sie sich für einige Jahre entfremdet, wenn nicht verfeindet hatten. Es fiel ihm schwer.

Warum brauchte O.T. soviel Zeit? Hatte er womöglich gar nicht die Absicht, ins Institut Biothek zurückzukehren?

Die Situation wurde immer bedrohlicher. Einige Mitarbeiter des Instituts hatten gemerkt, daß sich etwas Ungewöhnliches ereignet hatte. Immer wieder kamen Anfragen über Syntron an Astoron Gao, die dieser nur ausweichend beantworten konnte. Einige Wissenschaftler schöpften Verdacht. Bei Dienstschluß verließen sie Biothek nicht, sondern bestanden darauf, Gao zu sprechen. Pictorain ließ sie in das Labor kommen und verwehrte ihnen, es wieder zu verlassen.

„Dies ist eine klare Geiselnahme", stellte Tosso A'Beny fest. Der Kargathener verzichtete auf die sonst so geliebten poetischen Formulierungen. „Was glaubt ihr denn, wie lange das gutgeht? Früher oder später werden sich unsere Angehörigen melden, und wenn wir keine befriedigende Antwort geben, wimmelt es hier bald von Polizisten und Kampfrobotern. Man wird das Gebäude stürmen und den ganzen Spuk beenden."

Jarvis Pictorain antwortete nicht. Er stand an einem der Fenster und blickte hinaus. Er beobachtete einen 500-Meter Kugelraumer, der sich langsam über Kanada herabsenkte, um auf dem Raumhafen im hohen Norden zu landen. Die der Sonne zugewandte Seite des Raumschiffs glänzte silbern wie ein kleiner Mond.

„Sie kommen!" rief der *Commander* plötzlich. „Ich habe Karek Darkisk gesehen."

Seine Worte schreckten alle auf. Die Männer und Frauen der Raumschiffsbesatzung drängten zur Tür, und sie wichen erst zurück, als die beiden Ertruser sich näherten.

Karek Darkisk wartete nicht ab, bis er den Raum betreten hatte. Schon von weitem rief er: „Jarvis, wir haben, was wir brauchen!"

„Wir wollen eine Erklärung", forderte Tosso A'Beny. „Sofort! Was ist hier eigentlich los?"

Luz Korexxon erkannte, daß seine Kollegen keine Ruhe geben würden, bevor sie erfahren hatten, um was es ging. Er wollte sie für eine Mitarbeit gewinnen. Also eröffnete er ihnen, daß zwanzig oder mehr Kinder entführt worden waren und daß sie die Absicht hatten, sie zu befreien.

„Unsere Aktion kann nur erfolgreich sein, wenn wir mit größter Vorsicht und absoluter Geheimhaltung vorgehen", schloß er. „Wenn nur ein falsches Wort nach außen dringt, könnte es die Kinder das Leben kosten."

Tosso A'Beny und die anderen verlangten weitere Einzelheiten, doch Pictorain schaltete sich energisch ein und machte deutlich, daß sie handeln mußten und nicht noch mehr Zeit verlieren durften. Zusammen mit Korexxon und den beiden Ertrusern zog er sich in ein benachbartes Labor zurück.

„Wir haben die Daten der Kuppel", berichtete Karek Darkisk mit gedämpfter Stimme. „Und wir wissen, daß in wenigen Stunden umfangreiches Versorgungsmaterial in insgesamt zwanzig Containern über Transmitter dorthin geschickt wird. Das gibt uns Gelegenheit, unsere Transmitterteile zwischen den Versorgungsgütern zu verstecken."

„Wir müssen sofort mit den Vorbereitungen beginnen", sagte Pictorain. „Wieviel Zeit haben wir noch?"

„Längst passiert“, grinste sein ertrusischer Freund. „Ich habe alles Nötige veranlaßt. Wir brauchen nur noch auf das Signal unseres Transmitters zu warten, mit dem er anzeigt, daß er einsatzbereit ist und wir uns auf den Weg machen können.“

Sie besprachen gerade noch einige Details des bevorstehenden Einsatzes, als das erwartete Funksignal eintraf.

„Es kann losgehen“, sagte Jarvis Pictorain.

Als sie das Institut verließen, bildeten Luz Korexxon und O. T. den Abschluß der Gruppe.

„Ich habe an dir gezweifelt“, eröffnete der Bioinformatiker dem Ertruser. „Es hat verdammt lange gedauert!“

„Ich bin Polizist und kein geschulter Einbrecher“, behauptete Handerparss, wobei er sich stillvergnügt mit dem Handrücken über den Mund fuhr. Er zwinkerte dem Terraner zu. „Also hat die ganze Geschichte etwas mehr Zeit in Anspruch genommen als bei einem Profi. Dafür bin ich sicher, daß Janette Rattray und ihre Helfershelfer nichts bemerkt haben.“

Auf dem parkähnlichen Gelände vor Biothek parkte ein kastenförmiger Lastengleiter. In ihm befand sich nicht nur der Transmitter, der sie zur Energiekuppel im Atlantik bringen sollte, sondern es lagen dort auch Waffen und Gravo-Paks für alle bereit.

16.

Mit einem leichten Schutzanzug versehen ging O.T. als erster durch den Transmitter. Luz Korexxon folgte ihm so schnell, daß er beinahe gegen den Ertruser prallte, als er in der submarinen Station ankam.

„Ganz ruhig“, wisperte Handerparss, der in gebückter Haltung zu einer Brüstung schlich.

Während der Bioinformatiker in der Deckung eines meterhohen Containers blieb, blickte er sich um. Über ihm wölbte sich eine tiefblaue Kuppel, die von unten her von verschiedenen Lichtquellen angestrahlt wurde. Nicht weit von ihm entfernt erschien für einen kurzen Moment ein großer Fisch, glotzte in das Licht und zog sich dann plötzlich wieder ins Dunkel zurück.

Der Empfangstransmitter stand auf einer Brüstung, die sich in etwa dreißig Metern Höhe rund um die Kuppel zog. Von seinem Versteck aus konnte Korexxon zwei unter ihm gelegene Ebenen sehen, die jeweils größere Kreise bildeten, da die Kuppel zur Basis hin immer weiter wurde. Auf ihnen stapelten sich zahlreiche Transportbehälter.

Aus dem Transmitter kamen Pictorain, Karek Darkisk und die Männer und Frauen der Raumschiffsbesatzung. Sie alle waren ebenfalls mit Schutzanzügen ausgerüstet. Lautlos verteilten sie sich zwischen den Containern.

Als Korexxon zu O.T. vorrückte, machte dieser ihn auf die wabenförmigen und nach oben hin überwiegend offenen Behausungen aufmerksam, die nahezu die gesamte Basisfläche der Kuppel einnahmen.

„Da sind sie“, flüsterte er. „Die Kinder! Jedes von ihnen hat einen eigenen Raum.“

Von fieberhafter Erregung gepackt, suchte Korexxon nach seiner Tochter Ancarin, und er entdeckte sie bald. Sie schlief auf einer Liege. Sie wirkte entspannt, und er war überzeugt davon, daß sie von der Bombe befreit worden war.

Die meisten der anderen Kinder hockten in ihren Verliesen und dösten vor sich hin. Sie hatten keinen Kontakt miteinander.

Auf den Gängen zwischen den Unterkünften bewegten sich nur wenige bewaffnete Männer und Frauen. Vereinzelt hielten Roboter Wache.

Korexxon blickte auf den Energiestrahler in seiner Hand. Es war eine Waffe, die ihm plump vorkam. Trotz der Anspannung, unter der er stand, lächelte er, denn er konnte sich noch nicht vorstellen, daß er die Waffe wirklich benutzen würde. Er war Wissenschaftler, kein Kämpfer. Der Strahler war lediglich ein Druckmittel für ihn, mit dem man drohen konnte, mit dem man aber nicht auf Menschen schoß. Er wußte noch nicht einmal, wie man ihn optimal einsetzte, wohin man damit zielte, um die gewünschte Wirkung zu erzielen.

O.T. führte das Kommando über die Gruppe, und er verteilte die Männer und Frauen der Raumschiffsbesatzung rund um die Brüstung. Pictorain, Korexxon und Karek Darkisk blieben bei ihm. Er wartete, bis alle ihre Position bezogen hatten, dann gab er das Zeichen zum Angriff.

Alle sprangen gleichzeitig über die Brüstung hinweg und ließen sich in die Tiefe fallen. Zugleich eröffnete die Hälfte von ihnen das Feuer auf die Roboter, und obwohl die Maschinen durch Energieschirme geschützt waren, gelang es ihnen, einige von ihnen zu zerstören, indem mehrere Angreifer das Feuer auf jeweils einen Roboter konzentrierten. Dann aber zuckten bereits Energieblitze von unten hoch, und Darkisk war ihr erstes Opfer.

Es traf ihn, als er noch etwa zehn Meter über dem Boden war. Unter dem konzentrierten Beschuß von vier Robotern brach sein Schutzschirm zusammen. Er starb so schnell, daß er nicht einmal schreien konnte. Wie ein Stein stürzte der Vertraute von Jarvis Pictorain zu Boden, während die anderen sich mit Hilfe der Gravo-Paks abfingen.

„Nein!" schrie der *Commander* entsetzt. Vergeblich versuchte er, den Ertruser zu erreichen. Ein Energiestrahl streifte seinen Schutzschirm und schleuderte ihn zurück.

Korexxon bemerkte, daß einige der Kinder erschrocken hochfuhren. In ihrer Angst begannen sie zu schreien. Er hätte ihnen gern geholfen und sie beruhigt, doch ihm blieb keine Zeit, sich um irgend etwas anderes als um seine eigene Sicherheit zu kümmern.

Aus verschiedenen Containern tauchten Wachen in roten Schutzanzügen auf. Sie empfingen die Angreifer mit einem Sperrfeuer aus ihren Energiestrahlern, so daß die Temperaturen innerhalb der Kuppel in Bruchteilen von Sekunden in die Höhe schnellten. Mächtige Klimageräte sprangen an, um eine weitere Steigerung zu verhindern.

Korexxon landete zwischen den Wohneinheiten der Kinder. Verzweifelt blickte er sich um. Er wurde sich dessen bewußt, daß er die Lage falsch eingeschätzt und ihre eigenen Chancen als viel zu hoch eingestuft hatte. Er sah sich einem energischen Sperrfeuer ausgesetzt, und da er niemals eine entsprechende Schulung für solche Einsätze erhalten hatte, wußte er nicht, was er tun sollte.

Instinktiv duckte er sich, feuerte blind den Energiestrahler ab, wobei er ihn nach oben richtete, und versuchte, in die Deckung eines Versorgungsbehälters zu kommen. Er spürte einen heftigen Schlag, verlor den Boden unter den Füßen, sah sich in sonnenhelles Feuer gehüllt und schrie hilflos auf.

Angst packte ihn und ließ ihn die Übersicht verlieren. Er erkannte, daß er sich kampferprobten Männern und Frauen gegenübersah und daß er keine Chance gegen sie hatte.

Ein weiterer Schlag traf seinen Energieschirm und riß ihn von den Füßen, kaum daß er sich aufgerichtet hatte. Verzweifelt raffte er sich auf und brachte sich mit einem unbeholfenen Hechtsprung in Sicherheit. Er rollte über den Boden, dabei blickte er sich gehetzt um. Es mußte doch eine Möglichkeit geben, schnell zu Ancarin vorzustoßen, sie aus ihrem Verlies zu befreien und mit ihr zu verschwinden!

Während er noch überlegte, was er als nächstes tun sollte, sich flach an den Boden preßte und entsetzt beobachtete, daß es überall in der Kuppel krachte und blitzte, stieß das Fremde in ihm mit eisigen Krallen zu.

Luz Korexxon schrie. Er verlor den Kontakt zu seinem Ich.

Die Zeit löste sich auf, zersprengte in einzelne Bilder, wie er sie nie zuvor gesehen hatte, die nicht diesem Universum zu entstammen, zu einer ganz anderen Wirklichkeit zu gehören schienen. Ihm war, als verfolge er durch die Augen eines anderen Wesens, was um ihn herum geschah. Er nahm es in einzelnen Fragmenten auf, als ob er einen Film verfolge, bei dem die Schnitte zwischen den einzelnen Sequenzen Schlag auf Schlag erfolgten, wobei die aufnehmende Kamera ihre Position ohne Unterlaß veränderte, so daß er die Abläufe mal aus einer, dann wieder aus einer ganz anderen Perspektive beobachtete, mal als Totale, mal als Detail und Makro in unnatürlich erscheinender Vergrößerung.

Die überlebenden Raumfahrer Pictorains zogen sich fluchtartig zurück. Augen von Angst gezeichnet. Trampelnde Füße. Ein Finger am Auslöser einer Waffe. Die ganze Kuppel. Schreiende Kinder in ihren Verliesen aus der Vogelperspektive. Der zum Todesschrei geöffnete Mund eines Getroffenen. Ein Raumfahrer mit blicklosen Augen und einer tödlichen Brandwunde mitten auf der Brust. Dann wieder die Totale eines normalsichtigen Auges.

Die Bildsplitter sammelten sich, fügten sich zusammen, als Korexxon das Unheimliche in sich endlich wieder zurückdrängte, und seine Sinne klärten sich. Er nahm alles wahr, was um ihn herum geschah. Zunächst merkte er, daß er weitergekrochen war und eine andere Deckung aufgesucht hatte. Seine Waffe hatte er zurückgelassen. Sie lag meterweit von ihm entfernt auf dem Boden.

Rampak Handerparss befand sich noch auf der mittleren Brüstung. Mit einem gewaltigen Fußtritt schleuderte er zwei Gegner zur Seite und rettete sich dann mit einem weiten Sprung vor einem dritten, der ihn unter Feuer nahm.

Die Männer und Frauen der Besatzung flüchteten in den Transmitter, durch den sie gekommen waren. Korexxon beobachtete, wie einer nach dem anderen durch den grünen Energiebogen sprang und darin verschwand.

O.T. schoß um sich und zog sich bis in die unmittelbare Nähe des Transmitters zurück. Er blickte zu Korexxon hinüber und signalisierte ihm, daß er ihm nicht helfen konnte. Doch er floh nicht. Obwohl die Zahl der auf ihn zurückenden Gegner immer größer wurde, wich er nicht weiter zurück und verteidigte den Transmitter.

„Verschwinde endlich!“ brüllte der Bioinformatiker zu ihm hinauf. „Hau ab!“

Ein Energiestrahl traf einen der Container, die unmittelbar neben dem Transmitter standen. Gleich darauf folgten weitere Treffer, und Korexxon erfaßte, daß ihre Gegner versuchten, den Transmitter zu zerstören.

„Warte nicht länger!“ schrie er O.T. zu. „Verschwinde!“

Ein Energiestrahl streifte den Schutzschirm des Ertrusers und schleuderte ihn herum. Gleichzeitig schwebten von allen Seiten in Schutzschilde gehüllte Männer heran. Handerparss sah sie, und er begriff, daß er nur noch eine einzige Chance hatte, sein Leben zu retten. Er schnellte sich über mehrere Meter hinweg kopfüber ins Abstrahlfeld des Transmitters, der Bruchteile von Sekunden später von einem Energiestrahl getroffen wurde und krachend explodierte. Glühende Trümmerstücke regneten von oben herab, und wiederum schrien einige der Kinder in höchster Panik auf.

Dann wurde es beängstigend still. Nur noch das Knistern vereinzelter Feuer war zu hören. Es wurde übertönt vom Zischen der Löschdüsen, aus denen durch die Kuppel schwebende Roboter Sauerstoff vernichtende Mittel sprühten.

Verzweifelt ließ Korexxon sich auf den Boden sinken. Seine Hände zitterten, und die Kehle war ihm so eng geworden, daß er kaum atmen konnte. Der Angriff auf die submarine Kuppel hatte mit einer totalen Niederlage geendet.

Eilige Schritte näherten sich ihm, und dann war die blonde Ancarin plötzlich bei ihm. Seine Tochter sank neben ihm auf die Knie und umschlang ihn.

„Paps“, flüsterte sie unter Tränen.

Er versteifte sich. Er sah die Bilder der explodierenden Samantha vor sich, wie er sie am Syntron wieder und wieder verfolgt und analysiert hatte, und er fürchtete, daß seine zweite Tochter nun ebenfalls sterben würde wie Samantha.

Wollte sie ihn mit in den Tod nehmen?

Mit tränenfeuchten Augen blickte sie ihn an. „Du brauchst keine Angst zu haben“, stammelte sie. „Ich habe nichts an mir. Ich habe auch keinen Chip mehr. Ich bin frei.“

Er zog sie an sich und streichelte ihren Kopf.

„Es tut mir leid, Liebling“, sagte er leise. „Ich dachte wirklich, daß es so läuft wie bei Samantha.“

Über ihren blonden Schopf hinweg sah er Jarvis Pictorain, der um eine Ecke bog und mit schleppenden Schritten zu ihm kam. Der seidig schimmernde Anzug des Industriellen war an der rechten Schulter leicht verbrannt, ansonsten waren ihm keine Kampfspuren anzusehen. Er war erschöpft. Seine Augen lagen tief in den Höhlen, und die Haare klebten ihm an der Stirn.

Korexxon wunderte sich, daß der *Commander* allein war, und ihm kamen Zweifel an seiner Integrität. Doch da tauchten bewaffnete Männer in roten Uniformen hinter ihm auf, und von der anderen Seite schritten weitere heran. Einen von ihnen erkannte der Bioinformatiker wieder. Es war einer jener Männer, die sich seinem Haus in New York genähert und bei seiner Flucht auf ihn geschossen hatten.

„Es war eine Falle“, sagte Pictorain niedergeschlagen. „Sie haben gewußt, daß wir kommen.“

Ein leises, triumphierendes Lachen ertönte, und eine hochgewachsene, dunkelblonde Frau trat aus der Tür einer Wohnkabine. Sie hatte einen ähnlich schmalen Schädel wie Pictorain mit etwas weniger tiefen Einbuchtungen an den Schläfen, hoch unter den geschwungenen Augenbrauen liegenden Augen und leichten Einkerbungen auf den Wangen. Ihre Lippen lächelten, doch sie wirkten eigenartig steif dabei, so als ob sie partiell gelähmt seien.

Ihr Aussehen und die Art, wie sie sich bewegte, ließen nur einen Schluß zu: Sie war Pictorains Tochter Janette Rattray!

„Eine Falle nicht gerade, Väterchen", sagte sie, „aber die Männer, die in mein Haus eingebrochen sind und sich mit meinem Syntron beschäftigt haben, sind nicht unentdeckt geblieben. Wir haben sie bei ihrer Arbeit beobachtet, und wir haben sie nicht daran gehindert. Daher wußten wir, daß ihr hier erscheinen würdet, und wir konnten euch gebührend empfangen." Sie lachte voller Stolz. „Mein Team ist besser. Es hat Syntroniken manipuliert und hat sich aus Bereichen Informationen verschafft, die als uneinnehmbar galten."

„OCCIPITAL!"

„Zum Beispiel! Allerdings hatte mein Team Monate Zeit für diese Aktion, während deine Ertruser improvisieren mußten. Ihr wart gar nicht so schlecht. Netter Versuch."

Einer der Männer gab Pictorain einen Stoß in den Rücken, und der *Commander* stürzte neben Korexxon auf den Boden. Mühsam richtete er sich wieder auf.

„Es tut mir leid", sagte er. „Wir hätten das alles ganz anders anfangen sollen."

Zwei Männer packten Ancarin bei den Armen und zogen sie von ihrem Vater weg. Sie schrie.

„Das ist schon seltsam", befand Janette, „manche weinen dem Familienleben nach, andere ziehen es vor, erwachsen zu werden. Ich bin ganz schön erwachsen, Papa, nicht wahr?"

„Und jetzt?" fragte Korexxon, während er seine Waffe abgab. „Wie geht es weiter?"

Janette Rattray blickte ihn nachdenklich an. „Du hast mir gute Dienste geleistet", sagte sie. „Du hast dich bemüht, die Vorfälle um Biothek und die Biochips aufzuklären. Mehrere Male hätten meine Männer dich töten können, aber das lag nicht in meiner Absicht. Du warst ein gutes Werkzeug für mich. Du hast nach deiner Tochter gesucht, wolltest Rache üben für ihren Tod, und du hast mehr und mehr Beweise gegen meinen Vater gesammelt, so daß die Polizei nun nicht mehr an seiner Schuld zweifelt. Du hast deine Aufgabe erfüllt, und somit hast du das Ende deines Weges erreicht."

Korexxon erfaßte, was sie meinte. Er sollte jetzt sterben.

Sie wandte sich an Pictorain. „Anders sieht es mit Papa aus", fuhr sie fort.

Ihre Kämpfer zogen die beiden Gefangenen hoch und führten sie über den Gang zwischen den Wohneinheiten zu einem abgeteilten und überdachten Raum, in dem der grüne Energiebogen eines Transmitters leuchtete.

Andere Männer brachten die verschüchterten und verängstigten Kinder heran und schoben eines nach dem anderen in den Transmitter. Auch Ancarin verließ auf diese Weise die submarine Kuppel. Weinend blickte sie ihren Vater an, bis sie im Transportfeld verschwand.

„Der Weg meines Vaters ist noch lange nicht zu Ende, und das hat er sich selbst zuzuschreiben. Auch er wird durch diesen Transmitter gehen, und wenn er bei der Gegenstation herauskommt, wird ein kleiner, aber bedeutsamer Teil seines Gehirns fehlen. Die Ärzte werden ganz sicher meiner Diagnose zustimmen, daß er unheilbar geistesgestört ist, und die Polizei wird ihm all die Streiche anlasten, die ich spielen mußte, um einen Anlaß für seine Rückkehr nach OCCIPITAL zu schaffen, wo er noch sehr viele Jahre seines verdienten Ruhestandes genießen soll."

„Nein, nein", stammelte Pictorain. Verzweifelt wehrte er sich gegen die Männer, die ihn festhielten. „Das darfst du nicht tun. Das ist es nicht wert."

Sie lächelte unbeeindruckt. „Die Öffentlichkeit wird erschüttert und empört sein, wenn sie erfährt, daß die Ärzte mal wieder einen Geistesgestörten zu früh aus der Psychiatrie entlassen und damit eine Katastrophe ausgelöst haben. Man wird Jarvis in die Klinik einliefern und die Akten schließen."

Einer ihrer Kämpfer nach dem anderen zog sich durch den Transmitter zurück, bis sich schließlich nur noch Janette Rattray, der *Commander,* Korexxon und zwei der Wachen in der Kuppel befanden.

Noch einmal versuchte Pictorain, seine Tochter umzustimmen, doch sie schüttelte nur traurig den Kopf und ging zum Transmitter hinüber. Korexxon beobachtete, wie sie eine kleine Speichereinheit in den Syntron schob, mit dem das Gerät programmiert und gesteuert wurde. Daran befestigt war ein Chronometer mit großen, leuchtenden Zahlen.

„Es ist soweit, Vater", versetzte sie. „Alles bereit für den Sprung ins Abenteuer? Was ist mit dir? Hast du Reisefieber?"

„Nein!" schrie er, und dabei kämpfte er ebenso verzweifelt wie vergeblich gegen die Männer, die ihn an den Armen gepackt hielten und zum Transmitter schleiften. „Das darfst du nicht tun."

Das Chronometer zählte rückwärts im Sekundentakt.

20 – 19 – 18 – 17 ...

Luz Korexxon starrte auf den grünen Energiebogen, und ein elektrischer Schlag schien ihn zu treffen. Eisige Finger tasteten sich von seinem Nacken her über sein Gesicht und blendeten ihn, so daß er die Augen instinktiv schloß. Doch damit konnte er sich dem Licht nicht entziehen, das aus ihm selbst zu kommen schien und seine Augen zu zerstören drohte.

Er verlor den Kontakt zur Wirklichkeit, spürte den Boden nicht mehr unter sich, hörte die Schreie von Pictorain, als ob sie aus der Ferne kämen, in einen gewaltigen Dom mündeten und an zahllosen Wänden immer neue Echos verursachten.

14 – 13 – 12 ...

Gepeinigt versuchte er, sich auf sich selbst zu konzentrieren und in Erinnerung zu rufen, wer er war. Doch es gelang ihm nicht. Mehr und mehr drängte sich etwas anderes in den Vordergrund, etwas Fremdes und Diebisches, Neugieriges, maßlos Lebenshungriges und Unbarmherziges, etwas, das ihm seine Persönlichkeit rauben wollte.

Der Biochip!

Korexxon kämpfte mit ganzer Kraft gegen die Macht an, die ihn zu übernehmen drohte. Er wollte sich nicht aufgeben. Er wollte sich behaupten. Sein Ich zu verteidigen schien ihm wichtiger zu sein, als sein Leben zu behaupten.

9 – 8 – 7 ...

Allmählich erlosch das unerträglich helle Licht, fiel in sich zusammen und zog sich auf einen kleinen Punkt zurück, der wie in hitzeflimmernder Luft tanzte. Er konzentrierte sich ganz auf diesen Punkt, bis er sich mit ihm identifizierte und in ihm aufzugehen schien. Zugleich erfaßte er, worauf seine geballten geistigen Kräfte zielten.

Es war der manipulierte Transmitter. Ihm war, als sei er in einen Strudel geraten, in dem seine Kräfte mit immer höher ansteigender Geschwindigkeit versanken.

4 – 3 – 2 ...

Korexxon hörte Jarvis Pictorain unter höchsten Qualen schreien, dann zerriß ein Vorhang. Er kehrte in die Wirklichkeit zurück, sah den grünen Energiebogen des Transmitters vor sich und brach zusammen.

1 – Null!

Er fühlte sich so schwach, daß er das Gefühl hatte, in Watte einzutauchen, erst jetzt merkte er, daß die Wachen ihm die Füße mit einem Plastikband gefesselt hatten.

Einige Schritte von ihm entfernt stand Janette Rattray. Ein zufriedenes Lächeln lag auf ihrem schmalen Gesicht, ihre Augen strahlten. Sie entnahm die manipulierende Speichereinheit aus dem Syntron und schickte die beiden Wachen in das Transportfeld des Transmitters.

„Jetzt sind nur noch wir hier“, sprach sie zu Korexxon. In der einen Hand hielt sie einen Energiestrahler, in der anderen die Speichereinheit. Sie war unerreichbar weit von ihm entfernt, zumal die Attacke des Biochips ihn so geschwächt hatte, daß er sich kaum noch bewegen konnte. Sie stellte das Chronometer neu ein und schob die Einheit in den Syntron.

Der Countdown lief erneut an.

30 – 29 – 28 – 27 ...

„Halten wir uns nicht lange auf. Ich ziehe mich ebenfalls durch den Transmitter zurück. Du wirst allein in der Kuppel bleiben. Und dann hast du die Wahl. Wenn du mir durch den Transmitter folgst, wirst du dich als Kamerad zu meinem armen Papa gesellen. Damit dir der Aufenthalt unter dem schönen Jupiter nicht schwer wird, machen wir dein Gehirn unterwegs ein bißchen leichter. Bleibst du hier, ist es vorbei mit dir, denn in wenigen Sekunden schaltet sich die Formenergiekuppel ab. Dann geht unser kleines Atlantis wieder unter.“ Sie lachte laut auf.

18 – 17 – 16 – 15 ...

„Also entscheide dich, Korexxon. Ein paar Minuten bleiben dir noch! Schade. Ich weiß, daß du kein Kämpfer bist. Ich würde gern bei dir bleiben, um zu sehen, welche Lösung du wählst. Aber – die Firma ruft!“

10 – 9 – 8 ...

Sie wartete, ließ ihn nicht aus den Augen. Die Manipulation begann bei Null.

4 – 3 – 2 ...

Sie winkte ihm spöttisch zu und verschwand im Transportfeld des Transmitters.

1 – Null!

Korexxon kämpfte wütend mit dem Plastik an seinen Beinen, so als ob diese Befreiung nun noch von Bedeutung sei. Mühsam und unter geradezu unmöglichen Verrenkungen konnte er sich schließlich daraus befreien. Er richtete sich auf und blickte sich um.

Er war allein in der submarinen Kuppel, deren Einrichtungen vor allem in den oberen Abschnitten im Verlauf des Kampfes weitgehend zerstört worden waren. Mehrere Container waren mit ihrem Inhalt verbrannt und bildeten nur noch schwarze Gerippe.

Taumelnd näherte er sich dem Transmitter, schon nach wenigen Schritten verließen ihn die Kräfte wieder, und die Beine gaben unter ihm nach. Unwillkürlich blickte er nach oben, wo sich die Energiekuppel spannte, und er wurde sich dessen bewußt, daß ihm nur noch Sekunden blieben.

Er mußte sich entscheiden. Wenn er noch länger blieb, war er dem sicheren Tod ausgeliefert. Nur der Transmitter bot ihm noch eine geringe Chance.

Doch war es nicht gleichbedeutend mit dem Tod, wenn er auf der Gegenstation des Transmitters als Geistesgestörter herauskam? War es nicht besser, seinem Leben gleich ein Ende zu setzen, indem er blieb? Konnte er sich dadurch nicht die Qualen ersparen, denen Jarvis Pictorain 37 Jahre lang in OCCIPITAL ausgesetzt gewesen war?

Er konnte sich nicht für den Tod entscheiden!

Janette Rattray hatte sich geirrt. Sie glaubte, daß er kein Kämpfer war. Doch er gab nicht auf. Der Bioinformatiker nutzte die winzige Chance, die ihm noch blieb. Er raffte sich auf, kämpfte sich trotz seiner Schwäche zum Transmitter vor und konzentrierte sich mit aller Kraft auf die Speichereinheit. Alle Energien, die noch in ihm steckten, waren auf das manipulierende Gerät gerichtet.

Während er wiederum den Kontakt zur Wirklichkeit verlor, stolperte er den letzten Schritt zum grünen Energiebogen. Zugleich vernahm er ein infernalisches Krachen. Sein Kopf ruckte in den Nacken. Er blickte hoch und sah die Wassermassen auf sich zustürzen. Mit einer verzweifelten Anstrengung warf er sich in das Transportfeld, und er spürte, wie es ihn fortriß. Er wähnte sich in glühenden Energiewirbeln gefangen, glaubte sich gegen unerträglich helles Licht wehren zu müssen, und zugleich schienen übermächtige Kräfte an ihm zu zerren.

Dunkelheit.

Stimmen. Geräusche. Schmerzen.

Das Fremde. Ein seltsames Lachen. Ein irres Lachen.

Personen. Licht. Bewegung. Eine andere Dimension?

Wo bin ich?

Bilder formten sich um ihn herum. Köpfe. Neugierige Blicke. Sorge.

„Hörst du mich?"

Erneut Dunkelheit. Sturz ins Nichts. Kälte im Nacken.

Wer bin ich?

Körperloses Gleiten.

Lebe ich? Bin ich schon tot?

„Er kommt zu sich.“ Eine bekannte Stimme. Aber wer?

Von allen Seiten her kommend, stürzten die Bilder auf ihn herab. Formten sich. Bekamen Inhalte. O.T. und Jarvis Pictorain.

„Nun komm schon, Luz! Wie lange willst du uns noch warten lassen?“

Schlagartig kehrte das Bewußtsein zurück. Er fühlte sich schwach und zerschunden. Jeder einzelne Muskel seines Körpers schien gezerrt zu sein. Handerparss und der *Commander* waren bei ihm, knieten neben ihm, der auf dem Boden lag. Gleich hinter ihnen leuchtete der grüne Bogen des Empfangstransmitters. Ein weißes Symbol zeigte an, daß der Sender, mit dem das Gerät zuvor per Impulswellenfront verbunden gewesen war, nicht mehr existierte.

Er blickte Pictorain an.

„Du machst einen ziemlich unbeschädigten Eindruck“, sagte er mit einem Anflug von Humor.

„Weil du es irgendwie geschafft haben mußt, die Verbindung zu desaktivieren“, versetzte der *Commander.* „Jedenfalls hat die Manipulation bei mir nicht gegriffen.“

Er rückte ein wenig zur Seite und gab den Blick auf Janette Rattray frei, die wenige Schritte hinter ihm auf dem Boden kauerte. Ihre Blicke waren ins Nichts gerichtet, ihre Lippen waren zu einem Lächeln verzerrt, und immer wieder kam ein verhaltenes Kichern aus ihrer Kehle.

„Sie ist wieder ganz mein Kind“, sagte Pictorain.

Korexxon begriff. Ihre Absicht war es gewesen, Pictorain und ihm einen Teil des Gehirns zu rauben, doch das war ihr nicht gelungen, weil er die Syntronik mit Hilfe der Kräfte des Biochips beeinflußt hatte.

„Es ist überstanden“, flüsterte er.

Mühsam richtete er sich auf. Sie waren umgeben von den befreiten Kindern und von den ratlosen Wachen Janette Rattrays sowie den wenigen überlebenden Raumfahrern des *Commanders.* Alle standen friedlich beieinander. Keiner der Helfer sah noch einen Sinn darin, sich für Pictorains machtsüchtige Tochter einzusetzen, da sie durch den Transmittertransport einen irreparablen Schaden davongetragen hatte.

Kein Arzt des Universums war jetzt noch in der Lage, ihr zu helfen. Man konnte biologische Masse züchten, vielleicht gar Gehirnmasse im Labor herstellen und ihr einpflanzen, doch damit war ihre Persönlichkeit nicht wiederherzustellen.

Janette Rattray existierte nicht mehr. In ihrem Körper lebte eine zerstörte Persönlichkeit, die nie mehr rekonstruiert werden konnte. Jarvis Pictorain hatte endgültig gewonnen.

Erschöpft ließ sich Korexxon wieder auf den Boden sinken. Ihm war, als presse sich ihm ein Eisbrocken in den Nacken.

„Bringt mich in die Klinik!“ bat er mit schwacher Stimme. „Der Chip muß raus. So schnell wie möglich.“

Kaum waren diese Worte über seine Lippen gekommen, als es ihn mit brutaler Gewalt traf. Eine glühende Faust fuhr durch seinen Körper. Er schrie, schlug um sich und trat mit den Beinen.

Die Umgebung verschwand. Er kehrte zurück in die Unwirklichkeit, in der sich die Bilder nicht logisch ordnen ließen.

„Er stirbt!“ schrie jemand. „Der Chip bringt ihn um.“

Danach wurde es still, und er stürzte in eine gnädige Dunkelheit.

Die Dunkelheit hielt lange an. Dann tauchten Bilderinseln auf. Sinnlos zusammengewürfelte Erinnerungsfetzen.

Er sah Bilder vor sich. Sinnlos zusammengewürfelt. Schreiende Babys. Leise vor sich hin summende Raumschiffe. Frauen, die ihm über die Schulter zulachten. Geöffnete Schöße. Ein roter Sturm, der nicht mehr aufhörte.

So ist das, wenn man stirbt? Plötzlich der Schmerz. *Hallo, alter Freund! Ich fühle dich.*

„Wir können nichts mehr tun. Es ist vorbei. Es tut uns leid.“

Nein! Wer schreit?

„Wir schalten die Apparaturen ab. Wir müssen.“

Nein!

„Es ist schon viel zuviel Zeit vergangen. Der Chip hat ihn umgebracht.“

Schritte.

„Luz! Wach doch auf! Luz – ich liebe dich!“

Er spürte sein Herz. Er spürte Wärme. Eine Hand an seiner Wange. Der zarte Atem einer Frau.

„Ich liebe dich. Laß mich nicht allein!“

Die Wärme durchdrang ihn. Er spürte seine Lider. Sie zitterten.

„Oh, mein Gott!“

Schritte. Stimmen. Aufregung. Stille. Dunkelheit. Langes Warten. Wie lange? Wieder die Stimme.

„Er macht die Augen auf! Ich glaube es nicht.“

Gelbe Augen wie Sonnen.

„Luz! Siehst du mich? Erkennst du mich? Ich liebe dich. Ich lasse dich nicht mehr los!“

Clarthyen!

„Ich bin so müde.“

„Dann schlaf! Ich bleibe bei dir.“

Sie war da, als er aufwachte. Die Schmerzen in seinem Nacken waren nur noch marginal. Er fühlte sich besser. Clarthyen umarmte ihn und sprach leise auf ihn ein.

„Ich hatte mir ein schöneres Aufwachen vorgestellt“, seufzte er und blickte an ihr vorbei. „Muß deine Busenfreundin ausgerechnet jetzt hiersein?“

Assyn-T'ria stand am Fußende seines Bettes und lachte. „Hallo, Luz! Eben von den Toten auferstanden und schon wieder der alte Spießer?“

„Wollt ihr heiraten?“ fragte er Clarthyen.

Sie lächelte unter Tränen. Sie schüttelte den Kopf.

„Keine Sorge“, erwiderte sie. „Assyn-T'ria ist nicht so, wie du glaubst.“

„Ach nein?“

„Wir haben ihr viel zu verdanken.“

Die Kartanin kam etwas näher. Sie zeigte ihm etwas, und als er näher hinsah, erkannte er den Ausweis einer TLD-Agentin.

Er brauchte eine Weile, bis er begriff. Eine Kartanin als TLD-Agentin!

Ausgerechnet!

Eine bessere Tarnung konnte es für eine Agentin des Terranischen Liga-Dienstes nicht geben. Wer sucht schon den Teufel im Beichtstuhl?

Sie hatte alle getäuscht. Auch ihn, denn an den Geheimdienst hätte er zuletzt gedacht. Nun aber erinnerte er sich daran, daß er den Dienst vor Jahren über die wissenschaftliche Forschung an den Biochips informiert hatte. Seitdem hatte der TLD allerdings nichts mehr von sich hören lassen. Er hatte seines Wissens niemals Kontrollen durchgeführt, hatte nicht ein einziges Mal gefordert, über den Stand der Forschungen unterrichtet zu werden und war auch sonst nicht in Erscheinung getreten. Angesichts dieser Passivität war der Bioinformatiker davon ausgegangen, daß der TLD dem Geschehen im Institut Biothek vollkommen gleichgültig gegenüberstand. Er hatte sich wohl geirrt.

„Assyn-T'ria hat das Problem O'Gnawlly für uns gelöst, und sie hat auch dafür gesorgt, daß Doktor Onark nicht länger Chefarzt in OCCIPITAL ist“, informierte ihn Clarthyen, „aber das ist eine andere Geschichte. Das geht uns nichts mehr an.“

„Und die Informationen im Syntron?“

„Der TLD hat sich deiner Entscheidung angeschlossen“, antwortete die Kartanin. „Sie werden gelöscht. Zufrieden?“

Er schob seine Hand in den Nacken. Die Operationsnarbe war verheilt. Es mußte schon einige Zeit hersein, daß er operiert und von dem Chip befreit worden war.

„Und deine Begeisterung für Clarthyen gehörte zur Tarnung?“

Assyn-T'ria lachte. „Das gehörte zu meiner Tarnung“, behauptete sie mit blitzenden Augen. „Und wie jede überzeugende Tarnung verlangte auch diese ein gehöriges Maß Talent und dann sehr viel Training. Ich wollte mich übrigens verabschieden. Ich muß eure gastliche Milchstraße für eine Weile verlassen.“

„Und unsere Praxis?“ fragte Clarthyen verdutzt.

Assyn-T'ria lächelte bedauernd.

Korexxon blickte von der einen zur anderen. „Schade“, meinte er, „wir wurden gerade so ein gutes Team.“

ENDE